KB269974

대통령님,
어디
계세요?

우리같이 청소년문고 001

대통령님, 어디 계세요?

초판 1쇄 펴낸날 2010년 5월 20일
초판 2쇄 펴낸날 2011년 5월 20일

지은이 로버트 코마이어
옮긴이 원재길
펴낸이 이정옥
기획위원 이상운
펴낸곳 (주)우리같이 **등록** 제406-2011-59호
주소 413-756 경기도 파주시 교하읍 문발리 498-7
전화 031-955-5590 **팩스** 031-955-5599
이메일 withours@gmail.com

ISBN 978-89-961890-1-5 44800

이 도서의 국립중앙도서관 출판시도서목록(CIP)은 e-CIP 홈페이지(http://www.nl.go.kr/ecip)에서
이용하실 수 있습니다.(CIP제어번호: CIP2010001577)

대통령님,
어디
계세요?

로버트 코마이어 지음 원재길 옮김

우리가티이

이 소설집에 실린 단편들은 1965년부터 1975년 사이에 쓴 것이다. 아내와 함께 십대 아이 셋을 키우던 때였다.

그 시절 우리 집에선 청춘의 노래가 울려 퍼졌다—부드럽고 열광적이고 슬프고 황홀한 노래였다. 일요일 오후에 마음 상한 일은 화요일 저녁이면 회복되었지만, 그동안엔 모든 상황이 더없이 절망적으로 비쳤다. 전화벨은 잠시도 쉬지 않고 울려댔고, 샤워 물줄기는 끊임없이 떨어져 내리는 것 같았으며, 비틀스가 우리 가족의 삶 속으로 깊이 파고들었다.

아들과 두 딸이 고통스럽게 사춘기를 보내는 동안, 나는 내가 청소년기를 보낸 시절을 돌아보았다. 그리고 우리 아이들이 나와 내 친구들이 보낸 청소년기를 그대로 재현하고 있다는 걸 알아챘다. 유행은 속어와 팝송 멜로디와 취향과 더불어 변하지만, 감정은 늘 그대로 유지된다는 걸 깨달은 것이다. 어느 시대든지 상처받은 가슴은 상처받은 가슴인 것이다.

구체적인 사실이나 숫자에 대한 기억은 세월이 흐르면서 흐릿해
질 수도 있다. 하지만 지난날 어느 시기에 내가 어떤 감정을 느꼈
는지에 대해선 거의 모두 기억해 낼 수 있다. 따라서 일련의 단편
소설을 쓰는 작업에 들어가면서, 지난날 내가 느낀 감정과 현재 느
끼는 감정을—사실상 그때나 지금이나 서로 다를 바 없는데—아
버지와 어머니와 딸과 아들의 가족관계를 다루는 작품으로 옮기기
시작했다.

모든 작품의 주제는 성장인데, 소설 속에 등장하는 부모들 또한
자녀들처럼 성장하면서, 세월의 흐름이 선사해 주는, 종종 괴롭고도
즐거운 깨달음에 이르게 된다.

작품 가운데 세 편은 세계 대공황과 그 직후를 다루고 있지만, 나
머지 작품들은 집필하던 당시를 시대 배경으로 삼고 있다. 처음 발
표했을 때의 원고를 다시 손보거나 수정하지 않았다. 작품마다 모든
감정이 생생하게 살아 숨 쉬었으면 좋겠다. 만일 그렇게 된다면, 내

가 작업을 제대로 했다는 얘기가 될 것이다.

　몇 년 전에 보스턴의 사이먼스 대학 세미나에서 강연을 한 적이 있다. 내가 세미나에 참석하러 들르는 장소 중에서 특히 좋아하는 곳이다.

　참석자들에게 강연을 마쳤을 때, 어떤 여인이 잔뜩 겁먹은 얼굴로 내게 다가왔다. 그녀는 이번에 내가 맡은 프로그램엔 거의 참석하지 않았다고 말했다. 최근에 내 장편소설 『초콜릿 전쟁』과 『나는 치즈다』를 읽었는데, 괴물 같은 인간과 마주치게 될까 봐 두려웠다는 것이다. 그런데 그날 나를 보러 오기를 잘했다면서, ‘로버트 코마이어의 또 다른 모습’을 보았기 때문이라고 덧붙였다.

　나는 내 장편소설의 독자들도 이 작품집의 단편들을 읽고, 로버트 코마이어의 또 다른 모습을 보았으면 좋겠다.

대통령님, 어디 계세요?

카우보이 카드가 인기를 누리던 가을이었다—버크 존스와 톰 타일러, 후트 깁슨, 특히 켄 메이너드 같은 카우보이들이 인기가 높았다. 5센트짜리 껌 한 통을 사면 그 속에 카드가 들어 있었다. 껌 한 통엔 달콤한 흰색 가루를 바른 연분홍색 껌이 세 개씩 들어 있었다. 이 껌으로는 풍선을 불 수 없었다. 하지만 그런 건 별로 중요하지 않았다. 중요한 건 카우보이 카드였다—카드엔 바위처럼 단단한 얼굴에 냉혹한 푸른 눈을 가진 사내들이 그려져 있었다.

우리는 바람이 휘돌고 낙엽이 뒹구는 가을날 오후마다, 방과 후에 성 주드 교구 부속학교 건너편에 있는 레미르 편의점 앞에 모였다. 그곳에서 우리는 카드를 갖고 서로 교환하고 바꾸고 겨루기를 했다.

글로브 극장에선 매주 토요일 오후에 켄 메이너드 시리즈를 상영하고 있었다. 그래서 그는 어떤 카우보이보다 인기가 높았으며, 그가 나오는 카드는 다른 카드들보다 열 배는 더 가치가 있었다.

롤리 트레메인은 그 귀중한 카드를 30여 장이나 갖고 있었는데, 다른 아이들에게 카드를 넘겨주지 않으려고 꽤나 신경을 곤두세웠다. 그 아이는 주로 다른 카드들을 갖고 겨루기를 했으며, 위험을 무릅쓰고 켄 메이너드 카드를 내놓는 경우는 다른 아이들이 카드 겨루기에 끼워 주지 않겠다고 위협할 때뿐이었다.

롤리 트레메인은 참으로 얄미운 아이였다. 무엇보다도 이 아이는 주택 지구에서 포목점을 운영하는 어거스티 트레메인의 외아들이었으며, 공동주택이 아니라 커다란 흰색 생일케이크 같은 집에서 살았다. 너무 뚱뚱해서 프렌치타운 타이거스와 노스사이드 나이츠가 겨루는 미식축구 경기에서 별다른 활약을 펼치지 못했다. 그리고 우리 앞에서 줄기차게 호주머니에 든 동전을 만져서 짤랑거리는 소리를 냈다. 걔는 다른 애들이 질투심에 괴로워하며 지켜보는 가운데, 레미르 편의점에서 어슬렁대다가 아무 고민 없이 껌 다섯 통을 한꺼번에 집어 드는 여유를 과시해 보이기도 했다.

어쩌다가 내 손에 5센트나 10센트짜리 동전이 들어올 때가 있었다. 달음박질하면서 심부름을 하거나, 눈이 먼 빌랜더 할머니를 도와서 유리창을 닦거나, 쓰레기통에서 구리와 놋쇠처럼 값나가는 금속을 주워 고물 장수한테 팔고 받은 돈이었다. 손에 그 동전을 움켜쥐고 카우보이 카드를 한두 장쯤 사러 레미르로 달려갔다. 껌 통을 여는 순간, 켄 메이너드가 당당한 표정으로 나를 쳐다보기를 바라면서 말이다. 한번은 로제 루시에(카드와 관련된 자리를 벗어난 곳에선 나와 가장 친한 친구)와 겨루어 참담한 패배를 맛보기 직전에, 켄 메이너드를 다섯 장이나 손에 넣은 적이 있었다. 그 순간엔 마치 나 자신이 백만장자라도 된 듯한 기분이었다.

언젠가는 일주일 동안 유난히 운이 좋았던 적이 있었다. 이틀에 걸쳐서 오후마다 빌랜더 할머니 집에서 마루를 닦아 주고 25센트를 벌었던 것이다. 그 주에 아버지는 멋진 머리빗의 주문이 밀려드는 바람에 상점에서 쉬는 날 없이 일했다. 아버지는 우리 형제자매들을 모아놓고, 보통 때 토요일 오후마다 주던 영화 관람료 10센트에 10센트를 더 얹어서 나눠 주었다. 내 손엔 영화 볼 돈을 빼고도 35센트나 남아 있었다. 그래서 다음 주 월요일 오후엔 롤리 트레메인이 부끄러움을 느끼게 만들 작정이었다.

월요일은 카드를 사기에 제일 좋은 날이었다. 월요일마다 배달부가 새로 나온 상품을 배달하러 레미르에 들르기 때문이었다. 이 세상에 막 배달된 카드 상자 묶음보다 짜릿한 건 없었다.

그날 학교에서 집으로 쏜살같이 돌아와서 허겁지겁 옷을 갈아입었다. 어서 빨리 레미르에 가야겠다는 생각뿐이었다. 현관 밖으로 뛰쳐나가면서 방충망 문이 뒤쪽에서 저절로 탁 하고 닫힌 순간 아르망 형이 앞을 막아섰다.

형은 나보다 세 살 많은 열네 살로, 모뉴먼트 고등학교 1학년이었다. 형은 최근 들어 여러 면에서 나한테 낯선 사람으로 변했다—카우보이 카드와 프렌치타운 타이거스 같은 것들에 무관심해진 것이다. 게다가 온몸에서 묘한 위엄을 풍겼다. 이따금 폭죽이 터지듯이 사방에 대고 마구 소리칠 때는 그런 위엄이 온데간데없이 사라져 버렸지만.

“잠깐만, 제리.”

형이 말했다.

“나하고 얘기 좀 하자.”

형이 내게 손짓해서 어머니의 목소리가 들리지 않는 곳으로 데려갔다. 마침 어머니는 주방에서 여느 날처럼 방과 후에 실랑이를 벌이는 아이들을 관리하느라 정신이 하나도 없었다.

조바심 때문에 입에서 한숨이 나왔다. 형은 지난 몇 달 동안 아버지나 어머니 못지않게 권위적으로 행동할 때가 많았다. 어떤 때는 집안의 장남으로서 자신의 나이와 경험에 기대어 우리에게 이런저런 규칙과 법칙들을 발표했다.

"지금 돈 얼마나 갖고 있어?"

형이 속삭였다.

"왜 그러는데?"

내가 물었다. 나도 모르게 흥분한 목소리였는데, 한 달 전에 글로브 극장에서 본 영화 속의 공갈협박 장면이 떠올랐기 때문이다.

형이 짜증난 얼굴로 고개를 가로저었다.

"야, 내일이 아버지 생일이잖아. 우리가 돈을 모아서 선물을 사 드리면 좋을 것 같아서 그래……."

주머니에 손을 넣어 동전을 만지작거렸다.

"여기 있어."

5센트짜리 동전을 꺼내서 형한테 내밀며 조심스럽게 덧붙였다.

"각자 5센트씩 내면, 아주 근사한 걸 사드릴 수 있겠네."

형이 어이없다는 얼굴로 나를 빤히 쳐다보았다.

"리타는 15센트 냈고, 난 25센트 낼 거야. 앨버트는 10센트 냈어—자기 생일날 받은 돈 가운데 남은 걸 몽땅 냈어. 그런데 넌 고작 5센트야?"

"나더러 어쩌라고."

나는 형한테 대들었다.

"켄 메이너드 카드가 한 장도 안 남았어. 그래서 오늘 오후에 몇 장 사려고 했단 말이야.”

“켄 메이너드!”

형이 코웃음을 쳤다.

“그 사람하고 아버지 중에 누가 더 중요해?”

그건 공정하지 못한 질문이었다. 형은 내가 ‘아버지’를 선택할 수밖에 없다는 걸 잘 알고 있었다.

아버지는 몸집이 아주 컸으며 영혼의 존재를 믿는 사람이었다. 어머니는 종종 아버지가 믿는 영혼이 술병 속에 들어 있다고 말했다. 아버지는 열네 살 때부터 줄곧 모뉴먼트 머리빗 상점에서 일했다. 밤에 공장(상점에서 직접 머리빗을 만들었던 걸로 보임: 옮긴이)에서 돌아올 때마다 우렁찬 웃음소리—또는 투덜대는 소리—로 우리에게 귀가 인사를 던졌다. 상점에 일이 많을 때는 매일 출근했는데, 금요일 밤과 주말엔 쾌활한 모습을 보이며 맥주병을 곁에 끼고 지냈다. 그리고 인생에 유익한 것들에 대해서 길게 연설하기를 즐겼다. 심지어 아버지는 대공황기에 현금으로 피아노를 사들였으며, 내 쌍둥이 여동생인 욜랜드와 이베트가 일주일에 한 번씩은 피아노 레슨을 받아야 한다고 주장했다.

주머니에서 10센트 동전을 꺼내 형한테 건넸다.

“고맙다, 제리.”

형이 말했다.

“네 돈을 몽땅 내놓으라고 하고 싶진 않은데.”

"됐어."

그렇게 대꾸하고 돌아섰다. 아직 20센트가 남았으니까 하나도 없는 것보다는 훨씬 낫다며 스스로를 위로했다.

레미르에 이르렀을 때, 끔찍한 일이 벌어졌다는 느낌이 들었다. 로제 루시에는 도랑에서 발로 깡통을 차고 있었고, 롤리 트레메인은 가게 앞 계단에 부루퉁한 얼굴로 앉아 있었다.

"너 돈 벌었어."

로제가 말했다. 로제는 내가 모든 돈을 털어서 카드를 사려고 한다는 걸 알고 있었다.

"무슨 일이야?"

내가 물었다.

"이젠 카우보이 카드 살 수 없어."

롤리 트레메인이 끼어들었다.

"회사에서 더 이상 만들지 않을 거라."

"앞으로는 대통령 카드를 만들 거래."

로제가 낯을 찌푸리며 말했다. 그리고 상점 창문을 가리켰다.

"저것 좀 봐!"

창문에 안내문이 붙어 있었다.

'청소년 여러분, 새로운 시리즈를 주목하라. 미국 대통령 시리즈. 5센트짜리 캐러멜을 사면 공짜.'

"대통령 카드?"

내가 당황한 목소리로 아이들에게 물었다. 그리고 계속해서 안내문을 소리 내 읽었다.

"카드 한 세트를 모두 모아 오면 공식 이미테이션 메이저리그 글러브를 준다. 레프티 그로브(1931년 아메리칸 리그 MVP를 차지한 미국 야구 선수: 옮긴이)의 자필 서명이 돋을새김으로 인쇄돼 있다."

글러브를 주건 말건 상관없이, 다른 것도 아니고 대통령 카드에 흥분할 사람이 누가 있단 말인가?

롤리 트레메인이 안내문에 적힌 사인을 유심히 들여다보았다.

"벤저민 해리슨(미국의 제23대 대통령: 옮긴이)이라니, 진짜 어이가 없네."

녀석이 말했다.

"켄 메이너드 카드가 스물두 장이나 있는데, 벤저민 해리슨을 탐낼 이유가 어디 있어?"

슬며시 양심의 가책이 일었다. 주머니에 든 동전을 짤랑거렸다. 그 소리가 공허하게 들렸다. 더 이상 켄 메이너드 카드를 살 수 없다니 정말 실망스러웠다.

"미스터 굿바(땅콩이 들어 있는 초콜릿 캔디 바의 상표명: 옮긴이)나 사야겠다."

롤리 트레메인이 마음을 굳히고 말했다.

나는 모든 의욕이 완전히 사라지면서, 평소에 좋아하는 베이

비 루스(통산 714개의 홈런을 친 메이저리그 야구 스타 조지 허먼 루스: 옮긴이)에 대해서도 심드렁한 기분이 되었다. 아르망 형과 특히 아버지를 배신한 일을 곰곰이 돌아보았다.

"저녁 먹고 다시 만나자."

어깨 너머로 로제에게 그렇게 말하고 허둥지둥 집으로 향했다.

높은 나무담장을 넘어야 했지만 교회 뒤쪽에 있는 지름길로 갔다. 겁 없이 티보도 씨네 정원을 지그재그로 통과하면서, 양심의 가책을 떨쳐내려고 애썼다. 쿵쾅거리며 계단을 올라 집 안으로 들어갔다. 그런데 아르망 형이 이미 욜랑드와 이베트를 데리고 아버지 생일 선물을 사러 상가로 떠난 뒤였다.

자전거를 타고 미친 듯이 페달을 밟으며 거리를 달렸다. 오가는 자동차들을 헤치고 나아가며, 성나서 울려대는 자동차들의 경적을 무시했다. 마침내 모뉴먼트의 남성용품 상점에서 나오는 아르망 형과 여동생들이 눈에 들어왔다. 형이 손에 들고 있는 길고 가느다란 선물 꾸러미를 보자 온몸에서 기운이 쭉 빠졌다.

"벌써 선물 샀어?"

너무 늦었다는 걸 알면서도 그렇게 물었다.

"방금 샀어. 파란색 넥타이야."

형이 대꾸했다.

"무슨 일이야?"

“아니.”

그렇게 대답하는데 가슴이 아파왔다.

형이 한참 나를 쳐다보았다. 처음엔 눈빛이 딱딱했는데 이내 부드럽게 누그러졌다. 형이 쓸쓸한 표정으로 미소 짓더니 내 팔을 툭 건드렸다. 순간 마치 발가벗은 듯한 느낌이 들어서 형을 똑바로 쳐다보지 못했다.

“괜찮아.”

형이 상냥한 목소리로 말했다.

“네가 뭘 깨달은 모양이네.”

부드러우면서도 묘하게 위엄을 풍기는 목소리였다. 마지막 음절을 발음할 때는 갑자기 쉰 목소리를 냈지만, 그래도 여전히 위엄이 있었다.

웃어야 할지 울어야 할지 판단이 서질 않았다. 나한테 무슨 일이 일어나고 있는지 도무지 알 수가 없었다.

안젤라 수녀는 성탄절 휴가를 앞둔 주에 깜짝 놀랐다. 우리 반 아이들이 모두 역사 과목에서 높은 점수를 받을 만한 보고서를 제출했기 때문이다—몇몇 아이는 A 마이너스를 받을 수 있을 정도였다(우리 반에서 A를 받을 만한 아이가 있을 거라고는 생각지도 않았던 것이다).

안젤라 수녀는 우리가 레미르 상점에서 사들인 카드 때문에 대통령에 관해 전문가가 되었다는 걸 전혀 알지 못했다—어쩌면 알아챘으면서도 모르는 척했을 스도 있지만. 카드마다 대통령 사진이 한 장씩 박혀 있었고, 카드 뒷면엔 대통령의 경력을 요약한 글이 적혀 있었다. 하도 자주 카드를 들여다보았더니, 대통령들의 일대기가 저절로 우리의 가슴속에 아로새겨졌다. 골목에서 우리가 나누는 대화도 제임스 매디슨(미국의 제4대 대통령: 옮긴이)이 '헌법의 아버지'로 불린다거나, 존 애덤스(제2대 대통령: 옮긴이)가 원래는 성직자가 되려고 했다는 식의 정보를 주고받는 얘기로 채워졌다.

대통령 카드는 엄청난 성공을 거두었고, 카우보이 카드는 빠르게 잊혔다. 무엇보다 중요한 건, 으리가 카드를 얻기 위해서 사는 게 껌이 아니라 잘 씹히지 않는 캐러멜이라는 사실이었다. 캐러멜을 입 안으로 밀어 넣으면 볼이 불룩하게 튀어나왔다. 그러면 마치 야구 스타들이 껌 담배를 씹을 때처럼 보였다.

카드를 모으려고 경쟁하는 일이 한층 격렬해진 동시에 심한 좌절감을 낳는 일로 변했다. 누구보다 먼저 야구 글러브를 타고 싶은 욕심 때문에 격렬해졌고, 대통령 숫자가 프랭클린 델러노 루스벨트를 포함해 32명뿐인데도 레미르에서 구할 수 있는 카드 종류가 얼마 안 되어 좌절감이 더욱 심해진 것이다. 배달부가 매주 월요일 카드 상자를 상점에 내려놓고 간 뒤에 보면, 모든 상자에 오로지 한 사람의 대통령 카드만 들어 있을 때가 많았다—

2주 연속으로 에이브러햄 링컨 카드만 나온 적도 있었다.

어느 주엔 로제 루시에와 내가 프렌치타운의 영웅이 되었다. 우리는 자전거를 타고 노스사이드로 원정을 떠났다. 그리고 그곳에서 다른 사내아이 세 명과 카드를 겨루어, 그때까지 카드를 한 장도 못 구했던 체스터 앨런 아서(제21대 대통령: 옮긴이)를 포함한 다섯 명의 새로운 대통령 카드를 따가지고 돌아왔다.

아마도 우리를 더욱 자극하려고 그랬던 모양인데, 카드 회사에선 레미르 상점에 글러브 견본을 보내왔다. 레미르 씨는 반들반들한 주황색 글러브를 창문에 매달아 놓았다. 아르망 형한테서 물려받은 낡은 글러브를 떠올리자니, 그 글러브가 갖고 싶어서 온몸이 달아올랐다. 롤리 트레메인은 그 글러브를 손에 넣으려는 욕구가 누구보다도 강했다. 레미르 씨를 부추겨서, 제일 먼저 모든 대통령 카드를 모으는 사람한테 즉시 창문에 걸린 글러브를 주는 데 동의하게 만들었다. 자연히 우체부가 글러브를 배달하러 오기를 기다리며 시간을 낭비할 일은 없어졌다.

우리는 롤리 트레메인이 좌절감을 느끼는 모습을 바라보는 걸 즐겼다. 특히 그 아이는 타이거스 팀에서 후보 선수로 뛸 수밖에 없다는 게 불만이었다. 언젠가는 카드를 사느라 50센트를 썼는데, 하나같이 캘빈 쿨리지 대통령(제30대 대통령: 옮긴이) 카드였다. 그러자 그 아이는 카드를 전부 바닥에 패대기쳤고, 주머니에서 달러 지폐를 몇 장 꺼내며 말했다.

"빌어먹을. 그냥 돈을 주고 글러브를 살 거야!"

"저 글러브는 안 돼."

로제 루시에가 말했다.

"레프티 그로브의 자필 서명이 들어 있는 글러브는 돈으로 살 수 없어. 사인 밑에 뭐라고 쓰여 있는지 잘 봐."

우리는 모두 그곳에 뭐라고 적혀 있는지 이미 잘 알고 있었다. 그러나 다시 한 번 그 문장을 들여다브았다.

'이 글러브는 어디에서도 돈을 받고 팔지 않습니다.'

롤리 트레메인은 보도에 떨어져 흩어진 카드를 허겁지겁 도로 주웠다. 여느 때보다 입이 쑥 튀어나온 모습이었다. 그 뒤로 롤리는 말없이 대통령 카드에 깊이 빠져들었으며, 카드를 가슴에 꼭 품고 다녔다. 그리고 카드 한 벌을 모두 고으려면 몇 장이나 더 필요한지 절대로 털어놓지 않았다.

카드에 온 정신을 빼앗긴 건 나도 마찬가지였다. 갑자기 온 세상이 참담하게 변하면서, 대통령 카드에서 위안을 구하게 되었다. 아버지는 성탄절 뒤에 벌어진 일시 휴업 사태 때문에 일자리를 잃었다. 4주째 전혀 봉급을 받지 못했고, 우리 집안의 소득은 아르망 형이 방과 후에 블루앤화이트 식품점에서 일해서 버는 돈이 전부였다―그런데 일시 휴업 사태가 이어지면서 장사가 잘 안 되자 결국 형마저 일자리를 잃었다.

우리 집엔 음식과 옷이 넉넉했다―아버지는 늘 신용이 좋았고, 이 점에 자부심을 갖고 있었다. 그러나 아버지는 집에서 쉬며 지내는 동안 불안감 때문에 신경이 예민해졌다. 이제는 맥주를 한 방울도 안 마셨다. 대신에 물 한 잔을 벌컥벌컥 들이켠 뒤 큰 소리로 웃음을 터뜨리며 별로 설득력 없는 얘기를 입에 올렸다.

"올해는 사순절(기독교에서 예수가 광야에서 금식하며 시험받은 일을 기리고자 단식하며 참회하는 시기: 옮긴이)이 일찍 찾아왔어."

쌍둥이 여동생들은 병이 나서 병원을 찾아 편도선 제거 수술을 받았다. 아버지는 반드시 복직해서 빚을 갚게 될 거라고 확신했다. 그런데 우리가 보기에 아버지는 나날이 부쩍 늙어 가는 느낌을 주었다.

머리빗 상점에 다시 주문이 들어오면서 아버지는 직장으로 돌아갔다. 그런데 때마침 또 다른 재난이 고개를 쳐들었다. 물론 그걸 알아챈 사람은 나 하나뿐이었다. 아르망 형이 사랑에 빠진 것이다.

나는 우연히 형한테 무슨 일이 일어났는지 알게 되었다. 형과 같이 쓰는 침실에서 바닥에 종잇조각이 떨어진 걸 보고 집어 들었다. 종이에 적힌 글을 읽으며 당황해서 눈살을 찌푸렸다.

'사랑하는 샐리. 네 눈을 들여다보고 있으면, 온 세상이 동작을 멈추면서……'

편지를 마저 다 읽기도 전에 누군가 내 손에서 휙 종이를 낚아챘다.

"도대체 뭘 알고 싶어서 기웃거리며 돌아다니는 거야?"

아르망 형이 낯을 붉히며 내게 물었다.

"누구나 사생활의 자유는 있는 거 아니야?"

형은 지금껏 사생활이라는 말을 입에 올린 적이 없었다.

"바닥에 떨어져 있었어."

내가 대꾸했다.

"편지인 줄 몰랐어. 그런데 샐리가 누구야?"

형이 침대로 온몸을 휙 던졌다.

"만일 누구한테라도 얘기했다간 박살날 줄 알아."

그렇게 겁을 주면서 덧붙였다.

"샐리 놀턴."

프렌치타운엔 놀턴 비슷한 이름을 가진 사람이 아무도 없었다.

"노스사이드에 사는 애야?"

미심쩍은 얼굴로 물었다.

형이 내 쪽으로 돌아누웠다. 성난 눈빛에 절망감이 묻어났다.

"그게 뭐가 어때서? 그 애가 나한테 과분하다고 생각해?"

형이 물었다.

"제리, 다시 한 번 경고하는데 만일 누구한테라도 얘기했다간……."

"걱정 마."

내가 대꾸했다.

나는 사랑 따위엔 별로 관심이 없었다. 순전히 쓸데없는 시간 낭비로 여겨졌다. 그리고 노스사이드에 사는 여자애라면 우리와 너무 멀어서, 실제로는 존재하지 않는 거나 마찬가지였다. 그런데도 은근히 호기심이 일었다.

"무엇 때문에 그 애한테 편지를 쓴 건데? 다른 데로 이사 갔거나 뭐 그런 거야?"

"이사 가지 않았어."

형이 대꾸했다.

"부치려고 쓴 게 아니야. 그냥 한번 써보고 싶었을 뿐이야."

나 자신은 사랑에 휘말린 적이 없다는 사실이 기분 좋게 여겨졌다―사랑은 눈빛에 절망감을 불어넣고, 부칠 생각이 없는 편지를 쓰게 만드는 것이다.

나는 곧 냉담한 얼굴로 어깨를 으쓱거린 뒤, 벽장 선반에서 낡은 야구 글러브를 찾기 시작했다. 글러브는 낡은 운동화 밑에 놓여 있었다. 가죽 끈이 끊어지고 패드가 떨어져 나간 것이었다. 빠른 땅볼을 받는 순간 손바닥이 얼얼해지던 걸 떠올리자 온몸이 잔뜩 움츠러들었다.

"만일 나하고 샐리 사이를 누구한테라도 얘기했다간……."

"그래, 알아. 날 박살내겠다는 거잖아."

그 뒤로 나는 형의 비밀을 누설하지 않았을 뿐만 아니라, 종종

말없이 형의 괴로움을 함께 나누었다. 특히 형이 저녁 식탁에 앉아서 어머니가 특별히 만든 버터스카치 파이(버터와 설탕으로 만든 캔디를 넣은 파이: 옮긴이)에 손도 안 댈 경우에 그랬다. 이전까지 나는 사랑이 얼마나 끔찍한 건지 전혀 알지 못했던 것이다.

하지만 형에 대한 동정심은 그다지 오래가지 못했다. 내게 다른 걱정거리들이 있었기 때문이다. 부활절 주간에 날아올 성적표, 빌랜더 할머니가 딸과 함께 살려고 보스턴으로 가면서 수입이 없어진 일, 그리고 당연한 얘기지만 대통령 카드도 내게 고민을 안겨 주었다.

나와 로제 루시에와 롤리 트레메인 모두가 그만 궁지에 몰리면서, 대통령 카드는 우리 인생에서 가장 중요한 문제로 부상했다. 야구 시즌이 다가올 즈음에, 우리는 2주일 동안 제각각 카드 한 벌씩을, 딱 한 사람, 그로버 클리블랜드 대통령 카드만 빼고는 완벽하게 갖춘 상태로 지냈던 것이다.

상점에 카드 상자가 도착할 때마다 우리는 허둥대며—돈이 많을수록 그만큼 더 허둥대며—상자들을 사서 포장지를 찢었다. 그런데 매번 제임스 먼로(제5대 대통령: 옮긴이), 마틴 밴 뷰런(제8대 대통령: 옮긴이) 같은 대통령과 맞닥뜨렸을 뿐이다. 그로버 클리블랜드, 미국의 제22대 대통령과 제24대 대통령을 지냈던 바로 그 사람 하나만 모습을 드러내지 않았다.

우리는 그로버 클리블랜드에 대해서 토론을 벌였다. 그를 제 22대 대통령으로 간주해서, 체스터 앨런 아서와 벤저민 해리슨 사이에 넣어야 하나? 아니면 제24대 대통령으로 간주해서, 벤저민 해리슨과 윌리엄 맥킨리 사이에 넣어야 하나?

지금 카드 회사에선 공정한 게임을 하고 있는 걸까? 로제 루시에가 온몸이 오싹해지는 가능성을 제기했다―카드 한 벌을 모두 갖추기 위해선, 그로버 클리블랜드 카드 두 장이 필요한 건 아닐까?

몹시 분노한 우리는 레미르로 달려가서, 초조한 눈으로 쳐다보는 주인에게 따졌다. 그는 이미 오래전에 절대로 새로운 카드 시리즈를 들여놓지 않겠다고 맹세한 적이 있었다. 그가 골난 얼굴로 투덜대며, 계산서와 영수증 더미를 뒤져서 규칙이 적힌 종이를 찾아냈다.

"여기 있네."

그가 말했다.

"그로버 클리블랜드 카드는 한 장만 있어도 된다고 나와 있어. 자, 이제 그만 모두 나가라. 뭘 살 돈이 없으면."

상점 밖에서 롤리 트레메인이 텅 빈 담배 깡통을 집어 들어 길 건너로 휙 던져버렸다.

"야."

롤리가 말했다.

"그로버 클리블랜드 카드를 구해오면 5달러 줄게."

내가 집으로 돌아왔을 때, 아르망 형은 두 손으로 턱을 괴고 베란다 계단에 앉아 있었다. 우울한 모습이 나와 비슷해 보였다. 형 곁으로 다가가서 나란히 앉았다. 얼마간 서로 말이 없었다.

"나하고 공 받기 할래?"

형에게 물어 보았다.

형은 한숨을 쉴 뿐, 대답하려고도 하지 않았다.

"어디 아파?"

다시 형한테 물었다.

형이 일어나서 바지를 잔뜩 추켜올렸다. 그리고 마침내 무슨 일인지 들려주었다—다음 주에 고등학교에서 대규모 댄스파티가 열린다. '봄의 대행진'인데, 샐리가 형에게 자기 파트너가 되어 달라고 부탁했다는 것이다.

사랑이라는 게 얼마나 어리석은 짓인가 하는 생각에 고개를 가로저으며 형에게 물었다.

"그런데 뭐가 문제야?"

"화려한 댄스파티에 어떻게 샐리와 같이 갈 수 있겠어?"

형이 절망에 빠진 얼굴로 덧붙였다.

"샐리한테 코르사주(여성들의 옷깃, 가슴, 허리 등에 다는 꽃묶음 장식: 옮긴이)를 사 줘야 할 거야……. 그리고 내 구두는 거의 다 떨어져

나간 거나 다름없어. 그런데 아버지가 요즘 보통 걱정거리가 많
으셔야지. 나한테 구두를 새로 사 주거나, 여자한테 줄 꽃을 사
라고 돈을 줄 여유가 없으셔."

안타까운 마음에 한숨이 나왔다.

"흠."

나는 형에게 말했다.

"내 꼴도 그래. 야구 시즌이 코앞으로 다가왔는데, 내가 가진
거라곤 낡은 글러브뿐이야. 게다가 그로버 클리블랜드 카드도
아직 못 구했고……."

"그로버 클리블랜드?"

형이 말했다.

"노스사이드에서 사는 애들 가운데 그 카드를 갖고 있는 애들이
있어. 어떤 상점에 가면 그 카드를 구할 수 있다고 하던데. 자기들
은 지금 워런 G. 하딩(제29대 대통령: 옮긴이) 카드를 찾는 중이래."

"이럴 수가!"

내가 외쳤다.

"나한테 워런 G. 하딩 카드가 한 장 더 있어!"

너무 기뻐서 정신이 하나도 없었다. 곧장 자전거로 달려가서
시트에 휙 올라탔다—그런데 앞바퀴가 납작해져 있었다.

"내가 고쳐줄게."

형이 말했다.

30분 뒤에 노스사이드 편의점 앞에 이르렀다. 여러 사내아이들이 보도에서 카드 겨루기를 하고 있었다. 나는 나지막하면서도 더없이 기뻐하는 목소리로 외쳤다.

그로버 클리블랜드 대통령님, 제가 왔어요!

아르망 형은 반듯하게 잘 차려입고, 코르사주가 든 작은 녹색 상자를 겨드랑이에 끼고 있었다. 형이 댄스 파티장으로 떠난 뒤, 나는 홀로 두 발을 허공에 띄운 채 베란다 난간에 앉았다. 주위가 더없이 고요했다. 이웃사람들이 대거트 야구장으로 몰려갔기 때문이다. 그곳에선 프렌치타운 타이거스가 야구 시즌 첫 번째 시합을 앞두고 연습을 하고 있었다.

아르망 형이 침실 거울 앞에 서서 우스꽝스러운 표정을 짓던 게 떠올랐다. 그 순간에 나는 새로 산 형의 검정색 구두를 일부러 쳐다보지 않았다.

"사랑이 뭔지."

그렇게 혼잣말로 중얼거렸을 뿐이다.

갑자기 사과 꽃이 활짝 피어나고 향기로운 산들바람이 불면서 봄이 왔다. 모든 창문이 활짝 열렸고, 여자들이 바쁘게 집 청소를 하면서 자루걸레가 온종일 창턱을 탁탁 대려댔다. 온몸이 나른해져서 당황스러웠다. 봄은 세상 만물이 활기를 얻고 쾌활하게 만들어 준다는데, 몸이 왜 이럴까?

계단을 올라오는 발걸음 소리에 고개를 돌렸다. 로제 루시에가 언짢은 얼굴로 나에게 알은체했다.

"타이거스 팀하고 연습하고 있는 줄 알았는데."

내가 말했다.

"롤리 트레메인 말이야."

로제 루시에가 대꾸했다.

"그 자식 노는 꼴 도저히 못 봐주겠어."

녀석은 주먹으로 난간을 탁 치며 덧붙였다.

"하필이면 그런 놈이 클리블랜드 카드를 손에 넣을 게 뭐야? 어찌나 잘난 척하는지 말도 못해. 아무도 그 글러브에 손도 못 대게 해……."

순간 나 자신이 베네딕트 아널드(독립전쟁 때 영국과 내통한 미국 장군이며, '반역자'의 대명사로 쓰임: 옮긴이) 같다는 느낌이 들었다. 내가 무슨 짓을 했는지 고백하는 게 좋을 것 같았다.

"로제."

나는 입을 열었다.

"노스사이드에 가서 그로버 클리블랜드 카드를 구했어. 5달러 받고 롤리 트레메인한테 팔았어."

"너 미쳤어?"

로제가 말했다.

"5달러가 필요했어. 진짜로—아주 급했어."

"나 참!"

로제가 소리치며 밑을 내려다보고 고개를 흔들었다.

"도대체 뭣 때문에?"

로제를 쳐다보았다. 그러자 로제는 내 눈을 피하고 계단을 내려가기 시작했다.

"야, 로제!"

내가 외쳤다.

로제는 마치 처음 보는 이방인을 대하듯 곁눈질로 나를 쓱 쳐다보았다.

"왜!"

녀석이 쌀쌀맞게 소리쳤다.

"어쩔 수 없었어."

나는 로제에게 말했다.

"진짜야."

그 아이는 더 이상 대꾸하지 않았다. 담장으로 다가가서, 우리 둘이 느슨해지게 만들어서 비밀 통로로 사용해 온 판자를 찾았다.

아버지와 아르망 형과 롤리 트레메인과 그로버 클리블랜드가 차례로 떠올랐다. 어딘가로 멀리 달아나고 싶었다. 그런데 갈 만한 곳이 없었다.

로제는 담장에서 느슨한 판자를 찾아내 그 틈새로 사라졌다.

마치 누군가에게 배신당한 것 같은 느낌이 들었다. 고결하면서 좋은 일을 했을 때는 당연히 기분도 좋아야 하는 거 아닌가?

잠시 뒤에 어떤 손 두 개가 담장 위쪽을 잡았다. 곧이어 로제의 얼굴이 나타났다.

"진짜 급한 일이었어?"

로제가 외쳤다.

"그래, 진짜야!"

내가 소리쳤다.

"아주 중요한 일이었어!"

로제의 얼굴이 밑으로 내려가면서 사라졌다. 로제의 목소리가 마당을 질러서 내게 날아왔다.

"알았어."

"내일 보자!"

내가 로제에게 소리쳤다.

다시 난간에서 다리를 흔들기 시작했다. 흙먼지가 날아오면서 담장의 날카로운 모서리와 지붕꼭대기, 저 멀리 교회의 뾰족탑을 부드럽게 만들기 시작했다. 그 자리에 한참 동안 가만히 앉아서, 기분이 좋아지기를 잠자코 기다렸다.

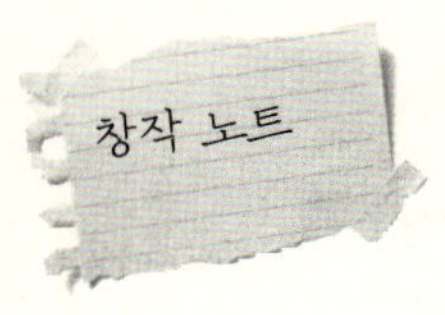

「대통령님, 어디 계세요?」에 나오는 한 문장을, 나는 내가 작가로 성장하는 과정에서 쓴 가장 의미심장한 문장으로 여기고 있다. 주방 식탁에서 연필로 소설을 끼적거리던 시절이 있었는데, 그 문장은 그 시절에 썼지만 어디론가 사라져서 절반밖에 기억나지 않는 소설을 떠올리게 해준다.

그 소설은 어느 도시의 가난한 지역에 사는 소년을 다룬 것이었다. 그 소년은 호화롭고 풍족한—적어도 소년의 눈엔 그렇게 비치는—지역에 사는 한 소녀를 몹시 사랑한다. 소설 속에서 이야기를 들려주는 내레이터는 바로 그 소년인데, 나이가 열두 살이다.

그때 문제는 묘사에 있었다. 내레이터(그리고 작가로서의 나 자신)는 그 소녀의 집을 묘사하는 데 어려움을 겪었다. 그 집은 웅장하고 아름다우면서 눈부신 흰색이었는데, 소년이 사는 3층짜리 공동주택과는 전혀 딴판이었다. 그런 집을 어떻게 묘사하면 좋을까?

나는 건축에 대해서 거의 아는 게 없었다. 그 집은 우아하고 고풍스러운 분위기를 갖고 있었다. 옛날에 지어서 지금껏 전해져 온 유물? 책에서 그런 집을 본 느낌이 들었다. 그런데 어떤 책이었지?

그런 문제를 연구하는 일에 대해선 전혀 아는 게 없었다. 그리고 어쨌든 내레이터에게 그 집을 장황하게 묘사해야 하는 부담을 떠안기고 싶지 않았다. 사실상 그런 식의 묘사는 이야기 전개를 방해할 뿐 아니라, 일반적으로 열두 살 난 소년이 건축에 대해서 갖고 있는 지식하고도 어울리지 않는 것이었다. 그럼에도 불구하고 단지 커다란 흰색 집이라고 간단하게 묘사하고 싶진 않았다.

이런 문제 때문에 그 소설을 쓰던 작업을 완전히 중단해 버렸다. 그리고 내 고향의 시가지를 거닐면서, 내가 잘 모르는 것들을 떠올리며 무척이나 괴로워했다. 이토록 모르는 게 많은 사람이 어떻게 작가가 될 수 있다는 거지?

집으로 돌아와서 연필을 씹으며, 내가 쓴 단어들을 읽고 또 읽었다. 간결하고 명료한 어니스트 헤밍웨이의 산문, 윌리엄 사로얀의 단순한 문장은 내게 큰 영향을 주었다. 그래서 나는 늘 내게 다짐을 주었다. 단순하게 써라. 지나치게 기교를 부리지 마라.

바로 그런 원칙을 소녀의 집을 묘사하는 데 적용하기로 마음먹었다. 건축에 대해선 잊어라—그 집이 어떻게 생겼는지에 대해선 신경 쓰지 마라. 그 집의 실제 모습이 아니라, 열두 살 난 소년의 눈에 그 집이 어떻게 보이는지에 신경 써라.

그렇다, 중요한 건 바로 그것이었다—작가가 아니라 소년의 관점이 중요했다. 뒤이어 불현듯 그 집을 어떻게 묘사할 건지 떠올랐다. 그 집은 소년에게 커다란 흰색 생일 케이크처럼 보였다! 내가 찾던 이미지가 바로 그것이었다. 콜럼버스가 육지를 발견했을 때만큼이나 감동적인 순간이었다.

그 순간에 나는 직유와 은유를 발견했으며, 단어들이 진정한 도구라는 사실을 깨달았다. 비유는 소설을 꾸며주는 단순한 장식품이 아니라, 장면과 사건과 감정을 환기시켜 주는 표현이라는 걸 깨달았던 것이다. 주방에서 그런 사실을 발견하기 전까지, 나는 직유와 은유의 정의를 포함하여 문법책에서 접하는 수많은 내용들에 잔뜩 위축돼 있었다. 그런데 갑자기 그런 정의들이 하찮게 보였다. 중요한 건 그런 것들을 잘 활용해서 작품을 풍요롭게 만드는 것이었다— "엄마, 나 진짜 똑똑하지?" 하고 잘난 척하기 위해서가 아니라, 이미지를 날카롭게 다듬고 감정을 분명하게 묘사해서 독자들에게 충격을 주어 새로운 깨달음을 얻게 하기 위해서였다.

어쨌든 오래도록 소년과 생일 케이크처럼 생긴 집에 관한 소설을 잊고 지냈다. 이미 그 작품을 발표한 지 아닌가 싶을 정도다. 이번에 「대통령님, 어디 계세요?」에서 당시에 찾아낸 묘사를 되살려 놓았다. 다섯 번째 문단 두 번째 문장에 그 묘사가 나온다. 쭈뼛거리면서 작가가 되는 길을 걸어가던 그 시절에 경험했던 그 놀라운 순간에 이 묘사를 바친다.

아빠에게 굿나잇 키스를

어쨌든 모든 걸 샅샅이 파헤쳐야 하며, 그것이 최선으로 여겨진다. 우리 아버지에 대한 이야기다. 예를 들면 최근에 나는 아버지가 현재 마흔다섯 살이라는 걸 알았다. 그런데 아버지가 사십대라는 사실이 나한텐 별 의미가 없다는 느낌이 들었다. 마흔 살이 넘은 누군가를 떠올리며 나이를 그만큼 먹었다는 게 어떤 건지 상상하려고 애쓰는 건, 가령 백 년 뒤엔 이 세상이 어떤 모습일지 상상하려고 애쓰는 거나 같다는 얘기다.

어쨌든 우리 아버지는 마흔다섯 살이며, 여느 아버지들처럼 아주 힘든 일을 하면서 살아간다. 아버지는 컴퓨터 설비업체 사무소장이다. 월급쟁이이며, 매년 4주 휴가를 받는데 그 가운데 2

주는 1월과 5월 사이에 들어 있다. 따라서 아버지는 집에 페인트를 칠하거나 테라스를 만드는 따위의 일들을 4월 안에 마무리 짓는다. 그리고 나머지 2주 휴가를 활용해서 7월에 우리 가족은 여행을 다닌다. 아버지는 매일 두 가지 신문을 보며, 텔레비전 일곱 시 뉴스를 놓치는 일이 없다.

내가 연구해서 파헤친 매우 중요한 사실들을 몇 가지 더 적어 보겠다. 아버지는 키가 175센티미터이며 체중은 73킬로그램이다. 혈압이 높은 편이며, 텔레비전으로 레드삭스 야구 경기를 보면서 맥주 한두 잔 마시는 걸 즐긴다. 식사 전에 마티니를 딱 한 잔 마시며, 절반쯤 익힌 스테이크를 좋아한다.

"오늘 밤엔 꼭 자니 카슨 쇼를 보고 자야지."

입버릇처럼 이렇게 말하지만, 늘 열한 시 뉴스 뒤엔 엉금엉금 기어서 침대로 간다. 아버지가 뉴스를 보는 것도 오로지 다음 날 날씨를 알기 위해서다. 유머 감각이 아주 뛰어나지만, 저녁 식탁에서 우리한테 오싹한 농담을 던지는 걸 무척이나 좋아한다. 그러면 우리는 곧 반응을 보여서 아버지 기분을 맞춰 준다.

우리는 나와 두 누이를 말한다. 애니 누나는 열아홉 살인데 대학에 다니며, 열네 살 난 데비는 텔레비전 앞에서 일생을 보낸다. 나는 마이크인데, 열여섯 번째 생일이 멀지 않은 고등학교 2학년이다.

어머니 이름은 엘린이며—아버지는 어머니를 엘리라고 부른

다—보통 어머니들과 다를 바 없다. "방 좀 치워라! 숙제는 다
했어?"

이제 기본적인 정보는 모두 얘기했으니, 지난달 어느 날 겪은
일을 들려드리겠다.

그날 나는 학교를 나서서 우리 집 앞을 지나가는 노스사이드
버스를 타러 시내 중심가를 걸어갔다. 아주 멋진 봄날이어서 휴
가철 같은 느낌이 들었다. 내가 하고 싶은 모든 일, 보고 싶은
모든 풍경, 만나고 싶은 모든 여자애들을 떠올리자니 가슴이 아
파 왔다. 특히 버스 정류장에서 맞닥뜨리던 여자애가 떠올랐다.
지난 몇 주 동안 그 여자애한테 접근하기 위해서, 용기를 짜내
느라 무척이나 노력해 왔다. 무릎이 후들거릴 정도로 예쁜 여자
애였다.

어쨌든 그날 나는 지름길로 들어서서 잰걸음으로 브라이언트
공원을 지나갔다. 발밑에 와 닿는 잔디가 더없이 부드럽고 푹신
푹신했다. 가지가 축 늘어진 버드나무는 꽃이 가득 피어서 희뿌
옇게 보였다. 일순간 진짜 재미있는 텔레비전 만화영화에 나오
는 벅스버니처럼 갑자기 끽 하고 발걸음을 검추었다.

남북전쟁 때 쓰던 걸 전시해 놓은 대포 옆쪽에 자동차 한 대가
서 있다. 바로 우리 집 자동차다. 앞 범퍼 오른쪽에 움푹 들어간
자국이 보인다. 대학생 애니 누나가 지난달에 잠시 집에 와 있을

때 만든 자국이다. 그리고 자동차 유리창엔 판박이 그림이 찍혀 있다. 우리가 윈디 캐즘 같은 곳으로 따분한 휴가 여행을 다니던 중에 남긴 흔적이다.

자동차 속엔 아무도 없다. 누가 차를 훔쳐다가 이곳에 버린 걸까? 와우, 정말 놀라운 일인데!

좀 민망하다는 느낌을 주는 발가벗은 천사가 서 있는 분수대를 지나가다가 다시 우뚝 걸음을 멈춘다. 그곳에 아버지가 있다. 아버지는 공원 벤치에 앉아 있다. 작은 연못 너머를 물끄러미 바라보는 모습이다. 한때 연못에선 금붕어들이 헤엄치며 돌아다녔는데, 아이들이 몰래 훔쳐 가면서 씨가 말라 버렸다. 아버지는 미술관에 있는 조각상처럼 생각에 깊이 잠겨 있었다.

고개를 숙여 내 손목시계를 들여다보았다. 이런, 이제 두 시 삼십 분밖에 안 됐잖아. 이 시간에 아버지는 여기서 뭘 하고 있는 걸까? 아버지에게 다가가려다가 멈칫하면서 생각을 바꾸었다—왜 그랬는지 지금으로선 기억나지 않는다.

아버지는 여느 때와 전혀 다를 바 없어 보였다. 하지만 어쨌든 아버지가 발가벗고 있는 걸 훔쳐본 듯한 느낌, 내가 금지구역으로 발을 잘못 들여놓은 듯한 느낌이 들었다. 나는 어떤 때 어머니가 노크도 안 하고 내 침실로 불쑥 들어오는 걸 아주 싫어하는데, 바로 그런 경우와 비슷하다.

계속 머뭇거리면서, 갑자기 나타난 이방인을 대하듯이 아버지를 유심히 관찰했다. 낯익은 아버지의 짧은 머리를 바라보았다. 숱이 적어서 흰 머리칼 사이로 두피가 드러나 보였다. 아버지 목엔 칠면조처럼 주름이 잡히기 시작했다. 아버지가 숨을 길게 내쉬었다. 그리고 어깨를 들썩거렸다. 아버지는 덜컥거리는 화물 열차처럼 온몸을 파르르 떨고 있었다. 아버지가 두 눈을 감은 채 햇살을 향해 얼굴을 들어 올렸다. 마치 모든 숨구멍을 활짝 열어놓고 그 순간을 한껏 즐기는 것처럼 보였다.

발끝으로 살금살금 걸어서 그 자리를 떴다. 발끝으로 걷는다는 얘기를 많이 들어 보았지만, 내가 머리털 나고 그렇게 걸었던 건 그때가 처음이었던 것 같다. 어쨌든 벤치에 앉아서 여전히 햇빛을 즐기는 아버지를 놔두고 공원에서 벗어났다. 버스정류장에서 더 중요한 일이 기다리고 있었기 때문이다.

오늘 나는 그 여자애한테 다가가서 무슨 말이든지 건네기로 맹세했었다. 어쨌거나 나는 프랑켄슈타인이 아니며, 어떤 여자애들은 내가 같이 놀기에 재미있는 아이라고 생각한다. 그런데 막상 버스 정류장에 가보니 그 여자애가 보이지 않는다. 오도 가도 못하고 서성대다가 두 시 사십 분 버스를 그대로 보낸다. 그랬는데도 여자애는 나타나지 않는다. 세 시 삼십 분에 엄지를 세워서 집으로 가는 차를 얻어 탄다. 내가 잡아 탄 차는 녹색 MG다. 이렇게 멋진 차를 타게 되어서, 비참한 오후를 보낸 심경이 좀 누그러진다.

그날 저녁 식탁에서 나는 거의 입을 열지 않는다. 그 여자애, 그리고 내 방에서 나를 기다리는 그 모든 과학 숙제에 대해서 골똘히 생각한다. 우리 집의 저녁 식사는 대소동과 따분함 사이를 오락가락하는 일종의 의식인데, 어느 방향으로 전개될지는 전혀 짐작할 수 없다. 사실 나는 식탁에서 대화를 나누는 걸 즐기지 않는다. 어머니가 지적하듯이, 나는 식욕이 엄청나서 음식을 너무 빨리 먹는 편이다. 진짜 짜증나는 건 내가 입에 음식을 가득 물고 있을 때, 누군가 나한테 질문을 던지거나 시시한 농담을 던져 놓고는 웃음을 강요하는 것이다. 그리고 늘 그런 일이 벌어진다.

그런데 그날 저녁 때 어머니가 아버지에게 오늘은 사무실 일이 어땠느냐고 묻는 순간, 나는 식사를 완전히 멈추었다.

"여느 날이나 똑같았어."

아버지가 대꾸했다.

공원에서 있었던 일이 퍼뜩 떠올랐다.

"하퍼사와 계약을 맺기 위해 온종일 사무실에서 대기했던 거예요?"

"커피 한 잔 마실 짬도 없었어."

아버지가 감자를 더 먹으려고 손을 뻗으며 말했다.

그 소리에 하마터면 입에 물고 있던 구운 쇠고기가 목에 걸릴 뻔했다. 아버지가 어머니를 속였다. 실제로 어머니한테 거짓말을 했다. 무시무시한 위험지대에 갇힌 것처럼 두려움이 일었다. 아버지의 거짓말 때문에 갑자기 공포에 사로잡힌 느낌이 들었다.

나 자신은 지금껏 살아오면서 누군가를 속인 적이 없었을까? 상대가 부모님이건 선생님이건 심지어 친구들이건, 그들의 행복을 깨뜨리지 않으려고 절반쯤 거짓을 섞어서 말한 적이 있지 않았을까? 만일 모든 사람들이 갑자기 진실만을 말하기 시작한다면 과연 어떤 일이 벌어질까?

정작 나를 당황하게 만든 건 아버지가 거짓말을 한 동기였다. 어째서 아버지는 오후에 공원에 있지 않았던 것처럼 행동해야만 했던 걸까? 맨 처음 떠올렸던 의문이 더욱 심각하게 변해서 되살아났다—다른 건 제쳐 두고서라도, 어쨌든 아버지는 공원에서 무얼 하고 있었던 걸까?

식탁 건너편에 앉은 아버지를 유심히 관찰했다. 전혀 낯선 사람을 대하듯이 아버지를 뚫어지게 바라보았다. 그러나 아무것도 알아내지 못했다. 앞에 앉은 사람은 기도 저도 아닌 내 아버지일 뿐이었다. 아버지의 모습은 여느 때와 똑같았다. 언제나처럼 나른하면서 조용한 모습으로, 텔레비전 뉴스를 보기 전에 잠깐 눈을 붙일 준비를 하고 있었다. 후식을 먹은 뒤엔 하품을 삼켰다. 순간 나는 다 잊어버리자고 속으로 중얼거렸다. 세상만사는 다 그럴 만한 이유가 있는 법이다.

시간을 좀 건너뛰어서, 어느 날 밤에 전화벨이 울린 애기로 넘어가기로 하자. 일단 우리 집 식구들이 전화를 대하는 자세부터 설명해 보겠다.

아버지의 경우엔 무슨 일이 있어도 전화를 받지 않는다. 벨이 아홉 번 열 번 열한 번 울려도 신경 쓰지 않고, 계속 신문을 읽거나 텔레비전을 본다. 아버지 얘기로는 대부분 데비나 나한테 걸려오는 전화이기 때문이란다—사실 아버지 얘기가 맞다.

공원에서 그 일이 있은 지 며칠 지나서, 밤 열 시 삼십 분쯤에 전화벨이 울렸다. 어머니는 학기 중에 평일 밤 아홉 시가 넘은 시각에 전화가 오면 몹시 화를 낸다. 그래서 내가 전화를 받으려고 황급히 방을 나섰다.

수화기를 드는 순간, 아버지가 이미 아래층에서 선이 연결된 다른 수화기를 집어 들었다는 걸 알아챘다. 잠시 침묵이 흐른 뒤에 아버지가 말했다.

"내가 받았다, 마이크."

"예, 아버지."

그렇게 대답하고 수화기를 내려놓았다.

2층 복도에서 숨소리를 죽이고 잠자코 서 있었다. 아버지가 소곤대는 목소리가 들려왔다. 꽤 먼 거리인데도 은밀한 통화라는 느낌이 들었다. 어쩌면 단지 공간적인 거리 때문에 비밀스럽고 은밀한 통화처럼 여겨졌던 건지도 모른다.

내 방으로 돌아가서 전축에 블러드 스웨트 앤드 티어스(미국의

음악밴드 이름: 옮긴이)의 음반을 올려놓았다. 어머니가 저녁 때 여성후원회 모임에 참석하느라 외출했다는 거 떠올랐다. 다시 일어나서 거울을 들여다보았다. 콧등 오른쪽에 불결한 여드름이 한 개 더 생겨서, 이미 콧등 왼쪽에 난 여드름과 균형을 이루고 있었다.

누가 이 늦은 시간에 아버지한테 전화를 건 걸까? 그리고 아버지가 그렇게 오랫동안 전화 통화를 한 이유는 무얼까? 전화를 건 사람은 그날 아버지가 브라이언트 공원에서 기다렸던 바로 그 사람일까?

웃기지 마, 마이크, 하고 나 스스로를 나무랐다. 여드름처럼 확실한 것만 고민하기로 하자.

나중에 아래층에 내려가 보니, 아버지는 의자에 깊이 몸을 묻고 있었다. 당장이라도 무너지려고 하는 텐트처럼, 신문이 아버지의 얼굴을 덮고 있었다. 아버지가 코를 고는 바람에 텐트가 뒤집히면서 미끄러져 바닥에 떨어졌다. 면도할 때가 다 된 아버지의 턱수염은 가늘고 기다란 얼음 조각 같았다.

이전엔 알아채지 못했는데, 아버지의 두 발이 꽤나 연약해 보였다. 고등어처럼 흰 빛깔을 띠었고, 슬리퍼 밖으로 절반쯤 맨살이 드러나 있었다. 양심의 가책이 일면서 갑자기 허기가 사라져 버렸다. 그래서 냉장고를 살펴보지 않고 다시 2층으로 올라갔다. 그는 신비로운 존재가 아니었다. 여느 때처럼 입을 벌린 채 코를 고는 내 아버지일 뿐이었다.

다음 날 버스 정류장에서 마주치던 여자애의 정체를 알아내곤 폭탄이 터지는 듯한 충격을 맛보았다. 여자애의 이름은 샐리 베튼코트였다. 전 세계 어느 고등학교에나 샐리 베튼코트 같은 여자애가 있다—축구 영웅들의 여자 친구, 무도회의 여왕, 사과 꽃 피는 계절의 최고 미녀.

그 여자애는 모뉴먼트 고등학교의 샐리 베튼코트였다. 그런데 나는 축구 영웅이 아니다. 지난겨울에 교내 농구 대회에서 3점을 올리긴 했지만 말이다. 그런데 그 여자애는 몇 주 전 버스를 기다리던 중에 나를 보고 미소를 지었다.

기록으로 남겨 두기 위해서 어떻게 내가 그 여자애의 이름을 알아냈는지 적어 보겠다. 그 애는 나와 몇 발짝 떨어진 곳에 서서, 몇몇 남녀 애들과 잡담을 나누고 있었다. 그 애한테 가까이 다가가는 순간, 그 애가 들고 있던 책 하나에 이름이 적혀 있는 걸 보았다. 탐정에 버금가는 성과를 올린 것이다.

다음 날 역시 탐정처럼 아버지의 책상을 조사하는 작업에 착수했다. 아버지는 사적인 편지와 사무실 서류들을 접이식 뚜껑이 달린 책상 속에 보관한다. 어머니가 어떤 경매에서 찾아낸 낡고 오래된 책상인데, 샌드페이퍼로 닦아서 표면을 다시 끝손질한 것이다.

그때 집 안엔 나밖에 없었다. 책상은 자물쇠를 채워 놓지 않은 상태였다. 서랍을 열고 일기장처럼 생긴 공책들을 뒤적거렸다. 모두 회사 일에 관한 내용이었다. 온갖 영수증이 다 있었다. 말소된 수표들의 보관용 부본도 보였다. 그런데 맨 아래 서랍을 열었을 때, 편지지와 봉투를 담는 용도로 쓰이는 상자가 나왔다. 상자 속엔 모양과 크기와 색깔이 다양한 봉투들이 담겨 있었다. 여러 해 동안 아버지날(6월 셋째 일요일: 옮긴이) 받은 카드들을 모아 놓은 것이었다. 내가 네댓 살 때 꼬불꼬불한 글씨로 '마이크'라고 정성껏 이름을 써 넣은 카드도 눈에 띄었다. 아버지의 은밀한 연애편지—애니 누나와 데비와 내가 보낸 것들이었다.

"무얼 찾는 거니?"

아버지의 그림자가 책상 위로 떨어졌다. 순간 나는 짜증난 듯한 목소리로 아무렇게나 투덜거렸다.

우리가 이해하기 힘든 외국어를 중얼거리듯이 뭐라고 중얼대거나 투덜거리면, 어른들은 쉽게 속아 넘어가는 경향이 있다. 어른들이 지레 겁을 먹거나 당황한다. 그러니까 우리의 행동을 문제 삼거나 따지지 않게 된다는 말이다.

바로 그 순간에도 그런 일이 벌어졌다. 나는 아버지의 책상 속을 몰래 살피던 중이었는데, 아버지가 갑자기 나타나자 알쏭달쏭한 소리를 중얼거렸다. 그러자 아버지는 당황한 표정을 보였고, 나는 곧바로 성큼성큼 걸어서 그 방을 빠져나갔다. 마치 내가 소송을 걸 준비를 하는 피해자라도 되는 것처럼 행동했다.

그다음 주에 세 가지 일이 벌어졌는데, 모두 아버지하고는 상관이 없었다.

첫 번째 일은 내가 샐리 베튼코트에게 전화를 건 것이었다. 샐리가 어느 날 오후에 버스 정류장에서 나를 다시 만난다면, 내게 미소를 보내올 거라는 확신이 들었기 때문이다. 의례적으로 머금는 미소가 아니라 의도적으로 내게 던지는 미소, 나를 아무개라는 한 인간으로 인정하면서 보내는 미소 말이다.

사실 샐리에게 나흘 사이에 세 번이나 전화를 걸었다. 처음 전화를 걸었을 때 샐리는 집에 없었다. 전화를 받은 사람(어머니? 언니?)은 샐리가 언제 집에 돌아올지 알지 못했다. 두 번째로 전화했을 때 샐리는 샤워를 하는 중이었다. 아마도 샐리는 전화를 받은 사람에게 나중에 물어보았을 것이다.

"메시지 남긴 거 없어?"

"음, 없어."

세 번째로 전화를 걸었을 땐 통화 중이었다. 만일 통화가 이루어졌다면, 샐리한테 뭐라고 말했을까? 나는 내가 전화 통화를 아주 능숙하게 잘하는 편이라고 생각한다. 따로 하는 일이 없거나 내 자세에 신경 쓸 필요가 없을 경우에 말이다.

그 주에 벌어진 또 다른 일은 역사 시험을 치른 것이다. 그런데 시험을 망쳐서 낙제할 뻔했다. 장학생이 될 기회를 날려버릴 수도 있는 C 마이너스를 받았는데, 어머니가 아시면 히스테리에 걸릴 수준이었다.

그리고 나머지 한 가지는 시립공원 관리국에서 여름방학 아르바이트 자리—수영장 38번 풀의 인명 구조원—를 따낸 일이었다. 38번 풀은 12세 이하 어린이들이 이용하는데, 이 도시에서 가장 낭만적인 풀이라고는 말할 수 없다.

역사 시험 때문에 몹시 당황해서, 로제스 역사 선생님과 대화를 나누었다. 선생님은 내게 과제를 내 주어서 점수를 회복할 수 있는 기회를 주셨다. 그래서 어느 날 나는 밤늦도록 자지 않고 공부했다. 다른 식구들이 내는 소리에 방해 받지 않기 위해서 전축 이어폰을 양쪽 귀에 끼우고 틴티드 오렌지가 부르는 멋진 노래를 들었다. 그러다가 나도 모르게 잠이 들었는데, 일순간 퍼뜩 잠에서 깨어났다—갑자기 대포에서 허공으로 쏘아 올려진 것 같은 느낌이었다.

시계는 한 시 삼십 분을 가리키고 있었다. 길게 하품했더니 입에서 고약한 냄새가 났다. 프랑스 외인부대가 맨발로 내 입속을 행군하며 지나간 것 같았다(아버지가 무수히 입에 올리던 농담 가운데 하나다). 오렌지 주스를 한 잔 마시러 아래층으로 내려갔다. 서재에서 불빛이 흘러나오고 있었다. 셔츠에 오렌지 주스를 튀기며, 비척거리면서 서재로 다가갔다.

아버지가 그곳에 있다. 의자에 깊이 몸을 파묻은 모습이다. 마치 죽은 사람처럼 보인다. 나는 너무 놀라서 그 자리에 주저앉을 뻔했다. 그러나 아버지는 입술을 실룩거리며 요란하게 코 고는 소리를 내고 있다. 한 팔이 바닥을 향해 축 늘어져 있다. 마치 축 늘어뜨린 수건 같다. 아버지의 손가락들이 바닥에 놓인 어떤 책에 거의 닿으려 한다. 아버지가 손에 들고 있다가 떨어뜨린 책이 분명하다. 시집이다. 이름을 들어 본 적이 없는 시인의 시집이다. 케네스 피어링.

시집을 들고 넘겨 본다. 대부분 대공황기에 관한 시들이다. 시집 앞쪽에 헌정사가 적혀 있다. 손으로 꼼꼼하게 쓴 글씨인데 빛바랜 연보랏빛이다.

'지미에게, 영원히 너를 잊지 않을 거야. 뮤리얼.'

지미? 우리 아버지 이름은 제임스이며, 아버지의 친구 분들과 어머니는 짐이라고 부른다. 그런데 지미는 누구지?

그 페이지 아래쪽에 날짜가 적혀 있다. 헌정사처럼 연약한 느낌을 주는 필체다―1942년 11월 2일. 그때쯤이면 아버지는 지미로 불려도 될 정도로 어린 나이였다. 뮤리얼이라는 여자애는 아버지를 그렇게 불렀으며, 아버지에게 시집을 한 권 주었던 것이다. 비록 대공황기에 관한 시들이지만, 아버지는 한밤중에 그 시집을 꺼내서 읽는다.

아버지가 온몸을 꿈틀거리고, 뭐라고 툴툴거리고, 헛기침을

한다. 아버지의 손이 거대한 흰색 거기처럼 바닥을 훑으며 책을
찾기 시작한다. 나는 책을 바닥에 도로 내려놓고, 살며시 방에서
빠져나가 2층으로 올라간다.

　다음 날 다시 진지하게 조사 활동을 시작했다. 세세한 것들을
하나도 그냥 지나치지 않았다. 아버지의 신발과 양말과 셔츠 같
은 것들의 사이즈를 알아냈다. 벽장과 옷장, 지하실에 있는 아버
지의 작업대를 뒤졌다. 내가 찾고 있는 게 무언지 정확히 알지
못했지만, 어쨌든 무언가를 찾고 있다는 사실이 중요했다.
　그런 노력이 한 가지 보상을 베풀어 주었다. 적어도 수색 작업
을 하는 동안엔 샐리 베튼코트를 잊기 해준 것이다.
　며칠 전에 샐리 베튼코트와 마침내 전화 통화가 이루어졌다.
샐리에게 내 정체를 밝히는 데 10여 분이 걸렸다("어느 버스 정
류장에서 나를 봤다는 거니?" 하고 샐리가 물었다). 결국 샐리가
내가 서 있는 쪽을 향해서 날렸던 모든 미소는 전혀 아무런 의미
가 없는 것이었으며, 내 얼굴은 그 아이에게 스프 캔에 붙은 상
표처럼 별다른 인상을 남기지 않았다는 게 분명해졌다. 그때부
터 대화는 내리막길을 걸었으며, 그 아이가 이렇게 말하는 순간
밑바닥에 이르렀다.
　"어쨌든 전화해 줘서 고마워, 마크."
　굳이 내 이름을 바로잡아 주고 싶지도 않았다. 샐리는 이런 일

에 아주 능숙한 아이였다. 이 세상의 모든 샐리 베튼코트들이 그렇다. 바로 그런 이유에서 사내아이들은 전혀 쓸데없는 짓인 줄 알면서도 계속해서 그런 여자애들을 상대로 사랑에 빠져든다.

전화를 끊고 현관 거울—거울을 달아놓기엔 더없이 잔인한 장소다—을 들여다볼 때까지도, 내 얼굴은 종이상자처럼 잔뜩 구겨져 있었다.

당연한 일이지만 다음 날 그 아이는 그 버스 정류장에 나타나지 않았다. 나도 그곳에 서 있지 않았다. 좀 더 자세하게 얘기하면, 나는 잠깐이라도 그 아이의 모습을 보려고 길 건너편에 서 있었다. 내가 기억하고 있는 대로 샐리가 진짜로 예쁜 아이인지, 전화 통화 때문에 내 마음속에서 그 아이의 아름다움이 훼손되진 않았는지 확인하기 위해서였다.

결국 그 아이가 나타나지 않았고, 나는 시내 중심가를 어슬렁거리며 돌아다녔다. 남자애와 여자애들이 상점 출입구에서 서성대고 있었다. 레코드 상점에서 틴티드 오렌지가 부르는 「자줏빛 저녁」이 터져 나왔다.

바로 그때 아버지가 눈에 잡혔다. 아버지는 자동차들을 요리조리 피하며 길을 건너고 있었다. 마치 농구장에서 공을 갖고 드리블을 하는 것처럼 보였다. 손목시계를 들여다보았다. 두 시 오십 분이었다. 어느 상점 출입구로 들어서서, 아버지가 잰걸음으로 상업은행과 애플턴 백화점과 군납 업체를 지나쳐 가는 걸 바라보았다.

아버지는 모뉴먼트 공공도서관 앞에서 멈춰 섰다. 그리고 뒤이어 안으로 사라졌다. 우리 아버지가 도서관을 찾다니, 이게 무슨 일이람? 아버지는 도서 대출증도 없었다. 나도 도서관을 썩 좋아하는 편은 아니다. 도서관에선 모든 사람들이 속삭이거나 낮은 목소리로 말한다.

마치 건물에 볼륨을 조절하는 거대한 손잡이가 붙어 있어서, 제로에 가깝게 소리를 줄여놓은 것 같았다. 우두커니 서 있는데, 새로 나온 르망을 타고 다가오는 로라 킨케이드가 보였다. 은은한 암녹색 르망이었다. 최고였다.

"로라 킨케이드를 한 단어로 표현하면 '최고'가 딱 어울려."

언젠가 아버지가 그렇게 말하는 걸 들은 적이 있었다.

그녀는 금세 비어 있는 공간을 찾아서 주차했다. 그 자리는 마치 온종일 그녀가 나타나기를 기다리고 있었던 것처럼 보였다. 그녀가 문을 열고 차에서 내렸다. 그녀는 금발이다. 무더운 날, 컵에 따를 때의 레모네이드(레몬 즙으로 만든 청량음료: 옮긴이)와 비슷한 색이다.

나는 온몸이 마비된 채로 잠자코 서 있었다. 문득 머릿속에 어떤 장면이 떠올랐다. 우리 집에서 새해맞이 파티가 열렸을 때, 자정 직전에 로라 킨케이드가 장난감 나팔을 불던 모습이었다. 나는 주방에서 입을 벌리고 그 장면을 바라보았다. 알코올 몇 잔

이 그 모든 은행가와 로터리클럽 회원과 상업회의소 관리들을
텔레비전에서 가이 롬바르도(캐나다 출신의 가수이자 바이올리니스트:
옮긴이)가 부르는 노래에 맞춰 정신없이 춤추는 무리로 탈바꿈시
키는 걸 보고 몹시 놀랐다. 그동안 텔레비전 카메라는 계속해서
타임스 스퀘어(뉴욕시 중심가에 있는 광장: 옮긴이)를 다시 비추어 준
다. 그곳에선 대부분 내 나이 또래인 무수히 많은 젊은이들이 더
없이 행복한 모습으로 온몸을 흔들고 있었다.

내가 도서관 앞에서 그런 장면을 떠올린 건, 내 마음이 더없이
혼란스러웠기 때문이다—그녀가 이 시간에 길을 건너서 도서관
으로 다가가는 이유가 무언지 몹시 궁금했다. 그녀는 쏟아지는
햇살 속에서 머리칼을 레몬 빛 후광처럼 빛내며, 나일론 옷을 반
짝거리면서 종종걸음 치고 있었다.

무엇 때문에 저리 서두르는 걸까?

오가는 자동차들이 거의 없는 한적한 시간이었다.

그녀는 누구를 만나러 가는 길일까?

도서관 옆문으로 발을 들여놓으면서도 나 자신에게 속으로 외
쳤다.

야, 이 바보야. 허튼 생각 집어치워.

도서관은 3층 건물이다. 중앙에 탁 트인 넓은 공간이 있으며,
그 둘레에 모든 서고와 책장이 배치돼 있다. 나는 빌려 갈 책을

손에 들고 있는 것도 아닌데 대출 창구 앞에서 발을 멈추었다.

헛웃음을 지으며 분수식 식수대 앞으로 다가갔다. 식수대에선 생각했던 것보다 세찬 물줄기가 뿜어져 나왔다. 콧구멍 속으로 물이 들어왔다. 불현듯 샐리 베튼코트가 떠올랐다. 어째서 나한테 이런 어처구니없는 일들이 잇달아 벌어지는 건지, 왜 이토록 샐리가 보고 싶은 건지 의아스러울 뿐이었다. 당장 채우지 않으면 안 될 정도로 가슴속이 완전히 텅 빈 느낌이 들었다.

계단을 통해서 3층으로 올라갔다. 계속 주위를 둘러보며 아버지와 로라 킨케이드를 찾으려고 애썼다. 내가 도저히 현실성이 없으면서 우스꽝스러운 게임을 하고 있다는 생각이 뇌리를 떠나지 않았다.

어느 순간에 그들이 내 눈에 잡혔다. 두 사람은 818–897이라고 적힌 서가 입구에 같이 서 있었다. 그녀는 책 두 권을 아기처럼 품에 안고 있었다. 그런데 아버지는 책이나 책장이나 벽이나 천장이나 바닥을 바라보고 있는 게 아니었다. 바로 그녀를 바라보고 있었다. 뒤이어 두 사람은 웃음을 터뜨렸다. 마치 무성영화를 보는 느낌이 들었다. 두 사람이 눈빛을 반짝이며 입술을 움직이고 있었지만, 아무런 소리도 들리지 않았다. 아버지가 천천히 고개를 가로저었다. 아버지의 얼굴에서 좀처럼 부드러운 미소가 가시지 않았다.

나는 453–521이라고 적힌 서가 속으로 물러섰다. 그들이 있는 서가와 마주보는 곳이었다. 갑자기 그들이 내가 자기들을 몰래 살피는 걸 알아챌까 봐 두려움과 걱정이 일었다.

아버지가 손을 들어서 그녀의 어깨를 톡 건드렸다. 그들은 여전히 명랑한 얼굴로 다시 웃음을 터뜨렸다. 그녀가 품에 안은 책을 가리켜 보였다. 아버지가 매우 진지한 자세로 고개를 끄덕거렸다. 그 순간의 아버지는 일평생 코를 골아 본 적이 없고, 저녁 식사 뒤에 잠시라도 눈을 붙인 적이 없는 사람처럼 보였다. 그들이 주위를 휘둘러보았다. 그녀가 자기 시계를 힐끗 들여다보았다. 그러자 아버지가 무슨 의미인지 분명치 않은 몸짓을 해 보였다.

나는 줄곧 금속 책장에 기대어 있었다. 그런데 왠지 그들의 눈에 띌 것 같은 느낌, 당장이라도 그들에게 공격받을 것 같은 느낌이 들었다. 그들이 갑자기 몸을 휙 돌리고 나를 바라보며, 손가락질하면서 비난을 퍼부을 것 같았다.

마침내 그녀가 자리를 떠서, 여전히 손에 책을 든 채 멀어져 갔다. 아버지는 그녀가 떠나가는 걸 물끄러미 바라보았다. 아버지의 얼굴에 그늘이 드리워 있었다. 그녀는 발코니를 따라 걸어가서 나선형 계단을 내려갔다. 나일론 옷은 여전히 반짝거렸고, 머리칼은 레몬 빛 폭포처럼 어깨 위로 흘러내리고 있었다.

아버지는 그녀가 시야에서 사라질 때까지 지켜보았다. 나는 눈을 가늘게 뜨고 아버지의 이목구비를 살피려고 애썼다. 얼굴과 몸체에서 낯익은 특징들을 찾아내서, 그가 여전히 내 아버지

인지 알아내기 위해서였다. 일종의 검증 작업이 필요했던 것이
다. 내가 1, 2분 남짓 쳐다보는 동안, 아버지는 그녀가 떠나간 길
을 더듬고 있었다. 아직도 그녀가 아버지 눈에 보이기라도 하는
것 같았다.

아버지의 얼굴을 유심히 관찰했다. 우리 아버지가 맞나? 뒤이
어 온몸이 마비되는 끔찍한 일이 벌어졌는데, 마치 영혼을 마취
시키는 주사를 맞아서 모든 감정이 죽은 것처럼 여겨졌다. 심지
어 내 정신까지 마비되기 시작해서 생각하는 속도가 느려졌다.
그래서 차라리 잘됐다는 느낌이 들었다.

버스를 타고 집으로 돌아가는 내내 창밖으로 풍경과 건물들과
행인들을 바라보았다. 사실 무언가를 바라본다기보다는 필름에
담듯이 기억 속에 저장하고 있다는 느낌이었다. 나중에 그런 것
들이 의미 있게 여겨질 때 현상해서 제대로 들여다보기 위해서
말이다.

저녁 식탁에서 내 접시에 놓인 음식은 전혀 식욕을 자극하지
않았다. 그래서 기계적으로 포크를 들어 올리며 음식을 먹는 척
했다. 아버지의 얼굴을 외면한다는 게 보통 어려운 일이 아니었
다. 마음속으로는 아버지를 쳐다보고 싶지 않았지만, 바로 그런
이유에서 계속 쳐다볼 수밖에 없었다. 누군가 우리에게 어떤 문
제에 대해서 생각하지 말라고 말하면, 오히려 그 문제를 더 생각

하게 되는 것과 비슷했다.

"어디 아프니, 마이크?"

어머니가 내게 물었다.

순간 의자에서 1.5미터쯤 허공으로 붕 떠오를 정도로 깜짝 놀랐다. 내가 어머니 눈에 어떻게 비칠지 전혀 생각하지 못했던 것이다. 스테이크라는 건 각별히 신경을 집중해야 제대로 먹을 수 있는 음식이다—그런데 어머니가 보기에 오늘따라 내가 마치 음식을 갖고 장난치는 기계처럼 보인 것이다.

"오빠가 사랑에 빠졌나 봐."

데비가 말했다.

그렇다, 바로 사랑이 문제였다. 그래서 아버지를 쳐다보지 않고 앉아 있는다는 게 보통 어려운 일이 아니었다.

"오늘 도서관에서 로라 킨케이드를 만났어."

아버지의 목소리가 귓속으로 들어왔다.

"그 희곡을 찾았대요?"

어머니가 물었다.

"두 권."

아버지가 우적우적 음식을 씹으며 대꾸했다.

"「욕망이라는 이름의 전차」는 여자들이 한번 야심차게 무대에 올려 볼 만한 작품이야."

"여성후원회는 테네시 윌리엄스(「욕망이라는 이름의 전차」를 쓴 미국

극작가: 옮긴이)를 전혀 겁내지 않는다니까요.”

어머니가 농담할 경우에 즐겨 사용하는 과장된 목소리로 그렇게 말했다.

“진짜 재미있네요, 아빠.”

나도 모르게 입을 열었다.

“아까 낮에 도서관에서 아버지를 봤거든요. 거기서 무얼 하시는지 궁금했어요.”

“그랬어? 난 너를 못 봤는데.”

“내 도서 대출증으로 그 희곡을 빌리러 가셨어. 그런데 로라 킨케이드를 우연히 만난 거지…….”

내가 몇 마디 하지도 않았는데, 어머니가 그렇게 모든 정황을 자세히 들려주었다.

그 자리에서 있었던 나머지 일은 굳이 이야기하지 않겠다. 내가 갑자기 식욕이 돌아와서 스테이크를 게걸스럽게 먹어 치웠다고도 말하지 않겠다. 실제로 그런 일은 없었기 때문이다.

그게 이틀 전 일이고, 나는 여전히 그 모든 일들이 우스꽝스럽게 여겨진다. 참 이상하게 여겨진다는 의미다. 바로 그런 이유에서 이 글을 쓰고 있는 것이다. 내가 수집한 모든 증거를 자세하게 기록으로 남기기 위해서다. 맨 처음에 아버지가 공원에 혼자 앉아 있었던 일, 전화 통화, 아버지가 밤늦게 읽은 시집, ‘지미에게, 영원히 너를 잊지 않을 거야. 뮤리얼.’이라고 적힌 헌정사, 도서관에서 본 로라 킨케이드 등등……. 사실 별로 대단한 증거들이 아니다. 특히 아버지를 바라보면서, 그가 내 아버지가 맞다는 확신이 들 때는 더 그러하다.

간밤에 숙제를 마치고 아래층으로 내려갔을 때였다. 아버지는 막 텔레비전을 끈 상태였다.

"내일은 구름이 많이 끼고 소나기가 올 것 같다는데."

아버지가 서재 등을 끄면서 말했다.

우리는 주위가 절반쯤 어두워진 곳에서 마주 섰다.

"숙제는 다 했니, 마이크?"

"예."

"그런데요, 아빠."

"왜, 마이크?"

아버지가 하품을 하며 물었다.

아버지한테 물어보려고 미리 마음먹었던 건 아니었다. 그런데 갑자기 입에서 질문이 툭 튀어나왔다.

"언젠가 아버지가 갖고 있는 책 한 권을 들여다본 적이 있어요. 피어링인가 니어링인가 하는 사람이 쓴 시집이었어요."

어두워서 아버지 얼굴이 잘 보이지 않았다. 계속해서 밝은 목소리로 물었다.

"그런데 아버지한테 그 책을 준 뮤리얼이 누구예요?"

아버지가 재미있다는 듯이 웃음을 터뜨렸다.

"그건 아주 오래된 일이야. 뮤리얼 스탠턴이라고 있었지."

아버지가 주방 유리창을 닫았다.

"뮤리얼에게 졸업반 댄스파티에 같이 가자고 청했는데, 나 말고 다른 사람하고 가더라. 우리는 그냥 친구였던 거야. 무슨 말이냐 하면—뮤리얼이 다른 사람하고 댄스파티에 가기 전까지 난 우리가 친구 이상으로 각별한 사이라고 생각했지. 그 뒤 뮤리얼이 졸업식 때 나한테 선물을—우정의 선물을 주었어."

우리는 함께 주방 안쪽으로 걸어 들어갔다.

"좀 참담한 선물이었지. 너무나도 좋아하는 여자와 데이트를 즐기는 대신 책을 받은 거니까."

아버지가 슬퍼 보이는 미소를 머금었다.

"참 괜찮은 사람이었는데, 오랜 세월 잊고 지냈어."

여러분이 보기엔 어떤가. 세상만사는 다 그럴 만한 이유가 있는 것 같지 않은가? 만일 내가 미친 척하고 다른 문제들을 제기한다면, 가령 공원에서의 일과 전화 통화에 대해서 물어본다면, 아버지는 역시 더없이 논리적인 이유를 들면서 답했을 것이다.

그럼에도 불구하고 여전히 의문은 남아 있었다. 그날 도서관에서 로라 킨케이드가 아버지로부터 멀어지던 순간이 떠오른다. 앞서 나는 그때 아버지의 얼굴을 제대로 보지 못했다고 말했다. 하지만 어렴풋하게나마 아버지의 표정을 엿볼 수 있었다. 왠지 낯익은 표정이었지만, 그게 어떤 표정인지는 분명하게 짚어서 말하기 어렵다.

그런데 지금에 와서 돌아보니, 어째서 그 표정이 그렇게 낯익어 보였는지 알 수 있었다. 바로 내가 샐리 베튼코트와 통화한 뒤에 거울에서 본 표정과 닮아 있었던 것이다. 완전히 구겨진 표정 말이다.

어쩌면 단지 내가 그렇게 상상했던 건 아닐까? 아버지는 도서관 중앙의 탁 트인 넓은 공간을 사이에 두고 저 멀리 서 있었다. 그렇게 먼 거리에서 아버지가 어떤 표정을 짓고 있었는지 정확하게 읽어 낸다는 게 가능한 일일까?

어젯밤에 주방에서 잔에 우유를 따르는데 아버지가 물었다.

"먹어도 먹어도 배가 고프냐?"

내가 아버지에게 되물었다.

"아빠도 가끔 외로울 때가 있으세요? 무슨 말이냐 하면, 좀 엉뚱한 질문 같지만요, 어른들, 이 세상의 모든 아버지와 어머니들에 대해서 궁금한 건데요—어른들도 이따금 기분이 축 처질 때가 있나 해서요. 그런가요?"

순간 아버지의 눈이 가늘어지면서 눈빛이 반짝거렸고, 그동안 줄곧 숨어 있었던 은밀한 무언가가 갑자기 휙 스쳐 가는 것처럼 보였다.

"물론이지, 마이크. 누구든지 때때로 울적한 기분이 드는 법이야. 아버지들도 인간이니까. 나도 한밤중에 잠을 못 이루고 어둠 속에 우두커니 앉아 있을 때가 있어. 사람들이 외로움을 느끼는 이유는……."

"그게 뭐예요, 아빠?"

아버지가 하품을 하며 대답했다.

"생각이 너무 많기 때문이지."

내 얘기는 이게 전부다. 지금 나는 한밤중에 일어나 앉아서 외로움을 달래며 이 글을 쓰고 있다. 샐리 베튼코트를 떠올리면서, 어째서 그 아이와 서로 인연이 닿지 않는 걸까 생각해 본다. 물론 아버지와 함께 졸업생 댄스파티에 가지 않으려 했던 뮤리얼 스탠턴에 대해서도 생각해 본다. 그리고 아버지가 이따금 외로움을 느끼는 것에 대해서, 한밤에 일어나 앉아서 시를 읽는 것에 대해서 생각해 본다. 도서관에서 본 아버지의 고뇌에 찬 얼굴과 브라이언 공원의 오후, 아버지가 인간이라는 걸 보여 주는 아버지 인생에 관한 모든 불가사의한 일들을 돌아본다.

아까 내 방으로 올라오기 전에 아버지를 보았다. 아버지는 의자에 앉아서 신문을 읽고 있었다. 내가 아버지에게 말했다.

"안녕히 주무세요, 아빠."

그러자 아버지는 고개를 들고 미소를 지어 보였다. 아득한 세월 저편의 일을 떠올리는 중이었는지, 왠지 공허한 느낌을 주는

미소였다. 순간 나는 엉뚱한 느낌에 사로잡혀서, 아버지한테 굿
나잇 키스를 하고 싶은 충동을 느꼈다. 그러나 물론 실행에 옮기
진 않았다. 열여섯 살 나이에 자기 아버지한테 키스하는 사람이
누가 있겠는가?

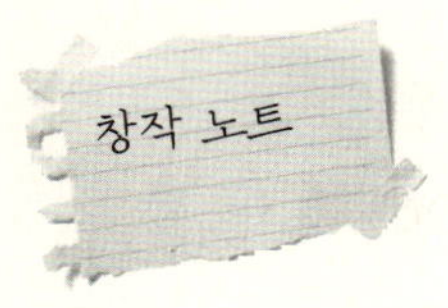

그날 오후에 평소보다 일찍 신문사를 나섰다. 지금으로선 무슨 이유 때문이었는지 기억나지 않는다. 어쨌든 차를 몰고 시내 중심가를 달리는데, 한 가지 용건이 남아 있다는 게 퍼뜩 떠올랐다. 차를 돌려 얼마간 달려서 주차할 자리를 찾는 등등, 번거로운 일들이 기다리고 있다는 얘기였다. 보도에 차를 붙여 세우고 잠시 머뭇거리면서, 다른 자동차들이 추월해 가게 내버려 두었다. 그리고 번거로움을 감수할 만큼 중요한 용건인지 곰곰이 돌아보았다.

"아빠!"

갑자기 나를 부르는 소리에 고개를 돌렸다. 당시 고등학교에 다니던 내 아들 피터가 놀란 얼굴로 나를 쳐다보고 있었다.

"여기서 뭐 하세요?"

피터가 물었다.

내가 어찌 된 일인지 들려준 뒤에 아이에게 되물었다.

"그런데 너는 어쩐 일이니?"

피터는 선생님들의 회의 때문에 수업이 일찍 끝났다고 말했다. 그리고 차에 오르면서 고개를 갸웃하고 나를 돌아보았다. 아이는 내가 차를 몰고 가는 중에도 줄곧 나를 쳐다보았다. 그래서 아이를 힐끗 돌아보았는데, 아이의 눈에서 의혹 비슷한 게 느껴져서 깜짝 놀랐다. 이유가 뭘까? 뒤이어 그 이유를 알아냈다. 아이는 뜻밖의 상황에서 갑자기 나를 만난 게 이상하게 여겨졌던 것이다. 벌건 대낮에 집도 아니고 직장도 아닌 번화가에서 내가 자동차 안에 앉아 있었으니 그럴 만도 했다. 우리는 차가 달리는 동안 더는 아무 말도 나누지 않았다.

평범한 날 짧은 순간의 경험이었다. 그러나 이날의 만남이 결국 이 소설을 낳게 만들었다.

자녀들이 보기에 아버지들은 신비로운 존재다. 적어도 나한테 우리 아버지는 그런 존재였다. 그게 참 이상하게 여겨진다. 왜냐하면 우리 아버지는 지극히 평범한 사람이었기 때문이다. 아버지는 일주일에 닷새 동안 매일 여덟 시간씩 공장에서 일했다. 그리고 보스턴 레드삭스가 오랫동안 페넌트레이스에서 우승하지 못했는데도 그 팀을 좋아했다. 아버지는 하루 일을 마친 뒤에 시원한 맥주를 마시는 걸 즐겼다. 아내와 자녀들을 사랑했으며, 집을 나서거나 귀가할 때 아내한테 꼭 키스를 했다.

나는 좀 더 나이가 든 뒤엔 아버지와 친구처럼 지냈다. 그런데 아버지한테 물어보지 못한 게 여러 가지 있다. 아버지는 매일 여덟 시간씩 작업대에 앉아 있는 중에 무슨 생각을 하세요? 식사 뒤에 잠깐 눈을 붙일 때, 아버지를 잠에 빠져들게 만드는 꿈과 희망은 어떤 건가요? 아내한테 실망한 적이 있었나요? 인생에서 성취감을 느낀 적이 있었나요? 나는 신발 사이즈(6과 1/2 또는 7, 신발 종류에 따라서 다르다)에서 좋아하는 가수(빙 크로스비)에 이르기까지 아버지에 대해서 많은 걸 알고 있었지만, 동시에 결코 알 수 없는 것들도 적지 않았다.

시내 중심가에서 우연히 피터를 만나면서, 그 아이도 그 시절의 나와 같은 느낌을 맛보지 않았을까 하는 의구심어 일었다. 이전까지 피터는 늘 내가 아버지라는 낯익은 역할을 하는 것만을 보아 왔다— 그런데 그날의 느닷없는 만남을 통해서 한 번쯤은 나를 보통 때의 아버지와 다른 존재로 바라보게 되진 않았을까? 그리고 만일 그런 경우라면…….

이런 의문은 영원히 되풀이되는 의문이다.

이후에 열여섯 살 난 소년이 내레이터로 등장하는 소설을 쓰기 시작했다. 이 소년은 아버지를 '연구'하면서, 아버지의 구두와 셔츠 사이즈 외에도 많은 것들을 알게 된다. 물론 소년은 그런 것들과 전혀 다른 것들을 찾고 있다.

나는 이 소설에서 소년의 관점에서 이야기를 들려주는 형식을 취하고 있는데, 아버지라는 존재의 신비로움을 계속해서 보존하고 싶었기 때문이다. 그리고 사실상 정답을 찾아낼 수 없는 문제들이 있긴 하지만, 그럼에도 어떤 단서나 암시가 있어서 우리의 관심을 자극한다는 걸 보여 주고 싶었다.

이 소설을 완성해서 발표한 지 여러 해가 지나서, 메인 스트리트에서 한낮에 나를 만났던 일이 기억나는지 피터에게 물어보았다.

피터가 잠시 생각하더니 대답했다.

"어렴풋이 기억나는 것 같아요."

하지만 피터가 실제로 그 일을 기억하고 있었던 것 같진 않다.

아마도 이건 또 다른 얘기가 될 것이다.

콧수염

애니 누나는 출발 직전에 그대로 주저앉았다. 온종일 사람을 괴롭히는 독감 바이러스에 걸리는 바람에, 온몸에 열이 나서 침대에 드러누웠다. 그날 밤에 잘생긴 해리 아널드와 데이트를 즐길 계획이었는데 어쩔 수 없이 약속을 깨야 해서 입에서 저절로 신음이 새어 나왔다.

우리는 그를 잘생긴 해리라고 부른다. 실제로 잘생겼기 때문인데, 게다가 아주 시원시원하기까지 하다. 내가 애니 누나의 동생인 건 사실이지만, 해리는 나를 어린애가 아니라 여느 사람으로 대해 준다.

어쨌든 그날 오후에 나 혼자서 론리스트에 가야만 했다. 먼저 어머니한테 복장 검사를 받았다. 어머니는 나를 벽에 딱 붙여 세웠다. 마치 혼자서 총살형을 집행하는 군인 같았다. 좀 우스꽝스럽게 여겨지는 장면이었다. 어머니는 남자와 비슷한 점이 전혀 없기 때문이다. 더없이 여성스러운 분이며, 어머니와 나는 보통 가까운 사이가 아니다―얼핏 좀 이상하게 들리겠지만 어머니가 나를 진짜로 좋아하는 것 같다는 얘기다. 내 친구들을 보면, 걔네들 어머니도 아들을 사랑하고 특식을 만들어 주고 걱정해 주지만 그들 모자간엔 무언가 중요한 게 빠져 있다는 느낌이 든다.

어쨌든 어머니는 눈살을 찌푸리며 여느 때처럼 잔소리를 늘어놓았다.

"이 머리, 빗으로라도 좀 빗지 그랬어."

내 입에서 한숨이 새어 나왔다. 최근에 깨달은 건데, 말대꾸하는 것보다는 한숨을 쉬는 게 낫다.

"그리고 콧수염도 그래."

어머니가 고개를 가로저었다.

"열일곱 살짜리가 콧수염 기를 일이 뭐가 있는지 모르겠구나."

"시험 삼아 길러 본 거예요."

내가 대답했다.

"나도 콧수염이 제대로 자라는지 알고 싶었을 뿐이에요."

사실 그럴듯한 콧수염이 난다는 건 이미 확인한 상태였다. 그런데 막상 콧수염을 길러 보니 꽤 마음에 들었다.

"돈만 축낼 뿐이잖니, 마이크."

어머니가 덧붙였다.

"알아요, 나도 알아요."

영화관 입장료 얘기였다. 다운타운 시네마에선 금요일 밤마다 열일곱 살 이하의 고등학생 커플들에게 입장료를 절반으로 깎아 준다. 그런데 매표소 여자는 내 콧수염을 쓱 쳐다보더니 입장료를 모두 내라고 말했다. 운전면허증까지 보여 주었는데도 신디의 입장료까지 전액을 내라고 말했다. 그 바람에 빈털터리가 되어서, 나중에 다른 사람들처럼 신디에게 햄버거 하나 사 주지 못했다.

그런 일은 문제만 더 키울 뿐이었다. 신디가 최근 들어 이런저런 일로 나한테 짜증 낼 때가 많았기 때문이다. 예를 들면 내가 자동차가 없으며, 대학 장학금을 받으려면 공부에 더 집중해야 한다는 게 신디의 신경을 긁었다. 게다가 신디는 내 콧수염도 썩 달가워하지 않았다.

이번엔 어머니가 한숨을 푹 쉬었다.

"조만간 콧수염을 밀어 버릴까 생각하는 중이에요."

나는 어머니 기분을 북돋워 드리려고 말했다. 비록 그럴 마음이 없었지만, 때때로 지연작전을 활용할 줄 알아야 한다—이것도 내가 최근에 깨달은 진리다.

"할머니가 널 못 알아보실 거야."

어머니가 말했다. 순간 어머니의 얼굴에 그늘이 드리웠다.

여러분에게 론레스트를 방문하는 게 어떤 일인지 들려 드리겠다. 우리 할머니는 올해 일흔셋이다. 할머니는 론레스트 요양원 거주자다—흔히 '환자'보다는 거주자를 더 나은 표현으로 여긴다. 할머니는 세상에서 가장 큰 칠면조 드레싱을 즐겨 만들었으며, 선수들의 타율을 외워서 큰 소리로 외칠 정도로 대단한 야구광이었다. 그리고 늘 패자들을 응원했다. 할머니는 메츠가 처음으로 승리를 거두기까지 이 팀을 열렬히 지지했다.

그런데 현재 할머니는 동맥경화증을 앓고 있다. 사전을 뒤져 보니 이렇게 나와 있다. '동맥 내벽이 유난히 두껍고 딱딱해지는 만성질환.' 더는 집에서 살 수 없으며, 심지어 우리와 같이 지낼 수도 없다는 얘기다. 할머니는 이제 몸뿐만이 아니라 기억력에도 큰 문제가 생겼다. 곧잘 길을 잃었고, 어떤 때는 사람들을 제대로 알아보지도 못했다.

어머니는 거의 매일 할머니를 찾아뵙고 있다. 차를 몰고 50킬로미터 떨어진 론레스트에 간다. 애니 누나가 학기 중에 잠깐 쉬는 틈을 타서 집에 왔다. 그래서 누나와 같이 토요일을 이용해서 할머니를 찾아뵐 생각이었다. 그런데 지금 누나는 연극적으로 신음하며—대학에서 연극 전공이다—침대에 누워 있다. 하지만 어쨌든 어머니한테 나 혼자서라도 다녀오겠다고 말했다.

할머니가 요양원에 들어가신 이후로 한 번도 빈 적이 없다. 그리고 요양원은 사우스웨스트 턴파이크(유료 고속도로: 옮긴이)에 있다. 아버지가 새로 구입한 르망을 몰아 볼 수 있는 좋은 기회였다. 속도계가 시속 120킬로미터를 기록할 수 있는지 확인해 보고 싶었다. 보통 때는 낡은 스테이션왜건을 이용했는데, 이 차는 가까스로 80킬로미터까지 달릴 수 있었다.

솔직히 요양원에 가는 게 썩 달갑진 않았다. 요양원은 병원을 떠올리게 만드는데, 병원이라면 딱 질색이다. 요양원이건 병원이건 매스꺼운 냄새가 난다. 그리고 나는 피를 보면 현기증을 느낀다. 그래서 론레스트—제일 먼저 무시무시한 공동묘지가 떠오르는 곳이다—가 가까워 오자 괜히 나선 것 같다며 후회했다. 그러고는 곧바로 양심의 가책을 느꼈다.

나는 죄책감을 느끼는 일이 많은 편이다. 아버지한테 조심하겠다고 약속해 놓고선 미친 듯이 차를 모는 것도 그렇다. 주차장에 차를 세워 놓고 멍하니 차 속에 앉아서, 두려움에 떨며 요양원을 바라보며 신디와 같이 왔더라면 얼마나 좋았을까 하고 생각하는 것도 그렇다. 그 순간 성탄절과 생일에 할머니가 내게 준 모든 선물이 떠올랐다. 다시 한 번 양심의 가책을 느끼며 차-에서 내렸다.

요양원으로 들어서는데 뜻밖에도 병원 냄새가 나지 않았다.

다른 냄새가 나서 그런 건지, 아무 냄새도 없어서 그런 건지 알 수 없었다. 살균한 공기는 더없이 맑았다. 아예 허공에 공기가 없거나, 갑자기 감기에 걸려 냄새를 맡을 수 없어서 그런가 싶을 정도였다.

접수구에서 간호사한테 지시 사항을 들었다—할머니는 동쪽 3호실에 있었다.

바닥에 타일을 깐 복도를 걸어가는데, 벽에 노란색과 핑크 색처럼 밝은색을 칠해 놓은 걸 보니 기분이 좋았다. 갑자기 모퉁이에서 휠체어가 툭 튀어나왔다. 휠체어를 모는 노인은 흰머리에 이빨이 없었다. 노인은 내가 안 보이는지 명랑한 얼굴로 깔깔대며 웃었다. 재빨리 옆으로 피했다—고속도로에서 시속 120킬로미터로 달린 뒤에, 하마터면 시속 3킬로미터로 달리는 휠체어에 치일 뻔했다.

동쪽 3호실을 찾으며 복도를 걸어가면서, 각 방을 들여다보지 않을 수 없었다. 마치 밀랍 인형 전시관 같았다—모든 사람들이 다양한 자세와 몸가짐으로 침대나 의자에 앉아 있거나 창가에 붙어 서 있었다. 영원히 똑같은 자세로 그 자리에 얼어붙어 있는 것처럼 보였다.

기분이 우울해져서 발걸음을 재촉했다. 그때 간호사인지 간병인인지, 흰 옷을 입은 아가씨 하나가 다가오는 게 보였다. 젊은 사람, 두 발로 걸어 다니는 사람, 정상적으로 행동하는 사람을 보자 너무나도 기뻤다. 그래서 그녀에게 활짝 웃어 보이며 큰 소리로 인사를 했는데, 아무래도 그녀한테 나는 미친놈으로 비쳤을 게 틀림없다. 어쨌든 그녀는 마치 내가 창문인 것처럼 나를 바라보았다. 내가 아름다운 여자와 마주칠 때면 꼭 이런 식으로 일이 진행된다.

마침내 방을 찾아냈는데, 할머니는 침대에 앉아 있었다.

우리 할머니는 에델 배리모어를 닮은 분이었다. 나는 TV에서 아주 멋진 영화를 보기 전엔 에델 배리모어가 누군지 전혀 몰랐다. 그 영화는 「그리움을 아는 자만이」(1944년 미국 영화: 옮긴이)였는데, 에델 배리모어와 캐리 그랜트가 남녀 주인공으로 나왔다. 우리 할머니와 에델 배리모어는 산등성이처럼 표정이 딱딱하면서 위엄이 넘쳤고, 천천히 시럽을 따를 때 나는 소리처럼 목소리가 아주 멋졌다.

할머니는 침대에서 베개로 등을 받친 모습이었다. 머리를 잘 빗어 어깨 위로 늘어뜨리고 있었다. 비록 하얗게 셌지만 넘실거리는 머리칼 때문에 어린 소녀처럼 보였다.

할머니가 나를 보고 미소를 머금었다. 눈빛이 밝아지면서 눈썹이 활처럼 휘었다. 두 손을 내밀고 나를 반기며 말했다.

"마이크, 마이크."

내 입에서 휴우 하고 안도의 한숨이 새어 나왔다. 어머니는 할머니가 나를 못 알아볼지도 모른다고 미리 주의를 주었다. 그런데 오늘은 할머니가 기분이 괜찮은 날인 게 분명했다.

두 손을 앞으로 뻗어서 할머니 손을 잡았다. 할머니 손은 어찌나 연약한지 뼈가 느껴질 정도였다. 만일 세게 쥐면 그대로 부서질 것 같았다. 피부도 감촉이 매우 부드러워서 매끌매끌했다. 돌의 표면이 바람에 닳듯이, 세월이 흐르면서 거친 느낌이 완전히 사라진 듯했다.

"마이크, 마이크. 나를 찾아올 줄은 미처 몰랐어."

할머니가 몹시 행복한 얼굴로 말했다. 할머니는 여전히 에델 배리모어였다. 마치 애무하듯이 목소리가 달콤했다.

"줄곧 기다렸어."

할머니는 내가 대답할 겨를도 없이 창밖으로 눈길을 돌렸다.

"새들이 보여? 모이통 앞에 앉은 새들을 보던 중이었어. 새들이 날아오는 걸 보면 기분이 아주 좋아. 어치들도 마음에 들어. 어치는 매와 비슷해—작은 새들의 모이를 빼앗아 먹어. 하지만 작은 새들, 박새들은 어치를 보고, 적어도 모이통이 어디 있는지 알아내지."

뒤이어 할머니는 침묵에 빠져들었다. 창밖을 내다보았지만 모이통은 보이지 않았다. 새들도 없었다. 저 멀리 주차장이 보이고, 자동차 앞창에 부딪혀 반짝이는 햇살이 눈에 들어올 뿐이었다.

할머니가 다시 내게 고개를 돌렸다. 할머니 눈빛이 반짝거렸다. 눈이 부실 정도였다. 약기운 때문일까?

"아, 마이크. 아주 멋져 보여. 정말 근사해 그 코트 새로 샀나
보네?"

"아니에요."

내가 대답했다. 나는 지난 몇 달 동안 줄곧 제리 삼촌이 입던
낡은 군용 작업복을 입고 지냈다. 어머니는 내가 그 옷 속에 들
어가서 사는 거나 마찬가지라고 말했다. 그러면서 할머니를 찾
아뵐 때는 레인코트를 입고 가라고 우겼다. 레인코트는 1년쯤 됐
지만 새것처럼 보였다. 별로 입지 않아서였다. 최근엔 레인코트
를 입고 다니는 사람이 드물었다.

"언제나 옷을 참 좋아했어. 안 그래, 마이크?"

할머니가 말했다.

할머니가 뚫어지게 쳐다보는 바람에 마음이 불편해지기 시작
했다. 눈빛이 유난히 반짝거렸다. 속으로 의문을 띄웠다―이런
곳에 있는 노인들은 너무 외롭고 버림받았다는 느낌이 강해서,
누군가 자기를 찾아오면 지나치게 흥분하게 되는 걸까? 아니면
할머니가 갑자기 제정신이 돌아오면서 모든 게 또렷하고 분명하
게 보이자 마냥 행복해져서 저러시는 걸까? 어머니는 할머니가
정신이 흐릴 때가 많은데, 갑자기 안개가 걷히는 것 같은 순간이
있다고 말했다. 어떤 경우가 맞는지는 모르겠지만, 할머니한테
서 감정이 넘치는 환영을 받는다는 게 좀 으스스하게 여겨졌다.

"새 코트를 사 입고 돌아오던 날이 떠올라―체스터필드 코트

였지."

할머니가 다시 내게서 다른 데로 눈길을 돌리며 말했다. 실제로는 창밖에 존재하지 않는 새들을 바라보는 듯한 표정이었다.

"벨벳 칼라가 있는 멋진 코트였지. 검정색인데, 당시에 유행하던 스타일이었어. 기억나지, 마이크? 모두가 힘든 시절이었지만, 원래 화려한 걸 거부하지 못하는 체질이었거든."

할머니 얘기를 바로잡아 주고 싶었다―체스터필드 코트는 금시초문이라고요, 하고 반박하려 했다. 하지만 그러지 않았다. 할머니가 뭐라고 그러시든지 꾹 참으라고 어머니가 말했던 게 떠올랐기 때문이다. 할머니 비위를 맞춰 드려라. 고분고분하게 굴어라.

간병인이 바퀴 달린 카트를 밀며 방으로 들어오는 바람에 대화가 중단되었다.

"주스 드실 시간이에요, 어머니."

간병인이 말했다. 마흔에서 쉰 살 사이의 평범한 여자였다. 안경을 썼고 볼품없는 헤어스타일에 양 볼이 포동포동했다. 명랑해 보였지만, 왠지 사무적인 느낌을 주었다. 만일 내가 할머니 입장이었다면, 보수를 받고 일하는 사람한테서 '어머니' 소리를 듣는 게 몹시 꺼림칙했을 것이다.

"오렌지, 포도, 크렌베리 중에서 어떤 걸 드실래요, 어머니?

잘 아시다시피 크렌베리는 뼈를 튼튼하게 만들어 줘요."

할머니는 간병인의 말을 무시했으며, 아여 대꾸할 생각도 하지 않았다. 간병인이 나타난 게 몹시 불쾌했는지 다른 데로 고개를 돌려 버렸다.

간병인이 나를 보고 윙크를 했다. 무언가 음모를 꾸밀 때 던지는 윙크였다. 순간 기분이 오싹해졌다. 아직도 그런 식으로 윙크를 하는 사람이 있을 거라고는 생각지도 못했다. 사실 지난 몇 년 동안 누가 윙크하는 걸 본 적이 없었다.

"주스를 별로 안 좋아하세요."

간병인은 마치 할머니가 그 자리에 없는 것처럼 나한테 말했다.

"그런데 커피는 아주 좋아하세요. 크림을 갏이 넣고 각설탕 두 개를 넣어서 드시죠. 그런데 지금은 커피 타임이 아니고 주스 타임이거든요."

다시 할머니를 보고 덧붙였다.

"오렌지, 포도, 크렌베리 중에서 어떤 걸 드실래요, 어머니?"

"주스 먹기 싫다고 얘기 좀 해 줘, 가이크."

할머니가 여전히 상상 속의 새들을 바라보며 위엄이 넘치는 목소리로 말했다.

간병인이 미소를 머금었다. 감정을 억누르고 있다는 게 표정에 또렷이 드러났다.

"알았어요, 어머니. 크렌베리 주스 놓고 갈게요. 아무 때나 드시고 싶을 때 드세요. 이 주스는 뼈를 튼튼하게 만들어 줘요.”

간병인이 카트를 밀며 밖으로 나갔다. 할머니는 아직도 바깥 풍경에 흠뻑 취해 있었다. 어디선가 변기에서 물 내려가는 소리가 들렸다. 복도로 휠체어가 지나갔다―아까 나를 칠 뻔했던 바로 그 노인인 것 같았다. 어디선가 텔레비전이 켜지면서 멜로드라마의 대사 소리가 허공을 가득 채웠다. 멜로드라마의 대사 소리는 눈으로 보지 않고서도 언제나 알아챌 수 있는 것이다.

다시 고개를 돌렸을 때, 할머니가 나를 빤히 쳐다보고 있었다. 두 손으로 얼굴을 감싼 모습이었다. 집게손가락이 괄호 표시처럼 양쪽 뺨 위에 놓여 있었다.

“마이크, 잘 알다시피 그땐 내가 잘못했어.”

할머니는 지금껏 훼방꾼이 아무도 없었던 것처럼 자연스럽게 대화를 이어나갔다.

“나한테 늘 이렇게 말했잖아. ‘중요한 건 정신적인 문제들이야, 메그.’ 정신적인 문제들! 그래서 나한테 소형 그랜드피아노를 사 주었지―대공황 때 그런 걸 다 사 주다니. 누가 문을 두드리기에 나가 보니 배달부가 서 있더라고. 장정 다섯이 달라붙어서 피아노를 집 안으로 날랐지.”

할머니가 윗몸을 뒤로 젖히고 눈을 감으며 덧붙였다.

“내가 그 피아노를 무척이나 좋아했지, 마이크. 피아노를 잘 치진 못했지만 말이야. 마이크는 일요일 저녁때마다 거실에 앉아 있는 걸 좋아했어. 무릎에 엘리를 앉힌 채, 내가 피아노를 치면서 노래하는 걸 귀담아들었지."

할머니가 잠시 콧노래를 흥얼거렸다. 내가 모르는 짤막한 멜로디였다. 뒤이어 할머니는 침묵에 빠져들었다. 아마도 설핏 잠이 든 듯했다. 우리 어머니는 이름이 엘렌이다. 그런데 모든 사람들이 엘리라고 부른다.

"손 좀 잡아 줘, 마이크."

할머니가 갑자기 입을 열었다. 그 순간 할아버지의 이름이 마이클이었다는 게 퍼뜩 떠올랐다. 내 이름은 할아버지 이름을 따라서 지은 것이다.

"아, 마이크."

할머니가 연약하지만 온 힘을 다해서 내 손을 꼭 쥐며 말했다.

"다시는 마이크를 못 볼 줄 알았어. 그런데 이렇게 다시 돌아왔으니……."

할머니의 표정을 보자 와락 겁이 일었다. 내가 위험에 처해서가 아니었다. 할머니가 자신이 착각을 일으켰다는 것을 깨닫는 순간, 할머니한테 벌어질 일이 두려웠던 것이다.

어머니는 늘 내가 외가 쪽 어른들을 닮았다고 말했다. 오래된 가족 사진첩을 보면, 외할아버지는 키가 크고 호리호리했다. 나와 비슷했다. 그런데 더는 닮은 점이 없었다. 외할아버지는 서른다섯 살 때 세상을 떴다. 지금으로부터 40년 가까이 지난 일이다. 그런데 외할아버지는 콧수염을 길렀다. 한 손을 들어서 내 얼굴을 쓰다듬어 보았다. 나도 외할아버지처럼 지금 콧수염을 기르고 있다.

"마이크, 나는 요즘 여기 앉아서 이런저런 생각을 하면서 꿈을 꿔."

할머니가 자장가를 부르는 듯한 목소리로 말했다. 여전히 내 손을 꼭 쥔 상태였다.

"어떤 때는 여러 날 정신이 몽롱해서, 그날그날의 기억들이 서로 뒤섞여. 그리고 어떤 때는 내가 이곳이 아니라 전혀 다른 곳에 있는 것처럼 여겨져. 그러면서 늘 당신을 생각하지. 우리가 함께 살았던 나날을 돌아보면서. 참 짧은 세월이었어, 마이크. 좀 더 오래도록 함께했더라면 좋았을 것을……."

할머니의 목소리가 너무나도 슬프고 애처롭게 들렸다. 그래서 연민에 사로잡히면서 내 입에서 어떤 소리가 새어 나왔다. 뭐라고 단어를 내뱉은 건 아니었다. 세상의 어머니들이 악몽을 꾸다가 퍼뜩 깨어난 자식들을 달래며 웅얼거리는 소리에 가까웠다.

"그리고 그 끔찍했던 날의 밤을 떠올린다오, 마이크. 진짜 끔찍했던 밤이었지. 그날의 내 행동을 진심으로 용서한 적이 있었나요?"

"음……."

나는 입을 열었다. 할머니한테 이렇게 대꾸하고 싶었다.

‘할머니, 나는 할머니의 손자 마이크예요. 할머니의 남편 마이크가 아니라고요.’

“쉿……, 쉿…….”

할머니가 속삭이는 소리를 내면서, 내 입술에 양초처럼 길고 차가운 손가락을 갖다 댔다.

“아무 말도 하지 말아요. 아주 오랫동안 이 순간이 오기를 기다렸어요. 지금처럼 당신과 함께 있는 순간을 말이에요. 만일 당신이 다른 사람들처럼 갑자기 저 문으로 걸어 들어온다면, 당신에게 뭐라고 말하면 좋을지 생각해 보았어. 계속 생각하고 또다시 생각해 보았지. 그러다가 마침내 마음을 굳혔어—당신에게 나를 용서해 달라고 빌기로 말이에요. 그때는 내가 자존심이 너무 강해서 그 말을 하지 못했어.”

손가락을 펼쳐서 자기 얼굴을 가리려고 애쓰며 덧붙였다.

“그런데 이젠 자존심이 다 사라졌다오, 마이크.”

할머니의 목소리가 가늘게 떨리더니 다시 힘찬 목소리로 돌아갔다.

“이런 모습을 보여 주게 돼서 정말 싫어—당신은 늘 내가 아름답다고 말했잖아요. 그 말이 잘 믿기질 않았어. 자선무도회에서 대행진(무도회를 시작할 때 모든 손님이 손잡고 원을 그리는 의식: 옮긴이)을 할 때, 당신은 그곳에 모인 여자들 중에서 내가 제일 아름답다고 그랬지…….”

“할머니.”

내가 말했다. 더 이상 모르는 체하고 있을 수 없었다. 할머니를 계속해서 그대로 내버려 두는 건, 양심의 가책을 느낄 일을 하나 더 만들어 낼 뿐이었다. 이건 지난날의 기억에 집착하는 노인을 상대하는 감상적인 상상 놀이에 지나지 않았다. 그런데 할머니한테는 내 말이 들리지 않는 것처럼 보였다.

“그런데 그날 밤 말이야, 마이크. 그 끔찍했던 날 밤, 내가 당신을 마구 비난했었잖아. 그러자 엘리가 잠에서 깨어 울기 시작했어. 엘리에게로 가서 품에 안고 달랬지. 그때 당신이 방으로 들어와서, 내가 단단히 오해한 거라고 말했어. 아주 작은 소리로 속삭였지. 어린 엘리를 건드리지 않으려고, 그저 나에게 진실을 알게 해 주려는 마음에 그렇게 작은 소리로 속삭였어. 그런데 나는 당신에게 아무 대답도 하지 않았어, 마이크. 너무나도 자존심이 셌거든. 지금은 그 여자 이름도 잊어버렸어. 그게 누구였더라—로라? 에블린? 잘 모르겠네. 나중에 가서야 당신의 얘기가 진실이라는 걸 깨달았어, 마이크. 내가 오해했던 거였어……”

나를 바라보는 할머니의 두 눈은 어느 때보다도 더 반짝거렸다. 눈물이 그렁그렁해진 탓이었다.

“그날 밤 이후로 모든 게 변했어. 그렇지, 마이크? 화려했던 시절은 멀리 사라져 버렸어. 당신에게서. 그리고 나에게서. 그리고 얼마 뒤에 사고가 나면서…… 당신에게 용서를 빌 기회마저 완전히 잃어버렸지……."

우리 할머니. 너무나도 불쌍한 우리 할머니.

노인이 그런 종류의 기억을 간직하고 있을 거라고 사람들은 생각하지 않는다. 노인들은 가족 사진첩에나 들어 있다. 사진으로만. 노인들이란 살아 있는 것처럼 보이지 않는다. 우리는 아버지의 르망을 몰고 나가 시속 120킬르미터로 달린다. 그렇게 달려가서 요양원에 있는 노파를 들여다보는 게 고작이다. 그런데 뒤이어 그 노파가 한 인간이라는 걸 깨닫게 된다. 인간 아무개라는 것을. 그 노파는 우리 할머니이지만, 동시에 그녀 자신인 것이다. 우리 어머니와 아버지가 그러하듯이. 그들은 나와 상관없이도 존재한다.

다시 두려움이 온몸을 휘감았다. 어서 이곳에서 벗어나고 싶었다.

"마이크, 마이크."

할머니가 말했다.

"어서 말해 봐요, 마이크."

한 단어라도 입에 올렸다간, 내 양쪽 볼이 그대로 터져버릴 것 같은 공포가 밀려왔다.

"나를 용서한다고 말해 줘요, 마이크. 그동안 줄곧 이런 날이 오기만을 기다렸어요……."

할머니의 손가락 힘이 너무 강해서 깜짝 놀랐다.

"어서요. '당신을 용서할게, 메그' 하고 말해 줘요."

할머니가 원하는 대로 해 주었다. 마치 커다란 터널 속에서 말하는 것처럼, 내 목소리가 우스꽝스럽게 들렸다.

"당신을 용서할게, 메그."

할머니가 나를 유심히 바라보았다. 그리고 내 손을 꼭 쥐었다. 머리털 나고 처음으로 내 가슴속에서 사랑이 꿈틀대는 게 느껴졌다. 영화에 나오는 사랑과 다른 사랑이었다. 내가 일요일 오후에 같이 해변에 가자고 신디에게 말할 때, 신디의 반짝거리는 눈빛에서 엿보이는 사랑하고도 달랐다. 생기가 넘치면서 부드러운 사랑, 어떤 대가도 바라지 않는 사랑이었다.

할머니가 고개를 들었다. 순간 나는 할머니가 무엇을 원하는지 알아챘다. 허리를 굽혀 할머니 뺨에 내 입술을 가볍게 갖다 댔다. 할머니의 피부는 가을날의 나뭇잎처럼 푸석푸석하게 말라 있었다.

할머니가 두 눈을 감는 걸 보고 자리에서 일어섰다. 자동차에 부딪혀 반짝이던 햇살은 어디론가 사라졌다. 누군가 다른 텔레비전을 켜 놓았다. 패널 쇼(정규 출연자들이 문제를 푸는 퀴즈 프로: 옮긴이)에서 제각각 자기를 과시하는 목소리들이 흘러나왔다. 또 다른 텔레비전에선 여전히 멜로드라마의 대화가 흘러나오고 있었다.

우뚝 선 채로 잠시 머뭇거렸다. 할머니는 잠에 빠져드는 것처럼 보였다. 고요한 모습으로 고르게 숨을 쉬고 있었다. 레인코트

단추를 채웠다. 그때 갑자기 할머니가 다시 눈을 뜨고 나를 바라보았다. 여전히 눈빛이 반짝거렸지만, 그저 나를 멍하니 쳐다볼 뿐, 무언가를 의식하거나 호기심을 느끼는 눈빛은 아니었다. 공허한 눈빛이었다. 할머니에게 미소를 보냈지만, 할머니는 미소로 화답하지 않았다. 신음하는 것 같은 소리를 내더니 침대에서 돌아누우며 담요로 몸을 감쌌을 뿐이다.

스물다섯까지 수를 세고, 다시 쉰까지 세기를 여러 번 되풀이했다. 일부러 헛기침 소리를 내 보았다. 할머니는 꼼짝도 하지 않았다. 아무런 반응이 없었다. 할머니에게 이렇게 말하고 싶었다.

"할머니, 나 좀 봐요."

그러나 그러지 않았다.

"메그, 나 좀 봐요."

그렇게 말할까도 생각했지만 차마 그럴 수는 없었다.

마침내 방을 나섰다. 그게 전부였다. 작별 인사도, 그 어떤 얘기도 남기지 않았다. 천천히 복도를 걸어갔다. 오른쪽도 왼쪽도 돌아보지 않았다. 휠체어를 탄 난폭한 노인이 나를 치건 말건 신경도 쓰지 않았다.

사우스웨스트 턴파이크에서 대부분의 도로를 시속 120킬로미터—아니, 130킬로미터—로 달렸다. 라디오를 한껏 크게 틀었다. 록 음악이 터져 나왔다—허공을 가득 채울 수만 있다면 어떤 곡이든 상관없었다.

집으로 돌아왔을 때, 어머니는 거실에서 진공청소기로 양탄자를 청소하고 있었다. 어머니가 청소기를 끄자 물을 끼얹은 듯 주위가 조용해졌다.

"그래, 할머니는 좀 어떠시니?"

어머니가 물었다.

잘 지내고 계신다고 어머니에게 대답했다. 그리고 이런저런 얘기를 덧붙였다. 아주 좋아 보이셨어요. 행복해 보이셨어요. 나를 마이크라고 불렀어요.

뒤이어 어머니한테 묻고 싶었다―그런데 엄마, 엄마하고 아빠는 서로를 진정으로 사랑하는 거 맞죠?

말을 바꾸면, 바로 이런 의미였다―두 분 사이엔 서로 용서할 일 같은 건 없는 거죠?

그러나 어머니에게 그렇게 묻지 않았다. 대신에 위층으로 올라가서, 애니 누나가 성탄절 선물로 준 전기면도기를 꺼내서 콧수염을 깨끗이 밀어 버렸다.

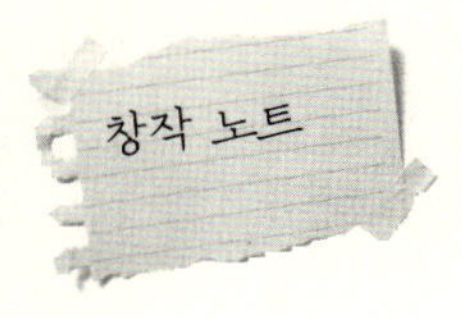

글쓰기가 화제로 떠오를 때, 독자들은 내게 이런 질문을 가장 자주 던진다.

"선생님은 어디서 아이디어를 얻으세요?"

나뿐만 아니라 모든 작가들이 가장 흔히 듣는 질문일 것이다.

물론 작가들마다 답변하는 내용이 다르겠지만, 내 경우엔 감정에서 아이디어를 얻을 때가 많다고 대답한다—내가 직접 겪거나 보거나 느낀 감정 말이다. 이런 감정은 글을 쓰고 싶은 충동을 불러일으킨다. 그러면 나는 타자기 앞에 앉아서 그 감정에 대해서, 그리고 감정이 내게 미친 영향에 대해서 글로 적어 보려고 노력한다. 뒤이어 인물이 만들어지고, 그다음에 줄거리가 만들어진다. 이런 순서가 뒤바뀌는 경우는 거의 없다. 감정, 등장인물, 그리고 줄거리. 각각의 요소들은 전체를 만드는 데 기여한다.

독자들은 계속해서 다음 질문을 던진다. 등장인물은 누구를 모델로 삼나요? 일부러 만들어 내는 건가요? 줄거리는 어디서 얻나요?

「콧수염」의 탄생 과정을 설명하는 것이 이런 질문에 답하는 가장 좋은 방법이라 여겨진다. 이 작품이야말로 내가 오랜 세월 사용해 온 방식을 그대로 따르고 있기 때문이다. 이 작품은 내가 어떤 강렬한 감정에 이끌려서, 실제로 존재하는 사람들과 상황을 활용하여 완전한 허구로서의 단편소설을 만들어 내는 과정을 보여 준다.

우리 아들 피터가 청소년기를 보낼 때, 그 아이의 외할머니가 지방 요양원으로 들어가셨다. 그분은 예전에 길을 건너다가 차에 치이는 사고를 당했다. 그 뒤로 좀처럼 상처가 회복되지 않았는데, 최근 들어서 심한 동맥경화증에 걸렸다. 우리 가족 모두에게, 특히 아내에게 더없이 힘든 시기였다. 아내는 매일같이 장모님을 찾아뵈었지만 단 하루도 마음 편할 날이 없었다. 장모님이 아내를 못 알아볼 때가 많았기 때문이다.

장모님은 크고 매력적인 외모에 활기가 넘치는 분이었다. 일찍 남편을 여읜 뒤로 오랫동안 직접 편의점을 운영하셨다. 그런 분의 쇠락한 모습을 바라본다는 건 무척 참담한 일이었다. 우리 아이들은 어렸을 때 외할머니를 '메메르'(할머니를 친근하게 부를 때 쓰는 프랑스어: 옮긴이)라고 불렀다. 아이들의 입장에서 그렇게까지 건강이 나빠진 메메르를 바라본다는 건 더없이 슬픈 일이었다.

어느 토요일에 피터가 외할머니를 뵈러 요양원에 갔다. 그런데 몹시 혼란스러워하는 얼굴로 집에 돌아왔다. 할머니를 보고 큰 충격을 받은 게 분명했다. 아이가 요양원에서 만난 할머니는 거의 말이 없는데다가 병에 찌든 모습이었다. 피터가 어린 시절 내내 가까이 지내면서 사랑했던 메메르의 모습이 희미하게 남아 있을 뿐이었다.

나는 내 외할머니를 떠올렸다. 명랑하고 고운 분이었는데, 내가 고등학교에 다닐 때 갑자기 돌아가셨다. 관에 누워 있는 할머니를 보고 얼마나 놀랐는지 모른다. 위아래 입술은 두 개의 가느다란 직선처럼 보였고, 표정이 더없이 험상궂고 무시무시했다. 내가 아는 할머니의 활발한 모습은 어디에서도 찾을 길이 없었다. 나는 몹시 괴로워하면서 장례식장을 빠져나왔다. 잠시도 할머니의 입술이 내 머릿속에서 지워지지 않았다.

그 뒤로 30년이 지나서, 피터의 감정과 내 감정은 하나가 되었다. 나는 타자기 앞에 앉아서 이런 감정을 표현하려고 온 힘을 쏟았다. 그렇게 해서 「콧수염」이 만들어졌다.

실제로 벌어진 일들은 다음과 같다. 피터의 할머니는 요양원에서 지내신다. 어느 날 피터가 할머니를 찾아뵈었다. 피터는 청소년인데 최근에 콧수염이 나기 시작했다. 할머니는 피터를 알아보지 못했다. 그래서 피터는 몹시 혼란스러웠다.

이런 기본적인 사실들과 여러 감정을 바탕으로 해서 만들어 낸 소설 속에선 이런 일들이 벌어진다. 최근에 콧수염이 나기 시작한 소년이 요양원으로 할머니를 찾아간다. 할머니는 콧수염 때문에 손자를 다른 사람으로 오해한다. 그러자 소년은 그분이 자기가 가까이 지냈던 할머니가 아니라 전혀 낯선 사람 같다고 생각한다. 그 순간 소년은 한층 더 성장하면서, 자신의 부모와 세상을 이전과 다른 각도에서 바라보게 된다.

이런 방식을 통해서 실제로 있었던 일들이 허구로 탈바꿈한다.

물론 등장인물들을 실제 인물들의 복사판이 아니라, 제각각 독자적인 개성을 지닌 인물들로 보이게 만드는 작업을 선행해야 한다. 내가 실제로 겪은 감정들을 사용하긴 하지만, 등장인물들은 오로지 책 속에서만 존재하는 사람들이라는 얘기다—이 소설에 나오는 소년은 피터가 아니며, 요양원의 할머니는 피터의 할머니가 아니다.

한 가지 덧붙이면, 아내의 아버지는 젊어서 세상을 떴는데 생전에 화려한 제스처를 사용하는 걸 즐겼다. 그분은 새로 벌인 사업으로 힘겨워하면서 가족을 부양하던 대공황의 절정기에, 아내—우리 아이들의 메메르—에게 소형 그랜드피아노를 선물하셨다. 그토록 앞날이 어두운 시절에 이처럼 멋진 선물을 하다니, 그분을 떠올릴 때면 저절로 감탄사가 나온다. 지금 그 피아노는 우리 집 거실에 놓여 있다. 나는 그분이 아내에게 피아노를 선물한 일을 단편소설에서 두 번 써먹었는데, 그중 하나가 「콧수염」이다.

나의
첫 번째 니그로

그해 여름 머리빗 상점이 장기 휴업에 들어가면서 아버지는 깊은 침묵에 빠져들었다. 글로브 극장에서 틀어주는 파테 뉴스 영화에서 하일레 셀라시에(에티오피아의 황제로 근대화 개혁을 주도했다: 옮긴이)가 국제연맹에서 연설을 했으며, 헥터 랭비어는 미국독립 기념일 전날 밤 집에서 직접 만든 버찌폭탄(버찌만 한 크기의 빨간 딱총 알: 옮긴이)이 터지면서 손가락 한 개가 날아갔다. 그리고 미드나이트 레이더스(한밤의 서리꾼: 옮긴이)는 아주 대단한 업적을 쌓아올렸다(물론 우리가 밤 열 시 너머까지 밖에 나다니는 일은 거의 없었다). 또한 제퍼슨 존슨 스톤을 빼놓을 수 없다. 그렇다, 제퍼슨 없이는 그해 여름을 제대로 이야기할 수 없다.

내 경우에 미드나이트 레이더스는 그 어떤 것보다도 중요했
다. 장폴 라샤펠이 이 조직에 나를 끌어들인 건 두 가지 임무를
맡기기 위해서였다—하나는 정찰이었고, 또 하나는 '토마토 맨'
이었다.

당시 사람들은 토마토를 매우 소중히 다루었다—우등생 자리
를 놓친 적이 없는 오스카 쿠리에의 주장에 따르면, 토마토는 사
실 채소가 아니라 과일이었다. 바닥에 엎드려 꿈틀거리며 나아
가면서, 꼭 알맞게 익은 토마토를 고르려면 상당한 솜씨가 필요
했다. 아직 덜 익거나 지금쯤 따는 게 딱 좋은 토마토는 안 되고,
내일쯤 밭주인이 딸 것 같은 토마토를 골라내야 했다.

장폴은 '가로등 맨' 역할을 맡았다. 이 아이의 임무는 서리를
시작하기 직전에 가장 가까운 가로등을 향해 돌멩이를 던져 전
구를 박살내서, 밭 일대를 한밤중처럼 캄캄하게 만드는 것이었
다. 그러면 서리꾼들은 갑자기 닥쳐온 어둠 속에 몸을 숨기고,
뾰족하고 날카로운 철조망 밑으로 뱀처럼 미끄러지듯이 기어들
어 갔다. 그리고 곤티에 정육점에서 얻어온 텅 빈 설탕 자루에
토마토를 가득 채웠다.

처음에 우리는 우울하면서 나른한 여름날 기분 전환을 위해
스릴을 맛보고자 서리를 시작했다. 즙이 많은 토마토를 우적우
적 씹어 먹고, 따끔따끔한 오이도 씹어 먹고, 그러고도 남은 것
들은 서로에게 마구 집어 던지면서 채소 전투를 벌였다.

어느 날 저녁때 팜피유 룰로가 가까이 지나가는 게 보였다—아주 늙고 겁이 많은 독신자였는데, 3번가의 작은 방에서 혼자 살았다. 그가 지나가는 순간, 우리는 남아 있던 과일과 채소를 잇달아 그에게 집어 던졌다. 그러자 그는 우리가 달아나도록 놔주기 전까지, 공포에 사로잡혀서 애처롭고도 가련하게 폴짝폴짝 뛰는 춤을 추었다. 순간 나는 속이 울렁거리던서 여태껏 먹은 걸 모두 토할 것만 같았다. 쓴물이 올라오면서 가슴속이 화끈거렸다.

"서리하는 것도 슬슬 싫증나는데."

장폴네 집 뒷마당에 앉아서 숨을 고를 때, 조조 투생이 그렇게 말했다.

나도 같은 생각이었다.

장폴이 갑자기 마음을 굳히고 손가락을 탁 튕겼다. 매우 민첩한 아이였으며, 늘 짜릿한 일을 만들어 내려고 애썼다. 키가 크고 금발에 자신감이 넘치는 이 아이는 누가 보더라도 우리들의 리더가 분명했다.

장폴이 달빛을 받아서 은빛으로 변한 얼굴로 우리에게 물었다.

"뭐가 문제인지 알아?"

"뭔데?"

로제 곤티에가 되물었다.

"목적이 없기 때문이야."

장폴이 대답했다. 마치 우리에게 이미 백만 번쯤 되풀이해서 들려주었던 얘기를 상기시켜 주는 듯한 말투였다.

"과일 서리를 하는 분명한 이유가 없잖아. 단지 모험을 즐기는 것 말고는."

다시 손가락을 튕기며 덧붙였다.

"그래서 하는 말인데—가난한 사람들을 도와주자!"

"가난한 사람들이라고."

조조가 킬킬거렸다.

나는 그 아이가 킬킬거리는 이유를 이해할 수 있었다. 우리 모두가 가난하기 때문이었다. 물론 가난에도 여러 등급이 있었다. 맨 위쪽엔 정육점을 운영하는 로제의 아버지처럼 그럭저럭 먹고 살 만하면서 가난한 사람들이 있었다. 로제의 아버지 곤티에 씨는 잔뜩 지친 표정에 등이 새우처럼 굽은 사람이었는데, 외상이라고 부르는 것에 시달리고 있었다.

우리 아버지는 곧잘 이렇게 말했다.

"불쌍한 곤티에—장부에 적힌 대로 외상을 다 수금하긴 어려울 거야. 언젠가는 가게를 안고 폭삭 망할 거다."

그런데도 로제네 식구들은 늘 옷을 반듯하게 입고 다녔고, 식사 때마다 디저트를 먹었다.

다음으로 우리 가족처럼 정기적으로 가난에 빠지는 사람들이 있었다. 우리 식구들은 대공황, 그리고 머리빗 상점의 계절에 따른 호황과 불황에 희생당하는 경우였다. 상점의 휴업은 연중 정기적으로 벌어지는 일이었지만, 우리 아버지는 휴업이 장기간 이어질 수도 있다는 사실 때문에 한없이 괴토워했다.

그해 여름의 임시 휴업은 여느 해처럼 6월에 시작되었다. 그런 데 독립기념일을 지나서 8월을 앞둔 지금까지 이어지고 있었다. 아버지는 휴업 중엔 늘 기분이 착 가라앉아서 호탕한 웃음을 잃어버렸다. 그리고 고통스러운 침묵에 빠져들어서, 사순절을 맞기라도 한 것처럼 전혀 맥주에 입을 대지 않았다. 물론 우리 가족은 정부의 구호 대상자들보다는 형편이 나았다. 이들은 시청까지 가서 작은 종잇조각을 받아 왔다. 그걸 들고 시내 중심가에 있는 배급소에 가서 줄을 서서 기다리다가, 평범한 상표가 붙은 캔과 종이 포장지로 싼 식량을 타 왔다. 이제 와서 돌이켜 보니, 우리 아버지는 겉으로 드러내진 않았지만 구호 대상자가 된다는 걸 몹시 두려워했다.

가난뱅이의 맨 아래 등급은 극빈자들이었다. 이들은 프렌치타운 변두리에서 당장이라도 무너질 것 같은 건물에 살았다. 그곳은 폐품 수집장과 시립 쓰레기 처리장 건너편이었는데, 우리는 그 지역을 알파벳 수프라고 불렀다. 그곳의 거리가 머리글자를 따서 A, B, C 같은 식으로 간단하게 불렸기 때문이다. 기왕 말이 나왔으니 하는 얘기지만, 알파벳 수프의 어린이들은 세인트주드 교구 학교뿐 아니라 6번가 학교에도 다니지 않았다. 그곳엔 프랑스 사람이나 아일랜드 사람, 심지어 뉴잉글랜드 사람들도 없었다. 그들은 마치 아무것도 아닌 사람들처럼 보였다. 떠돌이, 임시 체류자, 뿌리 뽑힌 사람, 허공에 떠 있는 사람들이었다.

"알파벳 수프를 도와주자."

장폴이 선언했다.

"내일 당장 시작하는 거야. 7번가에 있는 투생 씨네 커다란 농장을 습격해서, 약탈품을 알파벳 수프로 가져가자. 집집마다 현관 계단에 놔두고 오자."

"야."

조조 투생이 말했다.

"그건 우리 할아버지 농장이야. 할아버지 농장을 습격할 순 없어."

"좋은 목적으로 그리는 거잖아."

장폴이 지적했다.

"로빈후드 일당처럼 부자들을 털어서 가난한 사람들을 도와준다 이거지."

로제가 끼어들었다.

"우리 할아버지는 부자가 아니야."

조조가 말했다.

나는 토론이 진행되는 동안 곰곰이 생각에 잠겨 있었다. 로빈후드의 알파벳 수프 방문이 매우 걱정스럽게 여겨졌기 때문이다. 다른 친구들로선 짐작하기 힘든 나만의 이유가 있었다. 사실 나는 어떤 면에선 프렌치타운보다 그곳에 있을 때 마음이 더 편했는데, 만일 친구들이 알면 깜짝 놀랄 일이었다—모든 게 제퍼슨 존슨 스톤 때문이었다.

지난 초여름 어느 날 쓰레기 처리장에 갔다가 길을 질러서 알파벳 수프로 들어선 적이 있었다. 내가 쓰레기 처리장에 갔던 건 담뱃갑 은종이와 구리철사를 줍기 위해서였다. 둘 다 격주로 토요일마다 찾아오는 고물 장수 재키에게 팔 수 있었다.

"야, 너 거기 서 봐."

누군가 내게 외쳤다.

고개를 돌리니 엄청나게 덩치가 큰 빨강머리가 6미터쯤 되는 거리에서 나를 바라보고 있었다. 두 팔을 쩍 벌린 자세에서 나를 위협하고 있다는 게 느껴졌고, 노란색 눈은 매우 도전적인 느낌을 주었다.

내가 높고 날카로우면서 불안해하는 목소리로 물었다.

"왜 그러는데?"

내가 위험에 처했다는 걸 알아챘던 것이다.

"이리 가까이 와 봐."

곧장 몸을 틀고 달리기 시작했다. 뒤틀린 건물들 사이를 화살처럼 빠르게 달려서, 경사진 골목길을 총알처럼 쌩 하고 내달렸다. 두 발이 탁탁탁 소리를 냈고 심장이 쿵쾅쿵쾅 울렸다. 뒤쪽에서 추격자가 날쌔게 달려오는 소리가 들렸다. 뒤를 한 번 휙 돌아보니 추격자는 점점 더 가까이 다가오고 있었다.

호주머니에서 은박지 뭉치를 꺼내 바닥에 떨어뜨렸다. 그 아이가 그걸 집어 들면서 끈질긴 추격을 멈추기를 바랄 뿐이었다. 그러나 그 아이는 계속 쫓아왔다. 결국 붙잡히고 말 게 분명했다. 마침내 무너져 내려앉은 담장을 타 넘으려는 순간, 그 아이가 두 손으로 내 셔츠를 잡아당겼다. 뒤이어 나는 땅바닥에 도로 떨어져선 아이를 올려다보았다. 아이는 사악한 눈에 미소를 머금고 있었다.

"너치!"

바로 그때 5센티미터짜리 폭죽이 터지듯이 누군가 버럭 외쳤다.

"너치, 그만해."

너치가 뒤를 돌아보았고, 나는 너치의 눈길을 따라잡았다. 담장에 느슨하게 붙어 있는 널빤지 틈새에서 누군가가 나타났다. 순간 내 머릿속엔 아몬드가 들어 있는 허시 바(초콜릿 바의 상표명: 옮긴이)가 떠올랐다. 덩치가 작고 가냘프면서 머리칼이 갈색인 아이였는데, 헐렁하면서 잔뜩 구겨진데다가 실밥이 터진 낡은 옷을 입고 있었다.

그 아이가 우리에게 다가왔다. 그 아이의 태도에서 드러나는 적개심은 너치한테서 엿보이는 폭력성보다 한층 강렬한 느낌을 주었다. 그 아이는 뻣뻣하면서도 위엄을 풍기는 모습으로 뚜벅 뚜벅 걸어왔는데, 마치 행진에 참여해서 걷는 것처럼 보였다.

"아무 짓도 안 했어, 제프."

너치가 애처로운 콧소리로 말했다.

"커넉(프랑스계 캐나다인을 얕잡아 이르는 말: 옮긴이)한테 겁 좀 주려고 했을 뿐이야."

새로 나타난 아이는 낯을 찌푸리며, 경멸하는 표정으로 너치에게 당장 꺼지라고 손짓했다. 그리그 곧이어 내게 다가왔다.

나는 니그로와 친하게 지내거나 가까이어서 니그로를 바라본 적이 없었다. 주택지구나 영화에서 이따금 얼핏 보았을 뿐이다―영화의 경우엔 코미디 시리즈 「우리들의 갱」에 나왔던 파리나, 그리고 찰리 챈(얼 데어 비거스의 1925년 소설에 처음 등장한 중국계 미국인 탐정: 옮긴이) 영화에 등장해서 늘 겁먹은 얼굴로 눈동자를 굴리던 니그로 정도였다. 우리 아버지는 그들을 프랑스어로 '레느와르(흑인)'라고 불렀다. 물론 다른 사람들이 니그로에 관해서 말하는 일은 거의 없었다. 우리가 사는 뉴잉글랜드의 작은 도시에서 그들은 사실상 존재하지 않는 거나 마찬가지였으며, 프렌치타운에선 단 한 명도 찾아볼 수 없었다. 이 모든 생각들이 쏜살같이 뇌리를 스쳐 갔다.

니그로 소년은 나를 내려다보며 우뚝 서 있었다.

"여기서 뭐 하고 있었지?"

너치가 자취를 감추었을 때, 그 아이가 거친 목소리로 물었다.

간신히 두 발로 일어서며 그 아이에게 대꾸했다.

"그냥 지름길로 가던 중이었어. 그런데 저 이상한 애가 갑자기 쫓아오더라고."

우리는 서로를 멍하니 바라보았다. 그 아이의 피부 색깔 때문에 몹시 당혹스러웠다. 아무래도 아버지한테 흑인은 정확한 표현이 아니라고 말씀드려야 할 것 같았다. 직접 앞에서 보니 전혀 검은색 피부가 아니었다.

내가 그 아이한테 빚을 졌다는 걸 퍼뜩 깨달았다. 그 아이가 빨강머리 악동한테서 나를 구해 준 것이다.

손으로 머리에 묻은 먼지를 털어 내며 우물거렸다.

"고마워."

"뭐라고?"

아이가 여전히 적대감이 느껴지는 목소리로 물었다. 비쩍 마르고 키가 작은데다가 나보다 한 살쯤 어린 것 같았다. 그런데도 매우 위험한 적처럼 여겨졌다.

"고맙다고 그랬어."

조바심 때문에 내 입에서 거친 목소리가 나왔다. 주머니에 손을 넣어서 구리철사 뭉치가 아직 들어 있는지 확인했다.

"그게 뭐야?"

그 아이가 물었다.

쓰레기 처리장에서 주운 구리철사와 고물 장수 재키에 대해서 설명해 주었다.

아이가 손을 쑥 내밀었다. 연분홍색 손바닥을 보고 깜짝 놀랐다. 거무스름한 살갗으로 이루어진 바다에 떠 있는 밝은색 섬 같았다. 순간 나는 한숨을 폭 쉬면서, 노상강도 앞에서 모든 걸 포기한 심정이 되었다. 그 구리철사를 갖다가 팔면 적어도 20센트는 받을 수 있었다.

그 아이는 1, 2분쯤 구리철사를 살펴보더니 내게 돌려주었다. 철사를 받아서 도로 주머니에 넣고 돌아섰다. 어서 빨리 알파벳 수프를 떠나서, 내가 사는 동네의 안전한 거리로 돌아가고 싶은 생각뿐이었다.

"너 그거 알아?"

아이가 문득 물었다.

"그거?"

내가 어깨너머로 되물었는데, 사실 아이가 뭘 묻는 건지 전혀 궁금하지 않았다.

"이따금 다른 데 사는 사람들이 이곳에 들르면, 마치 동물원에 있는 동물들을 대하듯이 우리를 바라봐."

아이가 지금껏 들었던 중에 가장 부드러운 목소리로 말했다. 마치 캐러멜이 녹아서 흐르듯이 느리고 감미로운 목소리였다. 아이는 말을 하는 중간 중간에 동사를 빼먹었는데, 신경 쓰기 귀찮아서 그러는 듯했다.

"너치를 시켜서 쫓아 버려야겠네."

내가 말했다.

"걔가 실제로 그렇게 해."

아까 내가 구사일생으로 위기를 넘긴 걸 떠올리면서, 우리 둘 다 동시에 웃음을 터뜨렸다. 서로 친구가 되려면 함께 웃고 함께 울 줄 알아야 한다. 우리 아버지가 종종 입에 올리는 얘기였다.

"그런데 커넉이 뭐지?"

니그로 소년이 갑자기 어린애 같은 목소리를 내며 가까이 다가왔다.

"커넉이 뭔지 누구나 다 아는데."

나는 의아해하면서 아이에게 대꾸했다.

"나는 잘 모르겠는걸."

그래서 아이에게 프랑스계 캐나다인들에 대해 설명해 주었다. 그들이 땡볕에 노출된 웅덩이처럼 메말라 가는 농장에서 공포에 사로잡혀 굶주리며 살다가, 영광스러운 미국에서 새로운 삶을 모색하게 된 과정도 들려주었다. 그 아이가 관심을 드러내는 걸 보고, 우리 할아버지가 조카 하나를 자루에 넣어 어깨에 메고 몰래 국경을 넘었던 일도 덧붙였다.

"너희는 어떻게 살고 있어?"

마침내 내가 아이에게 물었다.

우리는 온갖 부스러기들이 널린 채 버려진 거리를 걸어갔다.

그 아이는 자기 이름이 제퍼슨 존슨 스톤이라고 말했다. 비참한 생활에 찌든 아이의 입에서 그렇게 화려한 이름이 나오자 왠지 기분이 위축되는 느낌이었다. 왕처럼 세상을 지배하면서 거리를 활보하는 사람한테나 어울리는 이름이었다.

학교에서 배운 역사책 내용이 떠올라서, 그 아이네 조상도 노예 생활을 했는지 묻고 싶어 입이 근질근질해졌다. 그러나 아이가 모욕을 느낄 것 같아서 머뭇거렸다.

"넌 남부 출신이니?"

용기를 내서 아이에게 물어보았다.

아이는 자기 가족이 보스턴 변두리에서 살다가 왔다고 대답했다. 자기 아버지는 지금 일자리를 찾는 중이라고 했다. 제퍼슨은 형제가 네 명이고 누이가 세 명이었다. 그 아이가 평범한 얘기를 암송하듯이 늘어놓는 바람에 좀 실망스러웠다. 커넉의 일반적인 가족 이야기와 비슷하게 들렸다.

아이가 자기 집을 가리켜 보였다. 곧 허물어질 것 같은 작은 건물은 황량하면서 쓸쓸한 느낌을 주었다. 축 늘어진 줄에 널린 빨래들은 항복을 선언하는 깃발 같았다. 한참 전에 무언가를 튀긴 냄새 때문에 공기가 아주 나빴다.

"이곳에서 산 지 몇 주밖에 안 됐어."

제퍼슨이 말했다.

"우리 엄마는 아늑한 공간을 만들려고 아직까지도 집 안을 청소하셔.”

나는 이야기에 활기를 불어넣으려고 계속해서 질문을 만들어 냈다. 예를 들면 이런 질문이었다. 학교에서 읽은 글을 보면, 남북전쟁 때 노예들이 지하철(여기서는 노예들이 남부에서 다른 지역으로 탈출하는 걸 도와주던 비밀 조직을 의미한다: 옮긴이)을 통해서 자유를 찾아 북부로 이동했다고 한다. 제퍼슨네 가족도 그런 방법을 통해서 보스턴으로 온 걸까?

“설탕 바른 빵 좋아해?”

제퍼슨이 뒤쪽 계단을 통해서 나란히 집으로 들어갈 때 내게 물었다.

그런 희한한 조합은 처음 들어 보았지만 고개를 끄덕였다. 그즈음 내 뱃속은 먹을 수 있는 거라면 뭐든지 대환영이었다.

그 아이의 어머니는 뒤뜰에서 빨래를 하고 있었고, 아버지는 장작을 패는 중이었다. 어린아이들이 여기저기 흩어져 있었는데, 숱이 촘촘한 갈색 머리칼에 커다란 눈을 갖고 있었다. 아무도 나한테 관심을 주지 않았다. 주방에서 향신료 냄새가 밖으로 새어 나와, 허공에 떠돌던 역겨운 튀김 냄새를 없애 버렸다.

제퍼슨이 주방 선반에 놓인 기름 먹인 천으로 덮인 상자에서 거칠거칠한 빵조각을 꺼내 물이 똑똑 떨어지는 수도꼭지 밑에 갖다 댔다. 그리고 축축해진 빵 표면에 설탕을 뿌렸다.

“이번 주엔 배급소에서 보통 때보다 설탕을 많이 나눠 줬어.”

제퍼슨이 말했다.

"우린 이런 걸 잉여분이라고 하지. 우리 아버지는 자존심이 강해서 배급소에 안 가셔—하지만 난 그런 데 신경 안 써."

그런 태도를 갖고 있다는 게 놀라웠다. 제퍼슨은 내가 만난 사람들 가운데 가장 자존심이 강한 사람처럼 보였기 때문이다. 그 아이를 따라서 문간을 지나 거실로 들어가면서, 호기심 어린 눈으로 놋쇠 침대 곁에 놓인 플러시 벨벳으로 덮은 대형 소파를 바라보았다—탁자 위에 한 무더기 책들이 놓여 있는 게 보였다.

"저 빨간 소파는 엄마가 보스턴에 버리고 올 수 없다고 하셔서 가져온 거야."

제퍼슨이 말했다.

"아빠가 신혼여행 때 엄마한테 사 주신 거거든."

그러나 나는 소파 대신에 책 제목을 자세히 들여다보았다—잭 런던의 『바다의 늑대』, 『포르투갈 소네트』, 『로버트 W. 서비스 시전집』, 제인 그레이의 『홍의의 기사들』.

"이거 모두 네 책이니?"

내가 물었다.

아이가 내 눈을 피하면서, 두 손을 어디에 두어야 할지 몰라서 쩔쩔맸다. 몹시 당황한 게 분명했다.

아이의 당혹감을 누그러뜨려 주고 싶은데다가 더없이 기쁜 마음에 외쳤다.

"로버트 W. 서비스를 좋아하나 보지? 와우! 잭 런던도 좋아한
단 말이지! 『야생의 외침』도 읽어 봤어?"

소네트에 대해서는 감히 입에 올릴 엄두가 나지 않았는데—
'어떻게 하면 그대를 사랑할 수 있나요? 저에게 생각할 시간을
주세요.'—얼굴이 빨개질까 봐 걱정되어서였다. 어쨌든 그 소네
트들은 지난봄에 내 마음의 상처를 달래 준 적이 있었다. 당시에
나는 이본느 블랑슈메종한테 절망적인 사랑에 빠져 있었다.

우리는 눅눅한 빵을 먹으며, 그 책들에 대해서 한참 동안 이야
기를 나누었다. 내 입맛에 맞지 않는 빵이었지만 예의를 차리려
고 꿀꺽 삼켰다. 유익하면서 풍요로운 대화를 나눌 수 있다는 게
중요했다. 우리는 집 밖으로 나가서, 축 늘어진 버드나무 그늘에
앉아서 각자 좋아하는 작가들에 관해 주고받았다. 나는 공놀이
보다 책 읽기를 더 좋아할 때가 있는 내 또래가 있다는 사실을
알고 몹시 놀랐다.

그렇게 해서 제퍼슨 존슨 스톤과 우정을 나누기 시작했는데,
당시엔 그게 우정인 줄 몰랐다. 책 때문에 맺어진 우리는 이윽고
다양한 화제를 주고받게 되었으며, 서로 상대가 좋아하는 게 무
언지 알게 되었다. 우리는 돌을 모으는 취미가 있었는데, 수집물
중에는 옛날 인디언들의 화살촉처럼 생긴 것들도 있었다. 장난
감 권총을 빨리 뽑는 걸 연습하는 취미도 있었다. 그러나 대부분
의 경우 책이 화제로 올랐다. 그리고 우리는 음악 얘기도 주고받

았다. 제퍼슨은 자기 삼촌 하나가 보스턴에서 재즈 연주자로 활동한다고 말했다.

제퍼슨은 아직 학교에 등록하지 않아서 도서 대출증이 없었다. 내가 갖고 있는 도서 대출증으로 책을 빌려서 제퍼슨에게 갖다 주었다. 도서관에서 같이 만나 서고를 둘러보자고 부추겼지만, 제퍼슨은 매번 그곳에 갈 수 없는 구실을 만들어 냈다. 제퍼슨에게 억지로 강요하진 않았다. 프렌치타운보다는 알파벳 수프에서 그 아이를 만나는 게 더 마음에 들었기 때문이다. 나는 이런 환경의 차이에 대해서 두 번 다시 생각하지 않았다. 그저 자연스럽게 여겼다. 어쨌든 제퍼슨은 처음부터 알파벳 수프 사람인 것처럼 보였다. 그 아이가 다른 곳에 있는 모습은 상상하기 힘들었다.

그해 여름 내내, 나는 일주일에 한두 번씩 제퍼슨네 동네에 갔다. 늘 책을 한두 권 손에 든 채였다. 한번은 내가 모은 우표들을 갖고 갔고, 또 언젠가는 프렌치 타운에 관한 여러 통계 수치들을 적어 놓은 공책을 갖고 갔다. 그 시절에 나는 자료를 모으는 데 아주 열성적이었다. 가령 머캐닉 가에 가로등이 몇 개 있는지, 3번가에서 자라는 느릅나무가 몇 그루인지, 프렌치타운엔 3층짜리 공동주택이 몇 동이나 되는지 세면서 많은 시간을 보냈다(당시까지 조성돼 있었던 거리 여섯 개를 모두 조사했다).

아무에게도 털어놓지 않고 비밀을 지키는 게 좋을 것 같았다.

그래서 내 공책들을 오직 제퍼슨에게만 보여 주었듯이, 몰래 알파벳 수프를 찾아갔다. 3번가에서 슬며시 샛길로 벗어나서 제퍼슨을 만나러 갔고, 아무도 내 목적지를 모른다는 사실 때문에 그곳을 찾는 일은 늘 짜릿한 즐거움을 안겨 주었다.

한번은 로제 곤티어가 내게 그동안 줄곧 어디에 가 있었느냐고 물었는데, 나는 로제에게 대답 대신에 모호한 미소를 지어 보였다. 로제가 나를 쫓아올지 모른다는 걱정이 일면서, 이것도 서로 솜씨를 겨루는 시합이라는 느낌이 들었다. 그래서 늘 우회로를 택해서 알파벳 수프로 갔다. 영화에 나오는 장면과 흡사했다.

우리는 가족 얘기를 주고받은 첫 만남 이후로 각자의 생활환경을 무시하기로 마음먹고, 더는 이런 문제에 대해 질문을 던지지 않았다. 그 아이가 니그로라는 사실이 대화 중에 딱 한 번 거론되었을 뿐이었다.

어느 날 너치가 우리에게 다가오더니, 멀찍이 거리를 두고 지나쳐 가면서 확실히 겁먹은 얼굴로 제퍼슨을 쳐다보았다. 제퍼슨이 귀에 거슬리는 소리를 내며 낄낄 웃었다. 그 아이가 미소 짓는 일이 드물다는 게 퍼뜩 떠올랐다.

"저 애 말이야, 나를 두려워해."

제퍼슨이 말했다.

"이유가 뭐지?"

너치는 제퍼슨보다 머리 하나가 더 컸다. 그리고 몸무게도 15

킬로그램은 더 나가 보였다.

"내가 도깨비(여기서는 못된 아이를 잡아가는 귀신을 뜻함: 옮긴이)인
줄 아나 봐."

제퍼슨이 대답했다.

"그렇게 생각하는 사람이 한둘이 아니야. 아빠는 이렇게 말씀
하셔. '우리가 사는 데가 알파벳 수프라 이거지 뭐.' 아빠가 원하
는 건 보스턴으로 돌아가는 거야. 흑인들과 함께 사는 거. 여기
는 일자리가 없고, 모두가 외로워."

제퍼슨이 돌멩이를 발로 툭 걷어찼다. 야릇한 표정으로 곤혹
스러워하는 느낌이 그 아이의 얼굴에 다시 짙게 드리웠다.

"난 그다지 외롭진 않아."

순간 나는 낯을 붉히고 우쭐거리면서, 우리의 우정이 외로움을
이기는 데 도움이 된 모양이라고 대구해 주었다. 미드나이트 레
이터스가 떠오르자 제퍼슨도 회원이 되는 길은 없는지 궁리해 보
았다. 거무스름한 피부는 자연스럽게 그 아이를 보호해 줄 것이
다. 그리고 몸이 비쩍 마른데다가 튼튼하니까, 밭을 둘러친 철조
망의 좁은 틈새를 아주 능숙하게 빠져나갈 수 있을 것이다.

나도 그 애와 똑같은 처지라는 걸 일러 주려고 한마디 던졌다.

"우리 아버지도 직장을 잃었어."

"그랬구나."

제퍼슨이 덧붙였다.

“하지만 너희 아버지는 잃어버릴 직장이라도 있었지. 우리 아빠는 애당초 직장을 가졌던 적이 없어.”

제퍼슨이 다시 문학적인 표현을 썼지만, 이번엔 빈정대는 느낌이 담겨 있었다. 그 애가 나를 비난하는 것 같은 느낌이 들었다.

우리 사이에 침묵이 흘렀다. 그런데 지금까지 우리 사이에서 흘렀던 침묵과 달리 별로 편안한 느낌을 주지 않았다.

그날 오후는 참을 수 없을 정도로 날이 더웠다. 갑자기 날이 너무 더워져서 아무것도 할 수 없었다. 마침내 대충 핑계를 대고 내가 먼저 그 자리를 떴다. 마당에 팔다리를 쭉 뻗고 누워서 장폴의 얘기를 듣던 바로 그날 밤이었다. 장폴이 투생 씨네 밭을 습격해서, 채소를 훔쳐다가 알파벳 수프에 갖다 주는 계획을 설명하던 날 말이다.

“우리가 훔친 걸 다른 데 갖다 주면 안 될까?”

로제 곤티에가 물었다.

“왜, 겁나서 그러냐?”

장폴이 다그쳐 물었다.

“음.”

로제가 대꾸했다. 우리 모두가 잘 알고 있다시피, 로제는 세상에서 가장 용감하진 않을지라도 누구보다 솔직한 아이였다.

“야, 진짜 가난한 사람들이 사는 곳이 바로 거기잖아.”

장폴이 말했다.

"깜둥이들도 있어."

"니그로야."

내가 바로잡았다.

장폴이 어리둥절한 얼굴로 나를 쳐다보았다.

"내 말이 그 말이야. 그곳엔 깜둥이 가족이 하나 있어."

순간 그 아이가 두 단어를 구별할 줄 모른다는 걸 알았다. 뒤이어 이런저런 이유로 머릿속이 어수선해졌다.

"우리 할아버지 밭은 만만한 곳이 아니야."

조조가 말했다. 자기 할아버지 밭을 턴다는 게 도덕적으로 옳은 일인지 여전히 확신이 서지 않는 얼굴이었다.

"어느 밭이나 마찬가지야."

장폴이 딱 잘라서 말했다.

"우리한테는 정찰병이 있고 가로등 맨도 있잖아."

순간 장폴과 나는 서로 자부심이 넘치는 눈빛을 주고받았다.

"가로등 맨이 더 있어야 할 거야."

조조가 반박했다.

"우리 할아버지 집엔 뒤뜰 베란다에도 등이 있어―할아버지는 잠자리에 들기 전까지 계속 그 등을 켜 놓으셔. 자정 무렵까지 말이야."

제퍼슨이 떠오르면서, 그 애는 마음만 먹으면 진짜 훌륭한 서리꾼이 될 수 있을 거라는 느낌이 들었다. 거무스름한 피부 때문에 그늘 속으로 들어가면 눈에 잘 띄지 않을 것이다.

그때 갑자기 좋은 생각이 떠올라서 불쑥 입을 열었다.

"야, 우리 얼굴을 검게 칠하는 게 어떨까?"

"코르크가 좋겠다."

장폴이 짝 손뼉을 치며 말했다.

"난로 그을음도 괜찮지."

오스카 쿠리어도 한마디 보탰다.

그런데 곧이어 나는 아이들에게 그런 제안을 한 걸 뉘우쳤다. 왠지 제퍼슨을 모욕한 것 같은 느낌이 들었다. 사실 나는 알파벳 수프 작전 전체가 썩 마음에 들지 않았다.

"아주 좋은 생각이야."

장폴이 내 어깨를 툭 치며 말했다. 그리고 곧장 상세한 계획을 들려주었다. 먼저 자기 삼촌네 지하실로 가서 포도주병 코르크 마개를 훔쳐 온다. 그리고 알파벳 수프에서 어느 집이 가장 가난한지 조사한다. 장폴은 나한테 알파벳 수프를 정찰하는 임무를 맡기기 않았다. 그래서 너무 고마웠다.

이틀이 지난 날 밤에 투생 씨네 밭을 습격하던 장면은 정말 대단한 볼거리였다. 우리는 코르크를 태워서 팔과 얼굴에 바르고 가장 어두운 빛깔의 옷을 입었다. 자연히 어떤 등불에 대해서도 신경 쓸 필요가 없었다. 조조네 할아버지는 아주 의심이 많은 사

람이었다. 비록 작은 전등 하나가 터지더라도 잔뜩 긴장하고 경
계할 게 분명했다.

밭에 심어 놓은 모든 작물이 더없이 잘 익은 상태였다. 토마토
와 오이와 온갖 채소들이 넘쳐났다. 얼마 지나지 않아서 우리는
설탕 자루를 가득 채웠다. 뒤이어 몰래 프렌치타운 거리를 지나
갔다. 보물을 나르는 검은 얼굴의 유령들 같았다. 알파벳 수프로
막 접어들 때, 개 짖는 소리가 우리를 반겼다. 그러나 로제 곤티
에가 즉시 그 개를 조용히 하게 했다.

여느 때보다 늦은 시각이었다. 가로등 불빛이 눈부시게 비치
고 보름달이 훤히 빛나는 가운데 밭을 털었기 때문이다. 우리는
습격을 시작하기 전에 밤 열 시까지 기다려야만 했다. 간혹 지나
가는 행인이 밭주인 못지않게 위험했기 때문이다.

장폴이 우리를 멈춰 세웠다.

"자, 이제 다 왔어."

우리는 버려진 통나무집 가까이에 있는 수풀 곁에서 몸을 웅
크렸다. 길 건너에 제퍼슨네 집이 있었다. 그 집의 앞쪽 방에서
희미한 불빛이 새어 나왔다. 양철로 만든 축음기에서 음악이 흘
러나와서 허공으로 떠다녔다. 마치 불빛이 환한 무대에 서 있는
것처럼, 갑자기 나 자신이 외부의 공격에 노출된 느낌이 들었다.

"어서 가자."

어서 빨리 일을 마치고 싶은 생각에 내가 아이들을 재촉했다.

이제 우리는 살금살금 길을 건너갔다. 제각각 주변에 있는 집들을 하나씩 할당받았다. 다행스럽게도 내가 채소를 내려놓을 집은 제퍼슨네가 아니었다.

"거기 누구야?"

갑자기 날카로운 목소리가 우리에게 날아왔다.

우리 모두 우뚝 발걸음을 멈추었고 온몸이 바짝 얼어붙었다. 마치 잔뜩 겁먹은 사람들이 동작을 멈추고 있는 그림 같았다.

다음 순간 플래시 불빛이 길쭉하면서 밝은 빛깔의 칼처럼 허공을 가르며 날아왔다.

누군가 또다시 외쳤다. 제퍼슨네 앞쪽 베란다에서 랜턴에 불이 들어왔다.

"이제 어쩌지?"

조조가 완전히 넋 나간 목소리로 속삭였다.

우리는 모두 길가 도랑에 웅크리고 있었는데, 지금처럼 달빛이 밝았던 적이 없었던 것 같았다.

장폴이 뭐라고 대꾸하기도 전에 돌멩이 하나가 날아왔다. 돌멩이가 미끄러지듯이 허공을 날아오는 게 내 눈에 잡혔는데, 무언가로 돌멩이를 막거나 다른 아이들에게 조심하라고 소리칠 기운이 없었다. 돌멩이가 그대로 로제 곤티에의 뺨을 때렸다. 그러자 로제가 고통을 못 이기고 비명을 질렀다. 늘 위기에 대처하는 속도가 빠른 장폴이 채소를 담은 자기 자루에 손을 쑥 집어넣었다.

"이걸 던져 주자."

장폴이 그렇게 명령하면서, 이제 온갖 등불이 환하게 빛나는 제퍼슨네 집 쪽으로 대충 방향을 잡아서 오이 한 개를 날렸다. 그 집 앞마당으로 수많은 사람들이 허둥대며 몰려들었다.

우리는 사방으로 채소를 연거푸 집어 던졌다. 손에 채소가 잡히기가 무섭게, 팔을 뒤로 한껏 젖힌 다음 허공으로 마구 날렸다. 동시에 길을 따라서 천천히 후퇴했다. 랜턴과 플래시가 더 많이 모여들어 불빛이 땅바닥에 비치며 만들어진 섬들이 반짝거리면서 너울거렸다.

그때까지만 해도 상황이 우리에게 유리한 것처럼 보였다. 우리는 언제든지 쉽게 폭탄을 손에 넣을 수 있었으며, 구태여 돌멩이를 찾아서 손으로 땅바닥을 더듬을 필요가 없었다. 이따금 토마토가 탁 하고 목표물을 확실하게 명중시키는 소리가 들려왔다. 개들이 짖어 대고 어린아이들이 울어 댔다.

"저들이 우리를 공격하고 있어."

누군가 외쳐 댔다.

유리창 하나가 쨍 하고 박살났다.

"어서 달아나자."

장폴이 고함을 지르며 자루를 바닥에 떨어뜨렸다. 우리는 이제 거리 끝에 이르렀다.

나는 마지막 토마토를 던진 뒤에, 다른 아이들을 따라서 힘껏 달리기 시작했다. 몇 발짝만 더 가면 위험에서 벗어날 수 있었다. 알파벳 수프와 프렌치타운의 중간 지점엔 가로등이 없었다. 그래서 어둠이 우리를 보호해 줄 수 있었다. 친구들을 뒤쫓으면서, 양쪽 허파가 몹시 화끈거리는데도 더욱 속도를 높였다. 뒤쪽에서 쫓아오는 발소리가 아슬아슬할 정도로 가깝게 들렸다. 별안간 무언가에 발끝이 걸리면서 자갈길 위로 그대로 엎어졌다. 누군가 내 위로 몸을 날렸고, 나는 상대의 공격을 막기 위해서 온몸을 마구 비틀었다.

일순간 내가 바라보고 있는 게 제퍼슨 존슨 스톤의 두 눈이라는 걸 알아챘다.

시신경이 뚝 끊어지기라도 한 것처럼, 너무 놀라서 어리둥절해하는 눈이었다. 믿을 수 없다는 듯이 번쩍 뜬 눈이었다. 게다가 더없이 당황한 나머지, 제퍼슨은 나를 잡은 손에서 힘을 풀었다. 그래서 나는 그 애의 손아귀에서 벗어나 바로 일어설 수 있었다. 불에 태운 코르크를 바르는 바람에 얼굴이 뻣뻣했고, 좀 전에 넘어질 때 짓눌린 팔 하나가 몹시 아팠다.

알파벳 수프에 사는 다른 사람들이 우리를 향해 달려오면서 내는 발소리가 쿵쿵 울렸다. 제퍼슨에게 뭐라고 한마디 해 주고 싶었다—그런데 뭐라고 말하지? 아직도 나는 위험에 빠져 있는 상태였다. 어서 이곳에서 벗어나야 했다. 그래서 몸을 틀어서 다시 달리기 시작했다. 양쪽 뺨으로 눈물이 흘러내렸고 짓눌린 팔이 욱신거렸다. 한 번도 뒤돌아보지 않고 계속해서 달렸다.

그 뒤로 몇 주일 안에 날씨가 변해서, 폭풍우가 지나가면서 메마르고 건조한 열기를 깨끗이 씻어 갔다—엄청난 양의 비. 꼼짝없이 집에 갇혀 지내게 만드는 비, 최신판『펜로드와 샘』(퓰리처상 수상 작가 부스 타킹턴의 소설: 옮긴이)을 읽으며 시간을 보내게 만드는 비였다. 그러나 나는 늘 기분이 불안했으며, 날씨 따위엔 아무런 관심도 없었다. 글로브 극장에서 새로 개봉한 켄 메이너드 영화도 심드렁하게만 여겨졌다. 수중에 남아 있던 10센트를 모두 털어서 영화를 보긴 했지만.

우중충하면서 쓸쓸한 비가 내리던 어느 날 오후에 우울한 기분으로 집에 돌아와 보니, 뒷문에 진홍색 자국이 나 있는 게 눈에 띄었다. 누군가 그 문을 향해서 토마토를 던진 것이다. 토마토 즙이 상처에서 나는 피처럼 나무문을 타고 흘러내렸다. 걸레를 찾아 들고 대야에 물을 받아다가 진홍색 얼룩을 닦아 내기 시작했다. 어머니가 나를 쳐다보면서, 세상이 앞으로 어떻게 되려고 이 모양이냐며 성난 목소리를 냈다.

"누가 이런 정신 나간 짓을 한 것 같니?"

어머니가 물었다. 어머니한테 아무 말도 하지 않았다.

며칠 뒤에 다시 알파벳 수프에 가 보았다. 이미 비가 그쳤으며, 먹구름이 여름을 데리고 다른 곳으로 가 버린 뒤였다. 대부분의 밭이 황량하게 변해 있었다. 토마토 버팀대는 모두 지쳐서 옆으로 기울어졌고, 어떤 버팀대는 빗줄기를 못 이기고 바닥에 드러누워 있었다. 느릿느릿 발걸음을 옮기는데, 제퍼슨과 맞설 생각을 하니 마음이 편치 않았다.

그 아이에게 제대로 설명해 줄 수 있을까? 그날 밤 내가 왜 얼굴을 검게 칠했는지. 어째서 그 아이를 프렌치타운으로 데려올 수 없었는지. 그 밖의 무수한 일들에 대해서.

마침내 알파벳 수프에 도착했는데, 제퍼슨네 집을 바라본 순간 어안이 벙벙해졌다. 집 주위가 더없이 황량했으며, 얼핏 보기에도 집 안이 텅 비어 있는 게 틀림없었다.

"멀리 이사 갔어."

고개를 돌리니 길 건너편에 너치가 서 있었다.

"어디로 갔는데?"

"보스턴으로 돌아갔어."

너치가 대꾸했다.

순간 제퍼슨의 눈이 떠올랐다. 그것은 분노로 이글거리고, 증오심으로 빛을 뿜어내는 눈이었다. 자부심 강한 제퍼슨. 그 아이가 갑옷을 걸치듯이 온몸에 두르고 있던 기품이 넘치던 분위기가 떠올랐다. 그리고 우리 집 뒷문으로 던진 토마토도 생각났다.

보스턴 어딘가에, 알파벳 수프와 프렌치타운을 벗어난 광활한 세상의 어딘가에, 나의 영원한 적이 살고 있었다. 그 적은 언제까지나 나와 마주칠 날을 기다리고 또 기다릴 것이다.

"야, 커닉. 너도 토마토로 우리를 공격한 악당 가운데 하나지? 모두 깜둥이처럼 얼굴을 까맣게 칠한 악당 말이야."

순간 아이의 말을 부인하고 싶었지만, 마지막 순간에 입을 꾹 다물었다.

"제프가 곁에 없으니까, 별로 강해 보이지 않는데."

여전히 노란 눈의 너치가 내게로 발걸음을 떼며 말했다.

그러나 나는 달아나지 않았다.

턱 끝이 떨리면서 두 눈에서 눈물이 넘쳐흘렀다. 제퍼슨, 제퍼슨 하고 속으로 안타깝게 되뇌었다. 나는 너치가 나보다 덩치가 크고 싸움을 더 잘한다는 걸 잘 알고 있었다. 하지만 그 자리에 그대로 서서, 그 아이가 길을 마저 건너오기를 기다렸다.

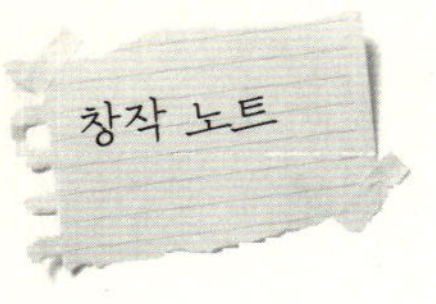

「나의 첫 번째 니그로」는 이 소설집에서 대공황을 배경으로 사용하는 세 번째 이야기다. 그러나 「대통령님, 어디 계세요?」와 「제시카의 눈물」보다 훨씬 다양한 의도가 담겨 있는 작품이다.

내가 「나의 첫 번째 니그로」를 쓸 때의 기분은 향수와 슬픔이 합쳐진 것이었다. 그리고 양심의 가책도 섞여 있었던 것 같다. 우리는 모두 종종 시간과 환경에 구속받는데, 내 경우엔 몹시 혼란스러웠던 60년대에 그런 구속감을 느꼈다.

당시에 나는 〈피츠버그 센티널〉지의 뉴스 편집자였다. 뉴스 통신사에서 텔레타이프를 통해서 뉴스 편집실로 보내오는 기사들에 대해 헤드라인을 쓰고 편집하는 일이었다. 오랫동안 민권운동과 남부인들의 격렬한 민심 폭발에 관한 기사에 푹 빠져 지냈다. 셀마(앨라배마 주의 도시: 옮긴이)와 킹(셀마에서 민권운동의 선봉에 섰던 흑인 목사 마틴 루터 킹: 옮긴이)과 메러디스(1962년 미시시피 대학교에 입학한 첫 흑인:

옮긴이) 같은 이름들이 나의 일상을 구성하는 친숙한 요소가 되었으며, 서로 다른 크기와 형태의 헤드라인에 이런 이름들을 조화롭게 끼워 넣고자 노력했다. 칼럼 하나에 할당된 서 줄 남짓한 헤드라인에 종종 '경찰견'과 '소방 호스', '노상 구타' 같은 단어들을 끼워 넣었다. 이런 단어들은 내 기억 속에 깊이 각인되었다.

그 시절 나는 흑인들이 내 인생에서 매우 작은 역할밖에 하지 못했다는 걸 깨달았다. 나는 도시의 프랑스계 캐나다인 지구에서 성장했으며, 어린 시절에 흑인들뿐 아니라 신교도들과도 거의 접촉한 적이 없었다. 고등학생 시절 이후로 내가 우연히 만난 몇몇 흑인들은 여느 사람들과 전혀 다른 점이 없어 보였다. 내가 보기에 도시에 사는 흑인 가족들은 지역사회에 쉽게 동화되는 것 같았다. 그리고 스트레스나 편견이 존재할지라도 나로선 그런 걸 알아채지 못했다.

헤드라인 작업량이 급격하게 늘어나면서, 오래된 의문이 끝없이 머릿속에 되살아났다. 만일 뉴잉글랜드 중심부 레민스터 같은 도시에서도 인종 투쟁이 벌어진다면 어떻지 될까? 실제로 그런 일이 벌어질까? 어떤 형태로 벌어질까?

그 뒤로 순전히 상상력에 기대어 장편소설을 쓰기 시작했다. 소설을 쓰는 중에 한 흑인 여성과 장시간 대화를 나누었다. 한평생 도시에서 살아왔으며 대가족을 부양하는 여성이었다(어린 시절에 그 여성과 이웃해서 살았던 내 아내가 서로를 연결시켜 주었다). 그 여성은 내게 비밀을 털어놓았는데, 자기 가족을 포함한 흑인들은 일평생 편견과 선입견에 시달리며 살아왔다는 것이다. 미묘하면서 교활한 편견에 맞설 경우도 많았다고 했다.

나는 몹시 큰 충격을 받았으며, 장편소설을 쓰는 내내 가슴속에서 불길이 타올랐다. 이 소설은 끝내 출판업자를 찾아내지 못했다.

그 시기에 단편소설도 한 편 썼다. 이 작품에서 나는 나 자신의 소년 시절로 돌아가서, 만일 내 또래의 흑인 소년을 만난다면 어떻게 대처할 것인지 곰곰이 생각해 보았다. 과연 어떤 일이 벌어질까? 작품 속에 영웅이나 악한이 등장하게 될까? 영웅이나 악한이 꼭 있어야 할까?

나는 「나의 첫 번째 니그로」에서 바로 이런 문제들을 탐구하기 시작했다. 또한 내 기억에 남아 있는 소년기의 본질을 그려 내고 싶었다―과일을 몰래 훔쳐 먹고, 좋은 책들을 찾아내고, 나 말고도 또 다른 누군가가 책을 사랑하던 그 시절의 본질 말이다. 다행스럽게도 이 단편소설은 발표 지면을 찾아냈다.

세부 묘사에 관해서 덧붙이면, 그 도시에 실제로는 알파벳 수프 지구라는 곳이 존재하지 않았다. 그리고 이 소설에 나오는 장폴처럼 흑인들을 '깜둥이'라고 부르는 사람들도 있었지만, 당시 대부분의 사람들은 그들을 '니그로'라고 불렀다. 우리 할아버지는 프랑스어로 '레 느와르'라고 불렀는데, 앞날을 내다보는 안목이 있으셨던 것 같다. '느와르'는 '검은색'을 뜻하는 프랑스어이며, 여러 해 뒤엔 흑인이 니그로보다 더 많이 사용되었기 때문이다.

목요일엔
내 아이

먼저 보스턴에서 모뉴먼트까지 자동차로 두 시간이 더 걸렸다는 것부터 밝혀 두겠다. 평소의 두 배였는데, 콩코드 가까이에서 사고가 나면서 교통이 정체되었다. 그래서 자동차들이 5킬로미터에 걸쳐 거대한 금속의 무한궤도를 만들며 더디게 움직였다. 머리가 쪼개질 듯이 아팠고, 두 눈은 생 양파에 닿은 것처럼 아렸다. 그리고 속이 울렁거리면서 구역질이 났다.

모든 게 내 책임이었다. 보통 때 같았으면 할리와 함께하는 목요일 전날 밤엔 다른 사람들을 만나는 걸 피하고 일찍 잠자리에 들었을 것이다. 그런데 어제 오후엔 맥클라플린과 쓸데없이 말다툼을 벌였다—어떤 경우를 막론하고 고용주와 논쟁하는 것처럼 쓸데없는 짓도 없다. 뒤이어 그에게 당장 회사를 그만두겠다며 으르렁거렸는데, 사실상 전혀 무의미한 행동이었다. 그는 내 술수를 모조리 꿰고 있었기 때문에 그저 미소를 머금었을 뿐이다.

결국 그 일 때문에 길 건너 바에서 혼자 자기 연민에 빠져 술을 몇 잔 들이키게 되었고, 그 바람에 마음이 약해져서 케임브리지에서 열리는 파티로 발걸음을 떼고 말았다. 그런데 막상 파티 장소에 가 보니, 지적인 대화를 가장한 사이비 토론에 독한 술을 곁들인 모임에 지나지 않았다. 그리고 파티에서 얻어 낸 것도 엉터리 쾌감이었으며, 엄청나게 많은 약속을 남발하는 실속 없는 시간을 보냈을 뿐이다. 머릿속을 울리는 숙취, 친숙하고 절망적이면서 낯익은 후회가 유일한 소득이었다.

나는 용케 아침에 출근을 했으며 여느 때와 비슷한 시각에 사무실을 떠났다. 맥클라플린은 줄곧 내가 괴로워하는 모습을 지켜보고 있었다. 나는 속으로 중얼거렸다.

"빌어먹을 인간. 당신은 내가 찬물로 샤워하고 숙취를 없애려 한숨 자느라, 우리 딸이 쓸데없이 나를 기다리게 내버려 둘 거라고 생각하겠지? 하지만 할리가 나를 기다리고 있으니 나는 거기 갈 거야."

나는 그곳에 갔다. 좀 늦은 것 같았지만 어쨌든 그곳에 갔고, 늦을 수밖에 없는 분명한 이유가 있었다. 할리는 내가 차를 몰고 나타나자 기뻐서 폴짝폴짝 뛰었다.

무모하게 차를 돌려 유턴하는데, 앨리슨이 창밖을 내다보며 불만스러운 얼굴로 낯을 찌푸릴 거라는 느낌이 들었다. 주홍색 컨버터블(접을 수 있는 포장 지붕이 있는 차: 옮긴이)은 그 색깔만으로도 뉴잉글랜드 출신인 그녀의 차가운 잿빛 눈동자에게 모욕을 줄 수 있었다. 그리고 내가 늦게 나타난 것도 시간을 엄수하는 그녀의 성향을 모독하는 행위였다(그녀는 나와 결혼하기 전에 학교 선생이었는데, 아직도 여전히 스케줄과 시간표를 꽤나 좋아했다).

어쨌든 내가 조용한 거리에 있는 집 앞에서 차를 세울 때, 브레이크가 끼익 소리를 냈다. 다음 순간 나는 충동적으로 길고 요란하게 경적을 울렸다. 그녀를 자극하기 위해서, 그래서 그녀에게서 나를 완전히 떼어내기 위해서, 우리가 함께 나누었던 것들 중에서 아직도 남아 있는 것이 있다면 깨끗이 없애기 위해서 버릇처럼 하는 행동이었다. 마치 자신의 병을 치유해 줄 약을 삼키지 않고 손바닥에 감춘 채 죽어 가는 사람처럼.

할리가 현관에서 후다닥 내게로 달려왔다. 분홍빛과 레이스 장식과 명랑함이 어우러져서 더없이 눈부신 모습이었다. 할리, 나의 참사랑, 나의 숙취를 누그러뜨려 줄 유일한 사람, 욱신거리는 팔다리에 기운을 넣어 주고, 나의 모든 죄를 용서해 줄 사람.

"아빠, 오늘 꼭 올 줄 알았어."

아이가 내 품으로 뛰어들며 말했다.

샴푸 향내가 나는 아이의 머리칼에 얼굴을 묻고, 이미 손에 익은 아이의 뼈와 살을 움켜쥐었다.

"아빠가 언제 바람맞힌 적 있어?"

곧이어 씩 웃으며 덧붙였다.

"대답 안 해도 돼."

부득이한 사정으로 아이에게 오지 못했던 적이 있었기 때문이다.

"아빠, 오늘은 원더월드 가는 거 어때?"

아이가 물었다.

태양이 선글라스를 뚫고 두 눈으로 햇살을 날렸다. 놀이공원에서 빙빙 도는 기구들을 떠올리자 온몸에 멀미가 났다. 그러나 흰색 커튼 뒤에 앨리슨이 숨어 있다는 걸 알아채고 할리에게 힘주어 대꾸했다.

"뭐든지 얘기해 봐, 우리 아가씨, 뭐든지 말만 해."

앨리슨에게 누군가가 나를 진정으로 사랑한다는 걸 알려 주고 싶었다.

"아빠가 무조건 다 들어줄게."

할리는 목요일엔 내 아이였다. 지난 2년 동안 목요일마다 같이 지내면서 여러 번 순회 여행을 다녔다—팬시점 쇼핑, 영화 관람, 무삭 릿지(그 지역의 유명한 산마루 휴양지 이름: 옮긴이)로의 소풍, 볼링 게임, 성수기의 원더월드 나들이. 어른이 어린아이와 함께할 수 있는 거라면 뭐든지 다 해보았다. 늘 할리를 만족시키려고 세심하게 신경을 기울였고, 할리는 언제나 내 앞에서 기뻐하는 모습을 보였다.

우리는 서로 말은 안 해도, 둘 다 마치 학교를 빼먹고 노는 아이 같은 느낌을 받았다. 공부 안 하고 농땡이 치는 기분 말이다. 할리는 잘 정돈되고 짜임새 있는 엄마의 세계에서 잠깐 밖으로 빠져나온 것이었다. 그리고 나는 너무 많은 마티니(칵테일의 일종: 옮긴이)와 너무 많은 여자, 단 한 번도 이겨 코지 못한 너무 많은 도박의 세계에서 잠시 빠져나온 것이었다.

이런저런 이유에서 아버지가 떠올랐다. 이따금 할리와 같이 공동묘지에 갔다. 그곳에서 아버지 구덤 앞에 서서 아버지를 돌이켜 보았다. 대체로 아버지가 돌아가시기 몇 주 전의 어느 날이 머릿속에 떠올랐다. 그날 우리는 요양원에서 나란히 앉아 있었다. 오랜 침묵이 흐른 뒤에 아버지가 말했다.

"하위(이 소설의 내레이터의 이름: 옮긴이), 중요한 건 남자가 되는 거다."

뒤이어 아버지는 울음을 터뜨렸다. 벌겋게 충혈된 눈에서 눈물이 펑펑 쏟아졌다. 아버지가 불쌍하게 여겨졌다. 오로지 과거만을 되돌아보고 또 되돌아볼 뿐인 노인들이 불쌍해졌다. 잠시 뒤에 아버지에게 물어보았다.

"남자가 되는 게 어떤 건데요, 아빠?"

사실 그런 게 궁금했던 건 아니고, 무슨 말이든 하고 싶어서였다.

"남자가 된다는 건 파멸에 이른 인생을 돌아보고, 자기 연민에 빠지는 일 없이 정면으로 맞서는 거다."

아버지가 뺨에 흐르는 눈물을 닦으며 대꾸했다.

"어떤 변명도 하지 않고, 계속 전진하는 거야. 꾹 참고 견디면서."

그날따라 하루가 몹시 길게 느껴졌다. 그래서 아주 오래전에 버려진 사람, 자신을 내 아버지라고 부르는 사람한테서 달아나고 싶어 온몸이 근질거렸다.

잠시 뒤에 그 자리를 뜨면서 속으로 혼잣말을 했다. 꽤나 말주변이 좋은 분이야. 안 그래? 그래서 결국 어떻게 됐다는 거지? 아내가 일찍 세상을 뜬 걸 구실로 삼아 술독에 빠졌잖아. 그동안 아들은, 세상에 태어나면서 엄마를 죽음에 이르게 만든 아들은, 삼촌과 이모와 사촌 집을 전전하면서 계속 따돌림을 당했지. 하지만 그는 나름대로 아버지 역할을 하려고 꽤나 열심이었어. 선물 다발을 들고, 세일즈 여행 중에 방문한 도시에서 겪은 굉장한 모험담을 갖고, 휴일마다 모습을 보였잖아.

나는 할리와 함께 차를 타고 옅게 그늘진 스프루스 가를 지나갔다. 오늘 일정엔 공동묘지 여행이 들어 있지 않아서 다행이었다. 할리는 쾌활하게 이야기를 늘어놓았다. 동네 축제에서 친구들과 공연을 했는데, 수익금을 자선단체에 기부하면서 자기들 이름이 신문에 나왔다는 것이다. 9월이 다가오면서 학교에서 입을 옷을 사러 쇼핑 간 얘기도 덧붙였다. 열 살짜리 여자 아이의 삶과 생활을 구성하는 모든 것들에 대해서, 지금까지 겪은 일들을 들려주었다.

나는 아이의 얘기는 거의 귀담아듣지 않았다. 딸아이가 곁에 있다는 사실만으로도 행복했다. 아이는 뒷머리를 길게 땋았는데, 금발인 앨리슨과 달리 흑발이었다. 그래서 은근히 기분이 좋았다. 할리가 계속해서 재잘거렸다. 원더월드에 굉장히 멋진 놀이기구가 새로 생겼다는 것이다.

"달나라로 가는 로켓 여행이야."

모든 아이들이 그걸 타고 싶어서 난리인데, 아빠, 우리도 타 보자. 한번 타 보는 거지, 응?

"물론이지."

나는 대꾸했다.

지금껏 목요일마다 마치 사랑의 부케를 던지듯이 아이에게 무조건 "물론이지"라고 대꾸했다. 이번에도 곧바로 그렇게 하자고 대꾸했는데, 아이가 마지막 순간엔 곧잘 마음을 바꾼다는 걸 잘 알기 때문이었다.

할리는 소심하고 겁이 많은 아이였다. 모험심이 필요한 위험한 놀이기구는 대체로 피하는 편이었다. 나와 함께 공원을 산보하면서, 지나쳐 가는 사람들에 관해서 이야기를 지어내는 걸로 만족했다. 아이는 회전목마와 유령의 집에 있는 일그러진 거울을 좋아했고, 롤러코스터와 공중제비 같은 대담한 묘기를 시도하는 걸 꺼렸다. 그래서 아이한테 고맙다는 느낌이 들었다. 조금만 움직여도 머릿속이 지끈거리고 속이 울렁거리는 오늘 같은 날은 말할 것도 없었다.

"엄마는 좀 어때?"

아이에게 의례적인 질문을 던졌다.

보통 때는 아이도 의례적으로 대답했다. "잘 지내." "아주 좋아."

그런데 오늘은 잠시 머뭇대다가 한숨을 쉬며 말했다.

"많이 피곤한가 봐."

"피곤하다고?"

복잡한 원더월드 주차장에서 차를 세울 곳을 찾으며 물었다.

"음. 헌혈자를 모으는 위원회에 나갔다 왔거든."

그게 앨리슨이었다. 양심적이면서 공동체 의식을 갖고 있고, 늘 기꺼이 누군가를 도와줄 준비가 돼 있었다. 봉사하려는 욕구가 강했고 모뉴먼트를 끔찍이 사랑했으며, 과감하게 다른 고장에 발을 들여놓을 생각이 없었다. 그런 성향은 우리가 서로 갈등을 빚은 요인이기도 했다. 적어도 도든 갈등이 그런 성향에서 비롯되었다. 나는 언제나 모뉴먼트를 목적지가 아닌 출발점으로 여겼다.

내가 앨리슨을 처음 만난 건 이곳을 떠나려고 마음먹었을 때였다. 뉴욕시로 가서 무수히 많은 문을 두드리면서, 직장이든 그 무엇이든 찾아볼 마음의 준비가 되어 있었다—어쨌든 이 고장을 막 떠나려던 참이었다. 그런데 앨리슨은 너무나도 아름다운 여자였다. 더할 나위 없이 그녀를 사랑했기 때문에, 그대로 모뉴먼트에 머무르면서 지역 신문에 사망 기사나 그 비슷한 우울한 글을 쓰는 일을 계속했다.

그러나 그 뒤로도 늘 모뉴먼트를 벗어난 세상을 의식하고 지냈으며, 그런 곳들을 구경하면서 수많은 사람들을 알고 싶었고 수많은 장소를 방문하고 싶었다. 물론 이 모두가 한없이 어리석고 더없이 비현실적인 꿈에 지나지 않았다. 이따금 욕구불만이 폭발했다.

"앨리슨."

나는 그녀에게 간청했다.

"일단 시도라도 해보자. 짐을 꾸려서, 도든 걸 운명에 맡기고 한번 도전해 보자고. 지구 반대편으로 가자는 얘기가 아니잖아. 어디든지 가 보자고. 세상은 엄청나게 크고, 모뉴먼트는 아주 작

아. 현재 우리의 삶도 아주 작고.”

앨리슨이 어린 할리를 들어 올렸다. 할리가 나를 보고 천진스럽게 웃었다.

“우리 할리도 아주 작아. 그렇다고 당신이 할리의 아빠가 될 수 없는 건 아니잖아?”

나는 좌절감에 사로잡힌 채로 모뉴먼트에 계속 머물렀다. 그러나 밀실공포증을 일으키는 답답한 아파트를 벗어나서 지내는 시간이 갈수록 늘어났다. 칵테일라운지나 바엔 친숙한 어둠이 있었다. 그곳에서 맥주나 라이 위스키(호밀이 주원료인 위스키:옮긴이) 같은 걸 적당히 마시면, 모든 날카로운 모서리들이 흐릿해지면서 모뉴먼트는 내 마음속에서 저 멀리로 물러났다.

바에 자주 드나들다 보면, 필연적으로 여자가 인생 속으로 걸어 들어오게 돼 있다. 그리고 마침내 샐리가 나타났다. 그녀는 보스턴에서 모뉴먼트로 파견된 텔레비전 방송 팀의 일원이었다. 그들은 해리슨 생크스의 백다섯 번째 생일을 촬영할 계획이었다. 해리슨은 이 지역에서 가장 나이가 많은 사람이었다.

나는 샐리와 함께 술을 한두 잔 마셨다. 그녀는 자기가 촬영팀의 비서일 뿐이라고, 사실상 심부름꾼일 뿐이라고 말했다. 뒤이어 웃음을 터뜨리며 이런 진부한 표현을 없었던 얘기로 돌리더니, 도대체 나 같은 사람이 이런 곳에서 뭘 하고 있는 거냐며 의아해 했다. 이런 곳이란 물론 모뉴먼트를 뜻했다.

그녀가 내게 따뜻하게 몸을 기댔다. 자기 몸에 대해서 감출 게 없다는 태도였다. 앨리슨은 남성복 같은 정장이나 헐렁한 옷, 편안한 스웨터로 몸을 감추고 드러내지 않았다. 반면에 샐리가 입은 옷은 그녀가 여자라는 사실을 끝없이 의식하게 만들었다.

처음 만난 날 밤에 그녀와 나란히 앉았을 때였다. 그녀에게 몇 마디 건네기도 전에, 한때 내가 그녀의 몸을 알았던 것 같은 느낌이 들었다. 사춘기 시절 꿈속에서 무수히 그녀를 경험했던 것처럼 여겨졌다.

텔레비전 방송 팀은 모뉴먼트에서 단 이틀밖에 머물지 않았다. 나는 비공식적인 가이드 역할을 맡아서 해리슨 생크스와의 인터뷰를 준비했다. 해리슨은 아주 오래된 집의 포치(건물 입구에 지붕을 갖추어 차를 대도록 한 곳: 옮긴이)에서 등의자에 앉아, 인터뷰어의 무의미한 질문에 쉰 목소리로 간결하게 대답했다.

"백다섯 살이 되시는 기분이 어떠세요?"

시간과 공간이 헷갈린 노인은 은행 마감 시간과 허버트 후버(미국 제31대 대통령: 옮긴이)에 대해서 계속 웅얼거렸다. 그러자 몇 번 웃음소리가 터지면서 카메라 촬영이 중지되었다. 순간 나는 가슴이 옭죄어 오는 느낌을 받았다. 누군가 내 팔을 꽉 잡았다.

"예민한 성격이군요. 그렇죠?"

샐리가 물었다.

"저분은 노인이잖아요. 내가 어려서부터 줄곧 알고 지내 온 분인데.”

“이런, 가엾어라”

그녀가 섬세한 손가락으로 내 코끝을 건드리며 말했다.

“당신한테는 좀 더 부드러운 사랑의 손길이 필요해 보이네요.”

해리슨 생크스와의 인터뷰는 노인 문제를 다루는 특집 쇼에서 90초 분량만 사용되었다. 하지만 나와 샐리의 관계는 그보다 훨씬 더 오래 지속되었다. 그러나 충분히 오랜 기간은 아니었다. 매우 힘든 문제가 남아 있었다. 그것은 샐리와의 보스턴에서의 밝은 미래를 위해선, 앨리슨과 할리 곁을 떠나야 한다는 사실이었다. 가정을 뒤죽박죽으로 만들고, 가련한 할리—파탄 난 가정의 아이—가 모든 불행을 감내하다가 결국엔 외로운 처지로 전락하게 될 거라는 얘기였다.

샐리는 좀 더 부드러운 사랑의 손길로 보듬어 줄 만한 또 다른 예민한 사내들을 찾아냈다. 나를 보듬은 그녀의 손길이 실제 사랑의 손길이 아니라는 걸 깨달았던 것이다.

그 뒤로 나는 이 직업에서 저 직업으로 수평 이동을 했을 뿐, 위쪽으로 올라가진 못했다. 위쪽으로 올라가려면 재능만으로는 부족했다. 무자비함과 교활함이 필요했으며, 다음 날의 책략과 발표회를 준비하면서 매일 밤늦게까지 앉아 있어야 했다.

하지만 나는 한두 잔의 술에 더 큰 매력을 느꼈다. 한두 잔이 서너 잔이 되고, 그 뒤엔 파티를 열자거나 좀 더 즐기자면서 흥

청망청했다. 그쯤 되었을 땐 더 이상 즐거움을 맛보기 어려웠다.

"아빠, 꼭 바보처럼 보여."
할리가 정신없이 낄낄거리며 웃었다.
"너도 무도회에 나간 신데렐라하고는 거리가 멀어 보이는데."
아이에게 그렇게 응수했다.
유령의 집에 있는 거울에 우리 모습을 비춰 보는 중이었다. 할리가 갑자기 땅딸보로 변했다. 마치 보이지 않는 손이 아이의 머리를 위에서 힘껏 찍어 누른 것 같았다. 나는 우스꽝스럽게 키가 커졌고 연필처럼 몸통이 가늘어졌으며, 머리는 꼭 지저분한 연필 지우개처럼 변했다. 뒤이어 우리는 나란히 옆으로 이동하면서 괴상망측한 모습을 주고받았고, 서로의 역할이 뒤바뀌는 걸 보고 몇 번이나 더 웃음을 터뜨렸다.
어느 순간에 나는 아이를 번쩍 들어 올려서 빙빙 돌렸다. 머릿속을 쿡쿡 찌르는 통증이 일었지만, 아이가 한껏 쾌활한 웃음을 터뜨리게 했다. 그러다가 갑자기 머리가 어질해져서 아이를 도로 내려놓았다.
"우리 딸, 잠깐 쉬자."
그런데 이미 흥분해서 기세가 오른 아이는 나를 계속 잡아당겼다.
"로켓 타고 싶어, 아빠. 어서 로켓 타러 가자."

아이에게 끌려서 햇살이 눈부신 공원을 걸어가며, 조금만 더 참자고 속으로 중얼거렸다.

길 건너엔 작은 바가 있었다. 할리가 로켓을 타는 동안, 바 안으로 피신해서 시원한 걸 한 잔 마실 수 있을 것 같았다. 목요일에 할리와 같이 있을 때, 그런 식으로 아이를 속인 적은 거의 없었다. 모든 시간을 아이에게 바쳤는데, 아마도 앨리슨에게 내가 전혀 양심이 없는 사람은 아니라는 걸 보여 주고 싶어서 그랬던 듯하다.

내가 더는 외로움을 견디지 못하고 이혼한 뒤에 처음으로 전화를 걸었을 때, 앨리슨은 회의적인 태도로 나를 대했다.

"그동안 둘 다 처신을 잘해 왔잖아. 고맙게 생각해."

그녀가 냉정하면서 또렷한 목소리로 말했다.

"일을 어렵게 만들지 마, 하위. 서로 못 본 지 꽤 됐잖아. 얼마지? 3년? 나는 이미 정리했어. 그러니까 더는 서로에게 상처를 주지 말자고."

"그러니까 내가 필요 없다는 얘기네."

나는 그녀에게 대꾸했다. 그녀는 아무 말이 없었다. 그래서 과감하게 덧붙였다.

"하지만 나는 당신이 필요해."

순간 그녀가 웃음을 터뜨리는 바람에 화가 치밀었다. 그녀에게 상처를 주고 싶었다.

"좋아, 당신이 아니어도 상관없어. 하지만 할리는 포기할 수 없어. 할리가 필요해. 할리는 내 것이기도 하니까. 내 피가 흐르잖아."

"그래. 그 아이의 몸속에 당신 피가 흐르지. 하지만 그게 전부였으면 좋겠어."

그녀의 신랄한 태도에 깜짝 놀랐지만, 다시 생각해 보니 당연한 행동이었다.

나는 이혼을 앞둔 시점에서 앨리슨에게 할리에 대해 아무것도 요구하지 않았다. 그런데 앨리슨은 관대하게도 내가 조건을 선택할 수 있게 해 주었다. 그래서 나는 언제 어떤 식으로든지 내 마음대로 아이를 만날 수 있었다. 아이를 데리고 살진 않겠다는 조건만 붙었다. 당시에 나는 자유로운 생활과 샐리한테 도취해 있었고, 그 이후로도 다른 것들에 빠져서 살았다. 호텔방에서 외로움과 절망감을 못 견디고 그녀에게 전화를 걸기 전까지는 그랬다. 모든 사람들한테 버림받은 내 입장에선 누군가가 필요했다. 그리하여 앨리슨과 전화로 합의점을 찾게 되었고, 그 결과 이제 할리는 목요일엔 나의 것이 되었다.

정확하게 목요일 오후로 시간을 정했다. 처음 몇 주 동안은 할리와 만나서 보내는 시간에 온 정신을 집중했다. 마치 공기가 없는 세상에 있다가 산소를 마음껏 들이쉬게 된 것 같았다. 우리는 처음엔 서로 뻣뻣하고 어색한 상태로 돌아다녔다. 마침내 할리가 내 농담에 웃음을 터뜨리기 시작했고, 결국엔 나를 편하게 받아들였다. 그러나 앨리슨은 계속해서 나한테 거리를 유지했고, 단 한 번도 집 밖으로 나와 보지 않았다. 물론 나를 집 안으로 불러들인 적도 없었다.

어느 날 내가 포치에서 할리를 만날 때, 앨리슨이 방충망 너머에서 내게 말을 건넸다. 그녀는 먼저 할리에게 자동차에 가 있으라고 말했다.

"왜 그러는 거야?"

그녀가 물었다. 물음이라기보다는 비난에 가까웠다.

"무슨 소리야?"

"당신이 지금 저 아이의 인생을, 저 아이의 일상생활을 망쳐 놓고 있잖아. 1년 내내 돌아다니는 산타클로스처럼 매주 꼬박꼬박 올 건 없잖아."

"지금 질투하는 거야? 어린아이라면 가끔씩은 좀 재미나게 놀 필요가 있어."

그러자 앨리슨이 주춤거렸다. 나한테 한 방 먹었거나, 진실 앞에서 난감해진 표정이었다. 순간 통쾌한 느낌이 들었다.

"다 왔어요, 아빠."

할리가 말했다.

“하느님 맙소사.”

우리 앞에서 거대하면서 정교한 기계가 붕 솟아오르는 걸 보자 저절로 비명이 터졌다. 놀이공원에 있는 기구들은 대부분 생김새가 비슷했다. 그런데 로켓 라이드는 그렇지 않은 것 같았다. 굉음을 내면서 회전하는데다가, 소용돌이치는 연기와 빗발치는 듯한 불꽃을 내뿜었다.

빙글빙글 돌게 설계된 이 기구엔 작은 모형 로켓들이 달려 있고, 로켓마다 두세 명이 탈 수 있었다. 기구 전체가 원을 그리며 회전하면, 로켓들이 제각각 위아래로 오르내리면서 돌다가 이따금 과감하게 지상 15미터 높이까지 솟구쳐 올라갔다. 뒤이어 굉음과 더불어 연기와 불꽃을 내뿜으며 밑으로 떨어질 듯 내려왔다.

우리가 나란히 지켜보는 가운데 이 기구는 회전운동을 마무리하고 있었다. 순간 연기가 가짜이며, 불꽃은 교묘하게 진짜처럼 꾸민 종이 테이프라는 걸 알 수 있었다.

“아빠, 정말 굉장하지?”

할리가 물었다.

겁 많고 귀여운 우리 딸을 돌아보고 쿡쿡 웃었다. 용기가 부족해서 아직 롤러코스터도 타 보지 못한 아이였다.

“설마 저걸 타 보려는 건 아니겠지?”

그 기구는 아까 처음 보았을 때만큼 무섭게 여겨지진 않았다.

하지만 여전히 15미터 높이에서 급강하하는 동작을 보여 주고
있었다.

"모든 애들이 다 타 보는 거잖아."

할리가 한번 도전해 보고 싶어서 눈을 반짝거리며 대꾸했다.

"만일 내가 저걸 안 타면, 모두 나를……."

할리는 색다른 단어를 찾으려고 애쓰더니 덧붙였다.

"애송이라고 부를 거야."

가엾은 우리 딸. 걱정에 휩싸인 꼬마 아가씨. 친구들에게 자기
가 겁쟁이가 아니라는 걸 보여 주려고, 위험을 무릅쓰고 괴물과
맞서려는 아이.

그때 놀이기구가 비명과 고함과 굉음을 내지르더니 둔탁한 폭
발음을 내면서 멈추어 섰다. 내 미간에서 욱신거리는 통증이 더
욱 심해지면서 구역질이 일었다.

"아빠, 한번 타 보자."

"표 끊으세요."

안내원이 외쳤다.

"야, 진짜 끝내준다."

어떤 녀석이 트랩에서 내려오며 의기양양하게 외쳤다. 녀석은
작은 몸집의 금발 소녀를 감싸 안고 있었다. 흥분해서 얼굴이 달
아오른 그 소녀는 성숙하면서 풍만한 몸매를 갖고 있었다. 어쩌
다 보니 나와 눈길이 마주쳤다. 아직 어렸지만, 그 눈빛은 내게

낯익은 메시지를 던지고 있었다. 내가 이미 무수히 해독한 적이
있는 아주 오랜 역사를 지닌 고릿적 암호였다.

"아빠, 타도 되지?"

할리가 승리감을 맛볼 준비가 된 목소리로 말했다. 내가 갑자
기 곰곰이 생각에 잠기자, 자기 생각에 동의한 걸로 여긴 듯했다.

금발과 남자 친구가 가까운 매점으로 걸어가는 걸 바라보았
다. 혹시나 싶어서였는데, 아니나 다를까 그녀는 분명히 나를 쳐
다보고 있었다. 이미 할리한테 이끌려서 매표소로 다가가던 중
이었다. 내 손엔 지갑이 들려 있었다.

"진짜 저걸 타고 싶어?"

아이가 성장기에 접어들면서 어린 시절에서 벗어나기 시작한
모양이라고 생각하며 그렇게 물었다. 그러면서도 할리가 잘 견
뎌 낼 수 있을지 걱정되었다. 내가 보기에 할리는 아직 어린아이
에 지나지 않았다.

"아빠, 빨리."

할리가 조바심이 난 목소리로 말했다. 아이에게서 성숙한 뒤
의 여인의 모습이 어렴풋이 엿보였다. 나는 길 건너 바에 있을
키가 크고 시원시원한 금발 아가씨를 생각했다. 내가 금발한테
접근하는 장면을 상상했던 것 같기도 하다.

매표원에게 1달러를 내밀며 말했다.

"한 장 줘요."

“어린이요, 어른이요?”

“어린이요.”

나는 대답했다. 어른이라니? 세상에 어떤 제정신 박힌 어른이 로켓포 따위를 흉내 낸 저런 무시무시한 걸 타려고 한단 말인가?

“아빠는 같이 안 타?”

할리가 물었다.

“할리야, 아빠는 저런 장난감을 타기엔 나이가 너무 많아. 로켓 라이드는 어린이들이나 타는 거야.”

아이를 입구로 데려가며 재촉했다.

“어서 타라. 금방 자리 다 차겠어.”

“나 혼자 타라고?”

할리가 설마 하는 얼굴로 물었다.

눈을 가늘게 뜨고 놀이기구를 바라보며, 저걸 탈 경우 내 모습이 어떨지 상상해 보았다. 머리가 쿵쿵 울리고 속이 메스꺼운 상태로, 허공으로 휙 던져지고 빙글빙글 돌고 높이 올라갔다가 패대기쳐지는 모양새 말이다. 그건 말도 안 되는 얘기였다. 할리와 함께 기구를 탄다는 건 있을 수 없는 일이었다. 숙취가 있건 없건 간에, 로켓 라이드에 오를 준비가 안 돼 있었다. 금발하고도 상관없는 일이었다.

많은 사람들이 거칠게 우리를 밀치고 떠밀어서 입구로 다가가게 만들었다. 할리의 손에 표를 쥐여 주고 손을 흔들어 보였다.

할리는 사람들에게 휩쓸려서 트랩으로 올라갔다. 트랩 저편의 승강구에선 손님들이 제각각 독립된 로켓에 오르고 있었다. 승강구 안내원이 할리한테서 표를 받았다. 나는 안내원이 할리가 얼마나 어린 소녀인지 알아차리기를, 그래서 다른 사람들과 가까운 곳에 있는 로켓에 할리를 태워 주기를 기원했다.

안내원은 할리를 작은 로켓에 태웠다. 한 사람만 탈 수 있는 캡슐이었다. 혼자 타는 걸 좋아하는 사람들을 위해서 설치해 놓은 게 분명했다. 잠시 머뭇거리다가 캡슐로 들어가는 할리의 모습이 유난히 작고 창백해 보였다. 마치 버림받은 아이 같았다. 할리가 찰칵 하고 가늘고 긴 빗장을 걸었다―아이가 추락하는 것을 막아 줄 수 있는 유일한 안전장치였다. 물론 지금껏 이런 기구에서 추락한 사람은 아무도 없었다. 혹시 내가 잘못 알고 있는 걸까? 자꾸 감상적으로 굴지 말라며 나 자신을 타일렀다. 저건 놀이공원에 흔한 기구일 뿐이야. 그리고 할리는 더 이상 어린 애가 아니잖아.

빌어먹을. 속으로 투덜대면서 매표소로 가서 지갑을 꺼냈다. 순간 안내원이 외치는 소리에 걸음을 멈추었다.

"자, 모두 탔지요. 그럼 달나라로 출발합니다."

"지금도 타실 수 있어요, 손님."

매표원이 말했다.

그런데 이제 트랩으로 허둥대며 달려 올라갔다간 멍청한 인간으로 보일 것 같았다. 게다가 이미 모든 로켓에 사람들이 다 타고 있을지도 모르는 일이었다.

로켓에서 연기가 뿜어져 나왔다. 요란한 엔진 소리가 허공을 울렸는데, 마치 기구 전체가 살아서 꿈틀대는 것처럼 보였다. 기구가 출발하기 전에 할리를 보려고 입구로 달려갔다. 할리는 자리에 꼿꼿이 앉아 있었다. 선생님 말씀을 잘 듣는 착실한 5학년 학생 같았다. 깍지를 낀 두 손을 무릎에 올려놓은 모습이었다. 아이와 눈이 마주치는 순간, 진짜 재미있을 거니까 안심하라며 활짝 미소를 지어 보였다. 할리가 고개를 끄덕이면서 살며시 한숨을 내쉬었다. 뒤이어 우르르 쉭쉭 붕 하고 놀이기구가 움직이기 시작했다.

놀이기구는 몹시 성난 회전목마 같았다. 로켓들이 미친 듯이 회전하면서, 제각각 하늘로 치솟다가 추락하면서 뒤틀렸다. 어떤 때는 도저히 불가능해 보이는 각도로 움직였다. 할리와 같이 타는 걸 거부하고 신중하게 처신하길 잘했다는 생각이 들었다. 만일 저 기구에 올랐더라면 이미 참혹한 신세가 되었을 게 뻔했다.

매점 쪽을 돌아보았다. 금발은 이미 어디론가 사라졌다. 그 많던 사람들도 눈에 띄지 않았다. 다시 기구를 돌아보았을 때, 기구는 전속력으로 회전하고 있었다. 사람들이 비명을 질렀다. 공포와 환희가 뒤섞인 독특한 비명이었다. 기구는 휙휙 소리를 냈고, 나는 할리가 어디 있는지 찾았다. 악몽 같은 움직임과 빛깔과 소리 속에선 좀처럼 아이를 찾아내기 힘들었다.

그러던 어느 순간에 작은 로켓이 회전하면서 시야에 들어왔고, 아이가 눈에 잡혔다. 너무 놀라서 두 눈을 번쩍 뜬 채, 온몸이 딱딱하게 굳은 모습이었다. 두 손으로 킷장을 꽉 잡고 있었다. 곧이어 아이가 휙 하고 내 시야에서 사라졌다. 다른 사람들이 흐릿한 형상으로 눈앞을 스치며 날아갔다. 다시 내 시야에 들어온 할리는 두 눈을 꼭 감고 있었다. 얼굴이 밀랍을 녹여서 붙인 것처럼 보였다. 발광한 조각가가 아이의 살로 공포에 사로잡힌 표정을 짓는 가면을 만들어 놓은 것 같았다. 아이가 다시 하늘 높이 치솟기 시작할 때, 혹시 위험한 일이 벌어지진 않을까 하는 걱정이 일었다. 어쩌면 아이가 빗장을 놓칠 수도 있었다.

입구 가까이에 따분한 표정으로 서 있는 안내원에게 다가갔다. 그러나 결국 그를 귀찮게 하지 말자고 마음을 바꾸었다. 괜히 과장해서 생각하지 말자고 스스로를 타일렀다. 바로 그때 할리가 눈앞을 스쳐 갔는데, 공포 때문에 다시 두 눈을 번쩍 뜬 얼굴이었다. 너무 괴로운 나머지 아이의 눈빛이 무시무시하게 변했다. 허둥지둥 안내원에게 다가서서 시간이 얼마나 걸릴지 물어보았다.

"뭐라고요?"

시끄러운 소음 속에서 그가 소리쳤다.

"저 기구가 얼마 동안 돌아가느냐고요?"

"5분이요. 모두들 본전 뽑고도 남을 겁니다."

그가 외쳤다.

아이가 잘 보이는 자리를 찾아가면서, 나 자신에게 저주를 퍼부었다.

잠시 뒤에 아이가 다시 시야에 들어왔는데, 이번엔 눈을 감고 있었다. 딱딱해진 온몸을 잔뜩 웅크린 모습이었다. 가련할 정도로 작고 연약해 보였다. 아이가 서너 살 때 자주 악몽을 꾸었던 게 떠올랐다. 아이는 천둥 번개도 무서워했다. 지금까지 아이가 견뎌 온 천둥 치던 날의 모든 폭풍우를 돌아보지 않을 수 없었다. 어떻게 나는 그때마다 아이 곁에 있어 주지도, 아이를 감싸 주지도 못했을까.

이제 로켓은 다시 회전하면서 서서히 상승하기 시작했다. 아이가 두 눈을 뜨고 있었는데, 절망에 사로잡힌 눈빛이었다. 아이가 고개를 숙이고 나를 내려다보았다. 입을 꾹 다무는 바람에 두 뺨이 팽팽하게 당겨진 모습이었다. 더없이 중요한 그 한순간, 시야에서 아이를 놓치지 않으려고 애썼다. 아이에게 미소를 보냈는데, 보통 때와 다른 미소였다. 용기와 사랑, 그리고 아이를 보호해 주려는 마음을 미소에 담아서 전해 보려고 애썼다. 꽤 오랫동안 아이와 서로 쳐다보았다—뒤이어 아이가 내 눈앞에서 사라졌다. 하늘 높이 올라가서 허공을 빙빙 돌았다. 차마 더는 쳐다보지 못하고 두 눈을 감아 버렸다.

마침내 기구가 완전히 멈추었을 때, 아이를 맞으러 출입구로 달려갔다. 양팔을 벌려 아이를 반길 준비를 했다. 무사히 아이를 되돌려 받게 되어서 행복했다. 아이가 조심스럽게 로켓에서 내리는 게 보였다. 아이는 한 발 한 발 트랩을 걸어왔다. 좀 불안정하기는 했지만 단호한 걸음걸이였다. 아이가 가까이 다가왔을 때 두 팔을 뻗었다.

"할리!"

아이를 큰 소리로 불렀다.

아이가 생각에 잠긴 얼굴로 고개를 들었다. 순간 아이는 내가 거기 있는 줄 몰랐다는 듯이 깜짝 놀라는 표정을 지었다.

"야, 진짜 재밌었겠다. 그렇지?"

나는 묻고는 덧붙였다.

"굉장한 놀이기구야. 아빠가 막 수퍼맨 복장으로 갈아입고 너를 구하러 날아오르려던 참이었는데."

아이가 차갑게 미소 지었다. 내 얘기 때문이 아니었다. 무언가 다른 것을 보고 미소를 지은 것이었다. 섬뜩한 미소, 아이 혼자만 의미를 아는 미소였다. 어린아이의 얼굴에서 엿볼 수 있는 미소가 아니었다.

"괜찮니?"

아이에게 물었다.

"음."

아이가 대꾸했다.

"너 혼자만 타게 해서 미안해. 곁에 아무도 없이 혼자 타는 게 아니었어. 행여나 떨어질까 봐 얼마나 걱정했는지 몰라."

"털끝 하나 다친 데 없잖아."

아이가 다시 대꾸했다.

하지만 아이는 내게 눈길을 주지 않았다.

"다행이야."

내가 말했다.

"그럼 이제 뭐 할까?"

일부러 목소리에 힘을 주며 물었다.

"그만 집으로 돌아갔으면 좋겠어."

아이가 대답했다. 어린 여자아이가 낼 수 있는 가장 공손한 목소리였다.

"너무 이르잖아."

아이에게 시간을 환기시켜 주었다.

"무얼 좀 먹는 게 어떨까?"

평소에 내가 사 주는 걸 아주 잘 먹던 아이였다. 팝콘과 솜사탕을 좋아했고, 아이스크림콘도 한꺼번에 세 개씩이나 먹었다.

"배 안 고파."

아이가 대답했다.

우리는 유령의 집을 지나쳐 갔다. 그 속에 있는 괴상한 거울들이 떠올랐다. 내 모습이 잔뜩 부풀어 오르고 일그러졌던 걸 떠올리면서 낯을 찌푸렸다.

할리와 나란히 걸어가는데—아이가 한 발 한 발 내디딜 때마다 내게서 점점 멀어져 갔다—그 거울에 비친 내 모습이 진짜가 아닐까 하는 생각이 들었다. 뒤이어 그만 잊어버리자며 스스로를 나무랐다. 더 이상 나 자신을 도리언 그레이(오스카 와일드 소설의 주인공으로, 젊음을 유지하려고 영혼을 팔면서 방탕하고 탐욕스럽게 변해 간다: 옮긴이)의 축소판으로 여기지 말자.

"할리. 아직 시간이 일러. 곧 가을 학기가 시작될 거잖아. 시내로 들어가 볼까? 노턴스에 들러서 옷을 좀 살까?"

이 도시에선 누구나 노턴스에서 옷을 샀다. 그곳에 가면 별 어려움 없이 외상 거래를 할 수 있을 것 같았다.

할리가 입가로 훅 입김을 뿜어내며 말했다.

"그냥 집에 가고 싶어. 엄마가 몸이 별로 안 좋아. 내가 도와줘야 해."

"정 그렇다면 할 수 없지 뭐."

계속 쾌활하고 명랑한 척하며 아이에게 대꾸했다.

뒤이어 앨리슨이 떠올랐다. 얼마나 몸이 안 좋지? 어째서 안 좋은 거지? 가끔씩이라도 안부를 물어볼 걸 그랬나? 그런데 내 안부는 누가 물어 줬지?

갑자기 구름이 하늘을 뒤덮었고, 우리는 자동차를 향해 걸어 갔다. 다행히 햇살이 약해져서 눈은 덜 어지러웠다. 차 속으로 들어가자마자 아이에게 물었다.

"진짜로 곧장 집에 돌아가고 싶어?"

아이와 이대로 헤어지고 싶지 않다는 생각뿐이었다.

아이가 허공을 올려다보았다. 로켓 라이드에서 내린 뒤로 나를 똑바로 쳐다본 적이 없다는 게 떠올랐다.

"응, 아빠."

아이가 대답했다.

응, 아빠. 괴로워하거나 나를 비난하는 기색이 없는 목소리였다. 응, 아빠. 지치고 피곤해서 순순히 대꾸하는 어투였다. 지금 껏 내가 인생을 살아오면서 무수히 들었던 응답과 흡사했다. 나의 모든 태만한 행동에 대해서 짤막하게 평가를 내리는 응답이었다.

"다음 주 목요일엔 좀 특별나고 진짜 기막힌 걸 해 보자."

내가 말했다. 그리고 과감하게 제안했다.

"엄마는 네가 보스턴에 오는 걸 허락해 주실 거야. 보스턴 거리를 샅샅이 돌아보자."

"잘 모르겠어."

아이가 대꾸했다.

"다음 주 목요일은 좀 바쁠 거야. 새 학기를 준비하는 오리엔
테이션이 있어."

"하지만……."

나는 입을 뗐다가 다물었다.

너는 목요일엔 내 거야 하고 말할 생각이었다. 그런데 사실상
이 아이는 내 것이 아니었다. 목요일이든 다른 요일이든, 1년 가
운데 단 하루도 내 것이 아니었다. 우리는 그동안 목요일마다 땡
땡이치는 기분으로 지낸 게 분명했다. 하지만 아버지와 딸이 아
니라, 단지 어른과 어린이로 만났던 것이다. 내가 아이에게 던진
"물론이지"라는 대답은 사랑의 부케가 아니라 뇌물이었다.

차를 몰고 가는 중에 아이를 슬쩍 쳐다보았다. 아이는 꼿꼿한
자세로 차분하게 앉아 있었다. 아이에게서 앨리슨의 기품 있는
자태가 제법 느껴졌다. 사랑과 갈망과 부드러움에 대한 생각으
로 가슴이 아파 왔다. 이 아이는 비록 머리칼은 검은색이지만 나
보다는 앨리슨을 더 많이 닮았다는 느낌이 들었다. 이 아이한테
서 나를 닮은 구석은 무얼까? 도대체 그런 게 있기는 한 걸까?

스프루스 가에서 먼 방향으로 차를 돌렸다.

"공동묘지 쪽으로 지나가자."

아이에게 말했다.

"좋아."

아이가 대답했다. 아이는 여전히 도로 앞쪽으로 눈길을 주고 있었다.

회색 석판과 녹색 풀밭이 있는 쓸쓸한 곳에 차를 세웠다. 그리고 내 아버지를 생각하면서, 남자가 되는 것과 꿈의 잔해들과 맞서는 것에 대해서 아버지가 들려준 이야기를 떠올렸다. 아버지는 자기 연민에 빠지지 말라고 했었다.

"할리."

아이를 불렀다.

마침내 아이가 나를 돌아보았다—눈빛이 더없이 사랑스러웠고 뺨의 곡선이 아름다웠다. 아까만 해도 이 아이한테서 나를 닮은 구석을 찾았지만, 지금은 닮은 데가 없기를 바라는 마음이었다.

"왜?"

아이가 궁금해 하는 얼굴로 조심스럽게 물었다.

아이에게 이렇게 말하고 싶었다.

'미안해. 그동안 아버지가 아니라 산타클로스 역할을 해서 미안해. 나를 사랑하는 사람들만을 원했어야 하는데, 온 세상을 원해서 미안해. 로켓 라이드를 혼자 타게 해서 미안해—내가 너와 함께 나누지 못했던 네 인생의 모든 로켓 라이드에 대해서 미안해.'

그러나 대신에 이렇게 말했다.

"한동안 모뉴먼트에 못 올 거야."

아이가 대답할 틈을 주지 않고 생각나는 대로 빠르게 덧붙였다.

"보스턴을 떠날 생각이야. 경쟁 사회에서 벗어나고 싶어. 버몬트 주 지방 도시에 있는 신문사—주간지—에서 사람을 찾고 있대. 한번 원서를 내볼까 해."

"그거 재미있겠네."

아이가 대꾸했는데, 우연히 같은 비행기어 타게 된 낯선 사람을 대하는 듯한 어조였다.

"만일 일이 제대로 풀린다면, 누가 또 알아? 언젠가는 〈모뉴먼트 타임스〉에 자리가 날 수도 있어."

애야, 내가 지금 무슨 말을 하려는 건지 정말 모르겠니?

"그렇게 되면 영원히 고향에 돌아으게 될 거야."

나는 과감하게 덧붙였다.

아이가 공동묘지 너머를 바라보았다. 표정이 묘비처럼 쓸쓸해 보였다.

"괜찮은 생각 같지 않니?"

아이에게 물었다.

마침내 아이가 다시 나를 바라보았다.

"응, 괜찮아."

아이가 대답했다.

일순간 뭔가가 아이의 얼굴을 스치고 지나갔다. 그리고 뭔가가 아이의 두 눈에 어른거렸다. 아마도 내가 꽤 오래전에 알고 지냈던 어린아이의 표정이 잠깐 되살아난 것 같았다. 뒤이어 그 표정은 자취를 감추었다. 그리고 두 눈도 지금의 나이로 돌아왔다. 그제야 아이에게 이전에도 같은 얘기를 했다는 걸 깨달았다.

"그렇게 되면 좋을 것 같아."

아이가 예의 바른 목소리로 덧붙였다.

우리는 공동묘지를 떠나서 스프루스 가로 갔다. 한때 나의 가정이었던 집 앞에 차를 세웠다. 아이는 공손하게 내 뺨에 키스했다. 나는 이번엔 앨리슨을 자극하거나, 마지막으로 한 번 더 할리를 즐겁게 해 주려고 경적을 울리던 행동을 삼갔다. 차를 몰고 천천히 그 집 앞을 벗어나면서, 아이에게 절대로 작별 인사를 건네지 말자고 나 자신에게 계속해서 굳게 다짐해 두었다.

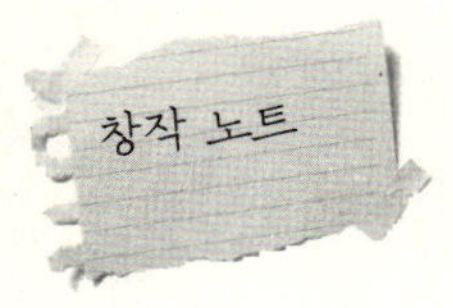

「목요일엔 내 아이」는 어느 해 가을 일요일 오후에 탄생했다. 열 살 난 딸아이 크리스와 함께 월롬파크에 갔을 때였다(이 글을 쓰는 현재 크리스는 스물두 살이며 워싱턴 D.C. 아메리칸 대학 대학원생이다). 월롬파크는 우리 집에서 가까운 곳에 있는 놀이공원이다.

그러니까 바로 그 일요일에 갑자기 편두통의 공격을 받았다. 왼쪽 눈썹 위쪽으로 관자놀이가 몹시 욱신거렸으며, 게다가 뱃속 전체가 울렁거렸다. 하지만 놀이공원에 딸아이를 데려가기로 한 약속을 어길 수는 없었다. 그래서 나 자신뿐 아니라 딸아이에게도 내 몸 상태가 아주 좋은 것처럼 행동했다.

우리는 놀이공원에 갈 때마다 꽤나 스심하게 굴었다. 딸아이는 스릴이 넘치는 놀이기구들을 타는 걸 별로 좋아하지 않았다. 그래서 고맙다는 느낌이 들었다. 내가 예전엔 그런 놀이기구를 타는 걸 좋아했는지 몰라도, 이미 오래전에 완전히 취미를 잃어버렸으니 말이다.

그날 크리스는 공원을 산보하고, 회전목마처럼 단순한 기구를 타
는 걸로 만족했다. 그동안 나는 여느 때처럼 물끄러미 딸아이가 기
뻐하는 모습을 바라보며 덩달아 기뻐했다. 뒤이어 우리는 새로운 놀
이기구를 향해 다가갔다. 트라반트(독일이 통일되기 전에 동독에서 인기
를 끈 소형 자동차. 생김새가 비슷해서 이 자동차에 빗댄 표현이다: 옮긴이)라
고 부르는 놀이기구였는데, 페리스 휠(미국의 발명자 이름인 페리스를
붙인 원형 회전 놀이기구: 옮긴이)과 소형 자동차들이 있는 곳 가까이에
그 기구가 있었다.

트라반트는 누구든지 한번 타 보고 싶어 하는 기구가 분명했다.
그 앞에 사람들이 길게 줄을 서 있었다. 크리스도 그걸 타 보고 싶은
게 분명했다. 학교 친구들이 그 기구를 '최고'로 여긴다고 말했다.

"그런데 좀 무서워."

아이가 덧붙였다.

그 기구엔 사람들이 제각각 따로 타는 자동차처럼 생긴 탑승 칸이
있었는데, 모든 칸이 '오르내리고 빙빙 돈다'는 것이었다. 하지만 마
침 정지한 채 쉬고 있는 트라반트는 꽤나 온순해 보였다. 만일 나도
저 기구를 탔다간, 높이 오르내리고 빙빙 돌다가 완전히 뻗어 버릴
거라는 느낌이 들었다.

"한번 타 볼래?"

조심스럽게 딸아이에게 물어보았다.

어린애들은 겉으로는 용감한 척하지만 속마음은 그렇지 않을 때,

곁에서 바라보는 사람을 가슴 아프게 만든다. 크리스도 얼핏 용감해 보였지만 그런 표정을 짓고 있었다.

"아빠도 같이 탈까?"

크리스가 거부하기를 바라며 그렇게 물었다.

크리스가 고개를 가로저었다. 뒤이어 한숨을 폭 쉬며 모험에 뛰어들었다. 우리는 표를 끊으려고 나란히 달려갔다. 사람들이 길게 늘어섰던 줄이 이미 짧아져 있었다. 기구 안내원이 소리쳤다.

"빨리빨리 타세요."

우리는 표를 한 장 샀다. 크리스가 자기 자리에 앉아서 벨트를 맸다. 나는 마지막 순간까지 크리스 곁에 있었지간, 함께 기구에 오르진 않았다. 뒤이어 기구가 움직이기 시작했다.

그 뒤로 몇 분 동안 더없이 심한 고통을 겪어야 했다. 빙빙 돌고 한쪽으로 휙 기울어지기를 거듭하는 악몽 같은 놀이기구였다. 머리가 핑핑 돌고 어지러운 순간이 이어졌다. 영원히 끝나지 않을 것 같은 악몽이었다.

크리스가 탄 초소형 자동차가 허공으로 솟구쳤다가 추락한 뒤에 빙빙 돌았다. 이따금 아이가 눈앞을 휙 스쳐 가는 짧은 순간 아이의 얼굴을 보았다. 아이는 안간힘을 다해서 견디고 있었다. 어떤 때는 두 눈을 꾹 감고 있었지만, 대부분 공포에 질려서 눈을 번쩍 뜬 모습이었다.

당황한 채 우두커니 서서, 어서 시간이 흘러가기만을 바랄 뿐이었다. 일순간 딸아이와 서로 눈이 마주쳤다. 그때 딸아이의 눈에서 배신감을 엿본 듯했다. 내가 딸아이를 배신한 것이다. 한 아이의 아버지로서 자식을 그런 지경에 몰아넣는다는 건 있을 수 없는 일이었다. 저 아이는 나를 용서할 수 있을까?

마침내 놀이기구가 멈추었고, 아이가 기구에서 내렸다. 아이는 다리를 후들거리며 내게 다가왔다. 마치 줄타기 밧줄 위를 걷는 것 같았다. 아이의 손을 잡자 손이 부들부들 떨리는 게 느껴졌다. 지금 이 아이가 일부러 내 눈을 피하는 걸까?

아이에게 아빠가 같이 타지 않아서 미안하다고 말했다. 그 기구가 그렇게 끔찍할 줄은 미처 몰랐다고 덧붙였다. 그러자 아이는 그 정도로 나쁘지는 않았다며, 좀 무서웠지만 사실 별것 아니었다고 말했다. 우리 둘 다 그 말이 거짓말이라는 걸 알고 있었다. 아이는 나를 위해서 거짓말을 한 것이다.

아이와 나란히 손잡고 걸어가는데, 결국 「목요일엔 내 아이」로 모습을 드러낼 소설의 아이디어가 떠올랐다. 나는 줄곧 딸아이와 내가 서로를 사랑하는 마음이 더없이 순수하고 확고해서 정말 다행이라는 생각을 하고 있었다. 그래서 몇 분 전에 내가 저지른 배신—이게 맞는 용어라면—이 우리의 관계를 위협하지 않았던 것이다. 그런데 만일 우리의 사랑이 확고하지 않았더라면 어떻게 됐을까? 만일 공원에서의 작은 배신이 이미 수많은 배신이 저질러진 상태에서 하나 더 곁들여진 경우에 지나지 않는 것이었다면? 만일 그게 결정타를 가하는 배신이었다면?

만일 그런 경우라면 어떻게 됐을까? 머릿속에서 온갖 생각이 오 갔고, 온갖 감정이 뒤따랐다. 소설의 아이디어가 떠오를 때면 늘 그런 일이 벌어진다. 마치 생각과 느낌이 작은 폭발을 일으킨 것처럼 여겨지는 순간이다. 과연 어떻게 됐을까? 만일 공원에서 있었던 그 사건이 아버지와 딸의 관계에 결정적인 영향을 미친 경우였다면? 어떤 상황일 때 이런 사건이 결정타가 될 수 있을까? 가령 아버지가 아이의 어머니와 이혼한 상황이며, 정기적으로 딸을 만나러 간 어느 날 그런 일이 벌어진 거라면 어떻게 됐을까? 만일 그날……

아버지들의
수난

결과적으로 파티를 연 게 실수였던 것 같다. 파티로 인해서 작별에 초점이 맞춰지면서, 작별 인사를 주고받는 시간과 장소가 제공되었기 때문이다. '꼬마 도깨비'는 이런 일을 아주 싫어했다(우리 딸도 이제는 '꼬마 도깨비'가 아니라 '제인'으로 불렸다. 더없이 의례적인 느낌을 주는 동시에, 갑자기 호명될 경우엔 매우 위엄 있게 들리는 이름이다).

어쨌든 처음엔 단출하게 여자아이들을 몇 명 초대할 계획이었다. 모두가 대학에 들어가거나 직장을 구하면서 이 고장을 떠날 아이들이었다. 여름이 끝나갈 무렵에 햄버거와 핫도그 정도를 준비해서 격의 없는 자리를 만들 생각이었다. 뒤뜰에서 놀이를 즐길 수도 있었다—편자 던지기("아빠, 그 놀이는 너무 구닥다리잖아요.")나 크로케(잔디 위에서 나무 공을 갖고 즐기는 게임: 옮긴이) 같은 놀이가 좋을 것 같았다. 제인은 크로케를 구닥다리로 여기진 않았다. 그 게임을 아주 잘하기 때문이었다.

그런데 아내 엘렌 때문에 그런 모임이 파티로 바뀌고 말았다. 아내는 메뉴를 짜고 초대할 사람을 정하는 등, 파티에 관련된 모든 일을 매우 좋아했다. 그런데 우리 두 사람은 파티에서 제인이 집을 떠나가는 일이 부각될 거라는 사실을 미처 알아채지 못했다. 만일 우리가 격식을 갖춘 행사를 피한 채 일요일에 제인을 차에 태워 대학에 데려다 주는 걸로 끝냈더라면, 그 아이가 다른 생활 속으로 들어간다는 것이 우리 가슴에 그토록 깊은 상처와 흔적을 남기진 않았을 것이다.

물론 제인은 이 모든 일들이 지나치게 연극적이라고 생각했다. 게다가 너무 진부하게만 여겼다.

"보세요, 낭군님들."

아이가 우리에게 말했다.

"딴 데 가는 것도 아니고 대학에 가는 거잖아요. 보스턴이요. 여기서 160킬로미터밖에 안 되는데 왜들 그래요."

제인은 누구든지 낭군님이라고 불렀다. 심지어 여자애들도 그렇게 불렀다.

"200킬로미터야."

내가 대꾸했다.

그러나 제인은 결국 마음이 누그러지면서, 엄마가 온갖 음식을 차려서 성대한 파티를 열려던 계획을 그대로 추진하게 내버려 두었다. 그런데 갑자기 한 가지 문제가 생겼다.

"파티를 열면 샘을 초대해야 하잖아요."

제인이 말했다.

"초대하면 되지, 왜?"

내가 놀란 얼굴로 물었다.

제인이 잠시 생각에 잠겼다. 이 아이는 최근 들어 연극적으로 말을 뚝 그치고 생각에 잠기는 버릇이 생겼다.

"샘은 에필로그예요, 아빠."

"에필로그? 아빠는 책 속에 나오는 에필로그밖에 모르겠는데."

제인이 답답한 표정을 지으며 입가로 바람을 내뿜었다.

"에필로그는, 이야기가 다 끝난 뒤에 나온다는 얘기예요."

아이가 말했다.

그 순간 안도의 한숨을 내쉬었어야 하는 게 아닐까 여겨진다.

딸아이는 상급반 성탄절 댄스파티에서 샘을 처음 만났다. 그 뒤로 대부분의 시간을 샘과 붙어 지냈다—그래서 한동안 숙제를 제대로 하지 못해서 엄마 아빠를 걱정시켰다. 제인은 아직 어리고 상처를 잘 받는 아이였다. 샘은 키가 크고 기운이 넘쳤으며, 비록 공손하긴 했지만 무심하고 냉담해 보여서 마치 다른 세상에 사는 느낌을 주었다. 나는 그 아이가 아직 십대가 아니냐며 아내를 안심시켰다.

십대들은 대부분 세상일에 무관심한 경향이 있다. 그런데 샘은 한술 더 떠서, 사고를 일으키기 쉬운 성향을 갖고 있었다. 이런 아이들은 대개가 잠재적인 가정 파괴자이며, 도시 파괴자로 발전할 소지가 있다. 샘은 처음 우리 집에 온 날 아내의 본차이나 잔과 받침 접시를 보고 감탄했다. 그런데 어쩌다가 그 잔을 바닥에 떨어뜨렸고, 잔은 다시 손볼 수 없을 정도로 박살났다.

"괜찮아. 걱정하지 마."

제인은 명랑한 얼굴로 그렇게 말하며 대충 넘어가려 했지만, 아내는 몹시 속상해 하며 고개를 돌려 버렸다.

게다가 제인은 샘이 축제 때 경품으로 받은 괴상하게 생긴 반지를 끼고 다녔다. 처음에 이 아이의 반지 낀 손가락은 푸른빛을 띠더니 자줏빛으로 바뀌었다. 저러다가 손가락을 잘라 내야 하는 게 아닐까 걱정될 정도였다. 제인은 그 뒤로도 꽤 오랫동안 그 반지를 계속 끼고 다녔다.

그랬던 샘이 갑자기 에필로그로 변해 버렸다. 그러나 제인은 어쨌든 샘을 파티에 초대했고, 샘은 여느 때처럼 늦게 도착했다.

파티는 나뭇잎이 노랗게 물들기 시작하는 날 오후에 열렸다. 늦여름과 초가을이 우아하고 아름다운 시기를 중간에 집어넣기로 공모해서 만들어 낸 날 가운데 하루였다. 사내아이들과 여자

아이들이 집 주위와 잔디밭을 뒤덮었다. 아내는 뷔페를 준비해서 뒤뜰의 오래된 단풍나무 밑에 식탁을 차려 놓았다.

제인이 아직 '꼬마 도깨비'이던 시절, 나뭇가지 하나엔 제인의 생애 첫 번째 그네가 매달려 있었다. 제인은 톰 소여의 담장이라고 부르던 담장 가까이에 있는 손바닥만 한 땅에 처음으로 무를 심어 키웠다. 그런데 제인은 무의 얼얼한 맛을 잘 견디지 못했다. 게다가 톰 소여의 담장도 아이에게 큰 어려움을 안겨 주었다.

아이는 자기한테 5달러를 주면 나 대신에 담장에 페인트를 칠하겠다고 말했다. 친구들을 꾀어서 그 일을 시킬 작정이었다. 그런데 계획이 뜻대로 되지 않았다. 나는 아이가 페인트를 칠하는 걸 얼마간 지켜보았다. 제인은 한껏 신경을 집중할 때는 입가로 혀를 내밀고 혀끝을 말아 올리는 버릇이 있었다. 불현듯 담장이 더없이 길게 보여서, 아이를 도와주려고 다가갔다.

"괜찮아."

제인이 열 살짜리치고는 꽤나 단호한 표정을 지어 보이며 덧붙였다.

"약속했으면 무조건 지켜야 해."

친구들(나중에 밝혀진 거지만 그 아이들도 물론 『톰 소여의 모험』을 읽은 상태였다)한테서 버림받은 제인은 혼자서 그 일을 끝까지 해냈다. 아이를 지켜보던 중에 왠지 모를 슬픔이 일었던 기억이 난다.

지금 제인은 그 담장에 기대어 있었다. 친구들에게 에워싸인 채 평온하고 안정돼 보이는 얼굴로, 웃음을 터뜨렸다가 미소를 머금으며 고개를 뒤로 젖혔다. 크로케 공들이 서로 부딪쳤는데, 엄청나게 큰 주사위들이 맞부딪치는 것 같은 소리가 울렸다. 배드민턴 콕이 새장 속의 새들처럼 네트 너머로 날아다녔다.

아내는 이웃에 사는 아이 어머니들의 도움을 받아서 음식과 음료수를 나르느라 정신이 없었다. 여러 사람들이 멍하니 나를 바라보며 고개를 끄덕였다. 마치 실수로 파티장에 발을 잘못 들여놓은 사람을 대하듯이 의아해 하는 표정이었다. 집 안으로 들어가 곳곳에 모여 있는 남녀 아이들을 헤치고 앞으로 나아가서, 십대들이 마시기엔 적합하지 않은 칵테일을 만들었다. 차갑고 쌉쌀한 알코올로 기분을 북돋우기 위해서였다.

요란하게 재잘대는 소리 너머로 초인종 소리가 들렸다. 샘이 온 것이다. 그 아이는 땀을 흘리고 있었다. 나는 처음부터 그 아이가 더없이 온화한 날씨에도, 심지어 크로케 놀이를 할 때도 땀을 흘리는 체질이라는 걸 알아챘다. 게다가 샘은 늘 코를 찌르는 탈취제나 애프터셰이브 로션 냄새를 풍겼다.

제인은 그런 문제들을 알아채지 못했다. 줄기차게 샘의 눈빛이 부드럽고 따뜻해 보인다는 얘기만 입에 올렸다. 이따금 감정이 고조될 때는 샘의 눈빛이 불꽃처럼 딱딱거린다고 했다. 눈빛이 어떻게 딱딱거릴 수 있다는 거냐? 내가 그렇게 묻자, 제인이 발끈하고 자기 방으로 가면서 대꾸했다.

"아빠, 놀리지 말아요."

그런 샘이 가늘게 숨을 몰아쉬며 다른 아이들보다 늦게 나타
난 것이다. 샘은 여전히 키가 컸지만, 오늘따라 키가 너무 커서
불편해 보이는 모습이었다. 샘은 문가에 어정쩡하게 서 있었다.
샘에게 조심스럽게 다가가며, 아이 몸에서 냄새가 뿜어져 나올
것에 대비해서 바짝 긴장했다.

"안녕하세요?"

샘이 인사했다. 눈으로는 무언가를 찾고 있었다.

"나 참, 좀 늦었네요. 자동차 기화기가 말썽을 일으켰거든요.
게다가 상점에서 한 시간 더 일해야 했어요."

샘은 갑자기 수심이 가득한 모습으로 변해 있었다. 여느 때는
좀처럼 일을 그르치는 일이 없었고, 늘 매력적인 모습을 유지하
던 아이였다. 심지어 농구팀에 들어가지 못했을 때도 그랬다. 샘
은 원래 약한 발목이 이따금 뜻하지 않은 순간에 별안간 뒤틀리
곤 했다.

"어쨌든 농구는 우리 인생에서 불필요한 거잖아."

당시에 제인은 그렇게 말했다. 그때만 해도 제인은 '불필요하
다'는 단어를 꽤나 좋아했다. 그런데 지금에 와서 샘은 자동차 때
문에 불운을 겪었고, 제인은 '에필로그'의 경우처럼 좋아하는 단
어가 새로 생겼다.

“한 가지 놓친 게 있는 것 같은데, 샘.”

내가 입을 열었다.

“제인은 지금 뒤뜰 어딘가에 있을 거야.”

샘에게서 레몬 향기가 풍겼다. 먼젓번에 불쑥 들렀을 때 물씬 풍기던 바나나 향기보다는 한결 나았다.

샘에게 어서 나가 보라고 손짓하고, 잔을 들고 계단으로 다가갔다. 갑자기 소음을 견딜 수 없었던 것이다. 특히 전축에서 1만 번째 궤도를 그리기 시작한 레코드의 노랫소리가 귀에 거슬렸다.

제인의 방에선 뒤뜰이 내려다보였다. 평소에 나는 이 방에 잘 들어가지 않았다. 이곳엔 늘 끔찍한 풍경이 펼쳐져 있기 때문이었다. 쓰레기장이 따로 없었다. 벽에 포스터들이 잔뜩 붙어 있었고 모든 게 무질서했다. 구두와 책 같은 것들이 아무렇게나 널려 있어서, 방바닥이 조심스럽게 밟고 지나가야 하는 기복지도(실제 지형의 요철을 살려서 입체적으로 축소해 놓은 대형 지도: 옮긴이)로 변해 있었다.

“다시 한 번 얘기하는데, 제발, 제발 그 방 좀 치워라.”

엄마는 아이에게 오랜 세월 똑같은 소리를 외쳐 댔다.

“알았어요, 엄마.”

제인은 늘 그렇게 대답했지만 실천에 옮긴 적은 없었다.

창으로 내다보이는 풍경은 실로 장관이었다. 뒤뜰 너머는 들판인데, 들판은 저 멀리까지 이어지다가 무삭 브룩 어딘가에서 사라져 버렸다. 아득한 거리에 있는 가을날의 언덕들은 폭삭 주저앉은 인디언들의 원형 오두막집처럼 보였다. 제인이 어린아이였을 때, 곧잘 이 창가에 나란히 앉아서 아이에게 인디언 부족들에 대한 이야기를 들려주었다. 그들이 와추섬 산에서 의식을 치른 뒤에, 말을 타고 전속력으로 평야를 달려서 초기 개척자들의 오두막집을 공격하러 가는 이야기였다. 연기가 자욱하게 피어오르는 늦은 오후엔 저 멀리서 말발굽이 일으키는 흙먼지가 눈에 잡힐 것만 같았다.

"아빠."

제인이 말했다.

"나가서 함께 파티를 즐기지 그러세요?"

아이는 내 대답을 기다리지 않고 곧장 방으로 들어왔다. 신기하게도 발이 걸려 넘어지지도 않고, 바닥에 쌓여 있는 것들을 요리조리 잘도 피했다.

"음반을 더 갖고 오래요."

곧이어 텅 비어 있는 레코드 선반을 돌아가서 침대 밑을 샅샅이 뒤졌다.

제인이 레코드를 한 아름 안고 방을 돌아 나가려다가 우뚝 멈추어 섰다.

"뭐 해요, 아빠?"

내가 지평선을 가리키며 대답했다.

"인디언을 찾고 있어."

"이 시간에요?"

제인이 재미있어하면서 내 얘기를 받아 주었다.

"인디언들은 해가 뜰 때 공격하잖아요."

그런데 사실 진지한 표정은 아니었다. 아이의 양 볼이 상기돼 있었고, 파티에 들떠서 눈빛이 반짝거렸다. 어쨌든 아이를 좀 더 붙잡아 두고 싶었다.

"제인, 이제 며칠 있으면 독립이야. 기숙사 생활이 시작되는 거지. 너는 사생활의 자유를 소중히 여기잖니? 그런데 이젠 기숙사에 갇혀서 같이 지내야 해—누구와 같이 지내냐?—한 지붕 밑에서 다른 신입생 300명하고지."

방을 휘둘러보면서, 일부러 소름이 끼친다는 듯이 온몸을 떨어 보였다.

"그 모든 십대 소녀들이 한데 어울려 살아야 한다니, 지금 이곳을 300배쯤 확대한 모습이 될 거야."

"아빠가 잘못 생각하고 있는 거예요. 사실 이 방은 쓰레기통이 아니에요. 아주 편안한 공간이에요. 아이들 방이 쓰레기통 같다고 보는 건 부모들이에요. 따라서 부모들이 보지 않는 학교에는 쓰레기통도 없어요."

순간 아이는 품에 안은 레코드 더미를 놓칠 뻔했다가 도로 잡았다.

"부모들이 보지 않는다는 거, 좀 오싹한 얘기로 들리는구나."

나는 생각에 잠긴 목소리로 대꾸했다.

"아빠, 아빠. 지금 아빠 모습이 어떤지 알아요? 괴팍해 보여요. 내가 화성에 가는 건 아니잖아요."

"사실 거리가 중요한 건 아니야."

나는 덧붙였다.

"예전에 네가 걸스카우트 캠프장에 간 적이 있었지? 집에서 50킬로미터밖에 떨어지지 않은 곳이었어. 그런데도 너는 향수병에 걸렸어. 우리한테 전화를 걸어서—수신자 부담으로—어서 와서 너를 구해 달라고 애원했어."

"열두 살밖에 안 됐을 때 얘기잖아요."

"고작 5, 6년 전 일이야."

"아빠, 최근에 제 모습을 제대로 바라본 적이 있었어요?"

'그렇게 말하다니 가슴이 아프구나, 아가야.'

나는 속으로 중얼거렸다.

'최근엔 지나칠 정도로 너를 자주 쳐다봤지. 그런데 향수병에 걸렸던 걸스카우트 아가씨, 유니폼이 제대르 어울리지 않는 것 같던 아가씨의 모습은 찾아볼 수가 없더구나.'

창밖으로 고개를 돌리자 저 아래서 어슬렁대는 아이가 보였다.

"샘이 저기 있네."

제인이 뒤뜰을 내려다보려고 애쓰며 말했다.

“나도 알아요.”

그리고 한숨을 폭 내쉬었다.

우리는 샘이 종이접시를 들고 몸의 균형을 잡으며, 배드민턴 네트 밑으로 지나가는 걸 바라보았다. 종이접시엔 햄버거 두 개와 핫도그 한 개, 소다수 한 병, 포테이토칩 한 움큼이 담겨 있었다.

제인이 왠지 당황한 듯한 표정으로 낯을 찌푸리며 말했다.

“사실, 아주 착한 애예요. 진짜 괜찮은 애. 성격 자체가 그러니 사람을 완전히 감동시켜요. 늘 나를 보호하려는 것처럼 행동해요. 예를 들면 나란히 길을 건널 때, 언제나 내 팔을 꼭 잡아 줘요.”

제인은 생각에 잠긴 얼굴로 계속 샘을 내려다보았는데, 표정이 좀 슬퍼 보였다. 이윽고 다시 밝아진 얼굴로 덧붙였다.

“학교에서 배운 건데요. 남자들은 모든 생물 중에서 가장 적응력이 뛰어나대요.”

“그게 샘하고 무슨 상관이 있지?”

제인이 답답하다는 듯이 다시 입가로 바람을 뿜어내면서 휘파람 소리를 냈다.

“서로 헤어지더라도, 앞으로 잘 적응하게 될 거라는 얘기예요.”

“샘도 네 마음을 알고 있니?”

“그럼요. 이미 얘기를 나눴어요. 내가 그렇게 야비한 인간인 줄 아세요? 저 애도 이곳을 떠날 거잖아요, 아빠. 우리 둘 다 앞

날이 창창해요. 새로운 인생, 새로운 사람들. 이제 서로에게서 자유로워질 때가 됐어요."

저 멀리 언덕에서 연기가 피어올랐다. 해리 아널드가 낙엽을 태우는 모양이었다.

"얘."

제인의 어깨를 툭 건드리며 말했다.

"인디언들이 싸우러 갈 준비를 하나 보다."

"아널드 아저씨가 낙엽을 태우는 거잖아요."

아이가 고개를 돌리며 대꾸했다.

"그만 내려가 봐야겠어요, 아빠. 애들이 기다리고 있어요."

제인이 방을 나선 뒤에, 샘이 어디 있나 보려고 잔디밭을 살폈다. 샘은 조용한 곳을 찾아내서, 정원에 놓인 잘 세공된 철제 의자에 막 앉으려던 참이었다. 장식이 화려하면서 멋진 흰색 의자였다. 그런데 의자가 너무 약해 보이는 것이 사람이 앉기 위한 용도가 아닌 게 분명했다. 게다가 요즘 들어서 샘에게 별로 행운이 따라 주지 않았다. 지난봄에 내가 직접 조립한 의자인데, 그동안 제때에 볼트와 너트를 조여 주지 않았다. 그런데도 샘은 그 의자에 앉았고, 뜻밖에 아무 일도 벌어지지 않았다. 그 의자만큼은 샘의 편인 게 확실했다.

잔에 술을 더 채우려고 주방에 내려갔다가 아내와 마주쳤다. 아내는 온갖 잡다한 음식들을 앞에 놓고 이런저런 일을 하고 있었다.

"음식을 여유 있게 준비하길 정말 잘했어요."

아내가 말했다.

"이렇게 잘 먹는 사람들을 본 적 있어요? 어쨌든 모든 게 잘되고 있는 것 같죠?"

"음."

내가 대꾸했다.

아내가 멈칫하더니 물었다.

"무슨 일 있어요?"

"아니."

"애들 때문에 정신 사납죠? 소음이 좀 심하죠? 재네들은 어떻게 저런 음악을 참고 견디는지 몰라—한꺼번에 전축을 두 개나 틀어 놓고서 말이야! 당신 정말 괜찮은 거예요?"

아내는 말로 곡예를 하는 마술사 같았다. 언제나 대화하는 중에 한꺼번에 여러 가지 화제를 입에 올리는 재주를 보여 주었다.

"여보."

내가 입을 열었다.

순간 갑자기 아이들이 주방을 거쳐 거실로 몰려가면서 우리를 옆으로 밀쳤다.

"왜요?"

아내가 금방 여러 재료를 섞어서 만든 음료수를 맛보며 물었다.

“샘이 가엾게 여겨지는 이유가 뭘까? 모든 아이들 중에서 유
독 그 아이만 그래.”

“그게 문제였던 거예요?”

음료수 맛이 아내 마음에 쏙 드는 게 분명해 보였다.

“얼마 전만 해도 그 애를 보기만 해도 짜증이 났었는데 말이야.”

“당신은 참 정이 많은 사람이에요.”

아내가 말했다.

“꼭 그렇지도 않아. 그 애가 오늘 바르고 온 애프터셰이브 로
션 냄새를 한번 맡아 봐.”

그때 손님들이 아내에게 우르르 몰려들었다. 아내가 쟁반을
높이 들며 외쳤다.

“조심해. 엎지르겠어.”

밖으로 나가서 뒤뜰을 지나갈 때, 하마터면 크로케 골대에 걸
려 넘어질 뻔했다. 그냥 발길 닿는 대로 걷던 중이었는데 결국
샘을 향해서 발길을 돌렸다.

샘이 의자에서 벌떡 일어났다. 언젠가 샘이 우리 집 거실을 지
나갈 때, 마치 자기 집을 저당 잡히고 빌린 돈을 갚으러 가는 사
람처럼 보였던 적이 있었다. 지금 샘은 애처로운 미소를 머금으
려고 애쓰고 있었다. 무언가 맛이 형편없는 혼합 음료수를 억지
로 입속에 물고 있는지, 샘의 양 볼이 불룩 튀어나와 있었다. 일
부러 냄새를 맡아 보았는데, 어쨌든 샘이 양파를 먹은 것 같진

않았다.

"음식이 먹을 만해?"

내가 물었다.

샘이 목에 잔물결을 일으키면서 입속에 가득 든 걸 꿀꺽 삼켰다.

"예, 아주 맛있어요."

샘이 대답하고 덧붙였다.

"사실 요즘 너무 배가 고팠거든요. 오늘도 일을 마치자마자 곧장 이리로 오느라 무얼 먹을 시간이 없었어요. 아침 일곱 시 이후로 먹은 게 없어요."

샘의 식사 습관에 대해 별로 관심이 없었기 때문에 대화가 곧 시들해졌다. 다른 아이들이 크로케 시합 하는 걸 나란히 지켜보았다. 몇몇 커플은 안뜰에서 춤을 추고 있었다. 온갖 소리가 허공을 가득 채웠지만, 우리 둘 사이에선 침묵이 깊어졌다.

"대학에 들어가는 기분이 어떠니?"

아이에게 물었다.

샘이 뭐라고 웅얼거렸는데 "아주 좋아요." 하고 대꾸한 것 같았다.

"그런데 말이다. 너는 뉴햄프셔로 가는 거 맞지?"

"예, 맞아요."

샘이 숨을 토해 내며 대답했다.

샘은 아마도 양파를 먹은 것 같았다.

제인이 집 옆쪽으로 걸어가는 게 보였다. 웃음을 터뜨리면서 이 아이 저 아이와 잡담을 나누었다. 나는 아까부터 누가 누군지 아이들을 제대로 구별하려고 애쓰다가 포기한 상태였다.

아이들이 편자 던지기를 하며 함성을 올렸고, 편자를 던지는 아이가 소리를 질러 댔다. 그쪽으로 고개를 돌리는데, 내 곁에서 샘이 제인을 바라보는 게 눈에 들어왔다. 샘은 몹시 괴로워하면서 어떤 갈망에 사로잡힌 표정이었다. 곧이어 우리 둘 다 제인이 뜰에서 움직이는 걸 눈으로 따라잡고 있었다.

제인은 사랑스럽고 쾌활했으며, 생기발랄하면서 더없이 우아하고 명랑해 보였다. 마치 세상에 걱정거리가 하나도 없는 듯한 표정이었다. 아이들을 자립심과 독립심을 갖도록 키워 놓으면, 결국엔 부모를 배반하고 자립해서 독립하게 된다는 느낌마저 들었다.

"샘."

내가 고개를 돌리며 물었다.

"왜요, 아저씨?"

마치 종이에 미리 적어서 외워 두기라도 한 것처럼, 내가 묻자마자 그렇게 되물었다.

"뉴햄프셔에서 보스턴은 별로 멀지 않아."

샘이 뭐라고 대답했는데, 마침 안뜰의 다른 쪽에서 누군가 외치는 바람에 그 소리를 놓쳤다.

"두 편으로 갈라서 시합하자!"

우리는 아이들이 활발하게 노는 곳으로 갔는데, 그곳에선 아이들이 게임 준비를 하고 있었다. 주로 요란하게 낄낄대고 깔깔대는 웃음소리로 이루어진 게임이었다. 나 혼자서 천천히 뒷문으로 걸어갔다. 갑자기 온 세상이 피로에 지친 것처럼 보였다. 단풍나무 잎사귀들이 축 늘어져서 빛깔이 옅어진 느낌을 주었다. 풀잎도 시들해지면서 서로 접힌 것처럼 보였다. 그러나 말도 안 되는 얘기였다. 피로에 지쳐 있는 건 나 하나뿐인 듯했다.

아내는 주방에서 이웃 친구들의 도움을 받아서 부지런히 접시를 닦고 있었다. 모두가 활기차면서도 무의미한 대화를 나누고 있었다. 서재에서 조용한 공간을 찾아냈다. 그리로 들어가서 두 눈을 감고 멍하니 앉아 있었다.

"아저씨?"

마치 아득한 곳에서 들려오는 것 같은 목소리였다. 잠에서 깨어나면서 샘을 올려다보았다.

"그만 가 볼게요."

샘이 말했다.

"인사를 드려야 할 것 같아서요. 월요일에 대학으로 떠날 거거든요. 한동안 뵙지 못할 것 같아요."

자리에서 일어나는데, 깜박 잠든 사이에 저녁이 밤으로 바뀌어 있었다. 파티 분위기도 이미 달라져 있었다. 작별 인사를 나

누는 소리가 허공에 메아리쳤다. 축 가라앉은 대화 소리가 집 안
으로 흘러들어 왔다.

"샘, 오늘 만나서 즐거웠다."

적당한 말을 찾다가 그렇게 한마디 던졌다. 미처 작별하는 상
황을 상상해 보지 않았던 것이다.

"모든 게 그저 감사할 뿐이에요."

샘이 말했다.

우리는 나란히 주방과 거실을 지나서 현관문으로 걸어갔다.
밖에서 간간이 웃음소리가 들려왔다. 그러다가 어느 순간엔 아
무 소리도 나지 않았다. 전등 스위치를 찾아서 손을 뻗었지만 좀
늦었다. 샘이 발을 헛디디면서 앞으로 몸이 기우뚱했고, 손을 내
젓다가 그만 램프받침을 잡아챘다. 램프받침과 갓뿐만 아니라
램프 전체가 바닥으로 떨어졌다. 마치 눈에 안 보이는 사진사가
우리를 사진에 담기라도 하는 것처럼, 전구가 퍽 소리를 내면서
터졌다.

샘이 쩔쩔매면서 정말 죄송하다는 소리를 연거푸 입에 올렸
다. 우리는 나란히 어둠 속에서 무릎을 꿇고 손으로 바닥을 더듬
었다.

"괜찮다, 샘."

내가 말했다.

"우연한 사고일 뿐이야."

천장 등에서 불이 들어오며 주위가 눈부시게 밝아졌다. 제인이 불을 켰던 것이다. 고개를 들고 멍한 얼굴로 제인을 올려다보았다.

"두 사람 다 그게 뭐예요?"

제인이 두 손을 허리에 올린 채 절레절레 고개를 흔들었다. 이 모든 일이 꽤나 재미있는 모양이었다.

"애."

내가 한쪽 무릎을 세우며 입을 열었다. 제인에게 이렇게 말할 생각이었다.

'애, 나는 네 아빠야. 네 기저귀를 갈아주고, 네 성적표에 사인을 한 사람. 비틀거리면서 실수만 저지르는 이 학생과 나를 연관 짓지 마.'

두 사람 다라니, 정말 너무하다는 느낌이 들었다. 그런데 다음 순간, 샘과 나는 램프를 같이 깨뜨린 공모자 정도가 아니라는 사실을 깨달았다. 지금껏 나는 나 자신의 감정을 숨기기 위해서 샘을 이용해 왔던 것이다.

밖에서 자동차 경적이 울렸다.

"누가 또 떠나는 모양이에요. 나가서 인사해야겠어요."

제인이 말했다. 뒤이어 문밖으로 사라졌다.

"아저씨."

샘이 물었다.

"저 램프는 얼마에 산 거예요?"

"됐어."

내가 특유의 냉담한 목소리로 대꾸했다. 물론 아무도 내가 이처럼 냉담할 때가 많다는 걸 잘 알지 못했다.

램프 조각들을 줍고 주위를 잘 정돈한 뒤에, 샘을 데리고 문으로 다가갔다.

"샘."

내가 샘을 불렀다.

샘이 피곤한 얼굴로 나를 돌아보았다. 마치 자기한테 청구서를 건네려는 사람을 대하는 듯한 표정이었다.

"샘, 여자는 일단 멀리 떠나간 뒤에야 되돌아올 수 있는 거야. 무슨 말인지 알겠어?"

샘이 한참 나를 쳐다보더니, 어깨를 으쓱거리고 팔꿈치를 들썩이며 미소 짓고 낯을 찌푸리고 헛기침을 했다. 이 모든 동작을 동시에 해냈다. 나는 속으로 다시는 청소년들을 상대하지 않기로 굳게 다짐했다.

마지막으로 떠나가는 손님들의 물결이 현관에서 우리를 삼켜 버렸고, 샘은 그들에게 휩쓸려 밖으로 사라졌다. 샘에게 해 주고 싶었던 얘기가 있었는데 끝내 입에 올리지 못했다.

'지금은 제인의 인생에서 우리 둘 중의 하나는 수난을 당할 수밖에 없는 시기야―애인이든지 아버지든지 말이야.'

그런데 만일 그 말을 건넸더라면, 샘이 갑자기 두 팔을 쭉 뻗어서 또 다른 램프를 깨뜨렸을지도 모르겠다.

제인이 밖에서 친구들에게 일일이 작별 인사를 건네는 소리가 들려왔다.

"잘 가, 샘."

제인이 외쳤다.

아까 샘에게 건넸던 얘기를 수정해서 혼잣말로 중얼거렸다.

"딸은 얼마간 멀리 떠나간 뒤에야 되돌아올 수 있는 거야."

그 말을 큰 소리로 외치고 싶었다. 그러면 한층 설득력 있게 들릴 것 같았다.

주방에서 아내는 음식 찌꺼기를 치우기 시작했다. 여느 때처럼 집 안의 모든 배수관이 요란하게 물 흐르는 소리를 냈다. 잠시 우두커니 서서, 깨진 램프와 파티가 남긴 흔적들을 바라보았다. 칵테일을 한 잔 더 만들어서 손에 들고 위층으로 올라갔다. 인디언들이 영원히 사라졌다는 걸 이미 잘 알고 있었지만, 혹시 말을 타고 공격하러 가는 인디언들이 있는지 보고 싶었다.

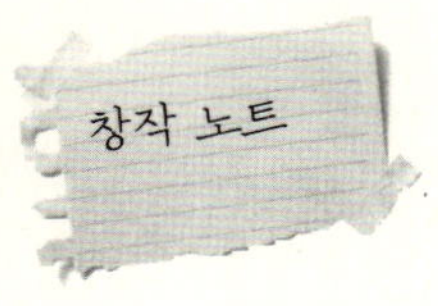

이 소설은 〈우먼스 데이〉에 실리면서 「아버지들의 수난」이라는 제목이 붙었다. 원래 제목이었던 '인디언들은 더 이상 새벽에 습격하지 않는다'와 상당한 거리가 있었다. 나는 체념하는 기분으로 제목의 변화를 받아들였다. 그러던서 내가 작가로 살아온 생애의 어떤 측면에 적절한 제목을 붙인다면, '제목들의 수난'이 어울릴 거라는 느낌이 들었다.

내 소설의 제목은 대부분 일순간에 만들어진다. 대체로 소설의 아이디어가 떠오를 때 제목도 모습을 드러낸다. 작품을 쓰는 내내 제목을 염두에 두고 지내기 때문에, 제목에 변화가 생기면 기분이 혼란스러워진다. 마치 자식을 낳아서 그 아이가 성장하는 내내 존이라고 불렀는데, 학교에 들어간 뒤에 선생님이 갑자기 아이를 조지라고 부른다면 그런 느낌이 들 것이다. 조지도 좋은 이름이다―하지만 원래 부모가 지어준 이름은 존이다.

나는 화려한 제목을 고집하진 않는다. 물론 긴 제목을 만드는 일에 약점이 있다는 걸 인정할 수밖에 없지만. 그렇긴 해도 소설 제목이 「콧수염」보다 짧을 수 있을까? 어째서 소설 제목은 어떤 경우에도 간단하고 분명해야만 하는 걸까? 비록 작품의 분위기를 환기시켜 줄지라도, 좀 불명료한 제목을 붙이면 안 되는 걸까?

이전에 내가 쓴 소설 하나는 작품의 어조를 규정짓는 제목을 갖고 있다— '찰리 미첼, 이 못된 놈아, 우리 꼬마 아가씨 좀 다정하게 대해 줘'. 가볍고 노골적인 제목이지만, 세 단어—우리 꼬마 아가씨—엔 애절한 느낌이 담겨 있다. 적어도 내가 보기엔 그렇다.

이런 의문이 든다. 어쨌든 좋은 제목이라는 건 어떤 걸까? 어떤 기능을 하는 것이 좋은 제목일까? 호기심을 불러일으키거나, 독자에게 곧바로 작품을 읽게 만들거나, 어떤 일이 벌어질지 넌지시 암시해 주거나, 또는 어떤 내용이 전개될지 꼭 짚어서 분명하게 설명해 주는 제목일까?

나로선 그걸 잘 모르겠다. 사실 이따금 나 자신의 의도마저도 거스를 때가 있으니 말이다. '인디언들은 더 이상 새벽에 습격하지 않는다'는 확실히 소설의 줄거리나 주제를 전해 주는 제목은 아니다. 이 소설은 인디언 전쟁의 종말에 관한 얘기가 아니다. 가볍게 암시할 뿐인 그 무언가의 종말에 관한 이야기다. 독자들은 결국 그 무언가의 정체를 알아차리게 될 것이다. 소설을 읽어 나가는 중에 갑자기 제목의 의미가 분명하게 드러나는 순간, 독자들은 유쾌한 충격을 받으면서 깨달음에 이르게 될 것이다. 나는 소설에서 이런 식의 놀

람을 경험하는 걸 좋아하며, 솔직히 내가 다시 읽더라도 그 과정을
즐길 수 있는 소설을 쓰려고 노력한다.

단행본과 단편소설에 제목을 붙이는 일은 서로 큰 차이가 있다.
가령 잡지 편집자들은 소설 제목을 바꾸면서 나한테 미리 알리지 않
는다. 나는 잡지를 펼쳐 보고서야 제목이 「아버지들의 수난」으로 바
뀐 걸 알았다. 단행본의 경우엔 오랫동안 토론이 이루어지며, 심지
어 다른 작가들이 이미 그 제목을 사용하지 않았는지 조회한다. 대
체로 원고가 인쇄소로 넘어가기 한참 전에 제목이 결정된다.

내가 이런 문제에 대해서 예민한 건, 첫 번째 장편소설의 경우 출
판사에서 제목을 새롭게 붙였기 때문이다—즉 가한테 첫 번째 장편
소설을 출간하는 일보다 중요한 일은 거의 없을 것이다. 이 소설은
암으로 죽어가는 사내에 관한 이야기다. 내가 처음에 붙인 제목은
'매일 우리들 중에서 누군가 죽는다'인데, 다음과 같은 내용이 들어
있는 W. H. 오든(주로 1930년대에 활동한 영국 시인: 옮긴이)의 시에서
따온 것이다.

달리 누구에 대해서 이야기할 수 있을까? 매일 우리들 중에서 누
군가 죽어 가기 때문이다. 우리에게 도움을 주어 온 사람들, 그게 아
직 충분치 않다고 여겨, 좀 더 살아서 세상을 보다 나은 곳으로 만들
고 싶어 했던 사람들.

이 시는 내가 쓴 소설과 내용이 아주 흡사했다. 그래서 출판사에서 내가 정한 제목을 쓸 수 없다고 통고해 왔을 때, 몹시 당황할 수밖에 없었다. 그들은 왜 그런 결정을 내렸던 걸까?

제목에 '죽는다'는 단어가 들어 있기 때문이었다. 죽는다는 건 우울한 느낌을 주는 단어다. 그러나 나는 이 소설이 죽음을 다룬 작품이라고 반박했다. 그러자 출판사 쪽에선 이렇게 말했다—무슨 말인지 알겠는데, 만일 그 단어를 제목에 넣으면 독자들이 책에 손을 대기를 꺼릴 것이다.

결국 출판사는 책 제목을 '지금 그리고 그때에'로 정했는데, 일리 있는 선택으로 여겨진다. 이 제목은 어떤 불길한 울림을 지니고 있는 동시에, 가톨릭 기도문에서 따온 것이기 때문이다.

'지금 그리고 우리가 세상을 뜨는 그때에 우리를 위해 기도해 주소서.'

따라서 죽는다는 단어를 사용하지 않고서도 죽음의 분위기를 환기시켜 준다. 재치 있는 제목이다. 그러나 누군가 다른 사람이 내 아이에게 이름을 붙인 건 사실이다. 그 일을 겪고 나서 앞으로는 제목을 위해서 싸우기로 맹세했다. 그리고 기회가 주어졌을 때는 실제로 그렇게 했다.

이 작품집 속엔 원래 제목이 바뀐 사례가 하나 더 있다. 〈맥콜〉지에 「마이크의 새 여자 친구」라는 제목으로 실린 소설인데, 역시 잡지를 받은 날 목차를 보고서야 제목이 바뀐 걸 알았다. 원래 제목은

'면도할 때를 빼곤 거울을 들여다보지 마라'였다. 솔직히 <맥콜>지에서 원래 제목을 그대로 놔둘 거라고는 기대하지 않았지만, 그 제목이 썩 마음에 들었던 건 사실이다—지금도 마찬가지다.

「아버지들의 수난」은 우리 큰딸 바비가 대학에 입학해서 집을 떠나갈 날을 코앞에 두고 감상적인 느낌에 사로잡혀 있을 때 쓴 소설이다. 그런 느낌이 배제된 감정으로 소설을 쓰는 기술이 필요했다. 이 소설에 나오는 파티는 실제로는 열리지 않았다. 그리고 남자 친구 샘은 완전한 가공인물이다. 비록 지금껏 무수히 많은 지면에서 나 자신을 샘으로 표현한 적이 있었지만 말이다.

마이크의
새 여자 친구

문제는 내가 마이크보다도 먼저 그 여자애의 결점을 알아챘다는 거였다. 하지만 어쨌든 그 여자애가 아직 어렸기 때문에 그대로 이해하고 넘어가기로 했다. 그 아이는 고등학교 2학년이었다. 게다가 나는 마이크처럼 그 아이한테 감정적으로 몰입해 있는 상태도 아니었다. 그런데 결국에 가선 연민에 빠져들었다. 지금까지도 누구에 대한 연민인지 분명치 않지만 말이다.

그리고 보면 처음부터 그 여자 아이는 마이크의 또 다른 여자 친구에 지나지 않았다. 그리고 당연한 일이겠지만 아마도 나는 마이크를 부러워했던 것 같다. 어느 늦여름 오후에 마이크가 잔디밭을 가로질러서 달려갈 때, 그 아이의 젊음이 부러웠던 건 분명 사실이다. 자동차에선 그 아이의 친구들이 쉰 목소리로 인사 말을 외쳐 대고 있었다. 자동차는 진홍색 MG(모리스 거라지의 약자 이며 영국의 소형 스포츠카: 옮긴이)였다. 자동차 한 대에 그렇게 많이 탈 수 있다는 게 믿어지지 않았다—아이들의 팔다리가 창밖으로 튀어나와 있어서 마치 괴물처럼 보였다.

마이크의 새 여자 친구도 그 차에 타고 있었다. 마이크는 새로 사귄 여자 친구를 나한테 인사시키는 걸 꺼린다. 여자 친구가 하도 자주 바뀌기 때문이다. 이번 주에 같이 영화를 보면, 다음 주에는 그 일이 추억이 될 때가 많다.

마이크의 새 여자 친구가 얼핏 눈에 들어왔다. 그 아이는 마치 애원하듯이 두 팔을 앞으로 쭉 뻗은 모습이었다. 마이크는 친구들과 자동차 속으로 사라졌다. 일순간 길고 검은 머리칼과 예쁜 얼굴이 보였다. 뒤이어 자동차는 굉음으로 라디오에서 흘러나오는 록음악을 덮으며 출발했다.

그들은 해변으로 떠났다. 알렉스는 현관 앞 찻길에서 타이어가 끼익 하고 미끄럼을 타게 차를 후진시켰다—그가 무엇보다도 즐기는 취미인 게 분명했다. 마지막 순간에 마이크는 내게 손을 흔들며 작별 인사를 던졌다.

"행운아들이야."
엘리가 말했다. 그 목소리를 듣고 깜짝 놀랐다. 아내가 주방에서 음식을 만들고 있는 줄 알았기 때문이다.

"알렉스라는 미치광이가 모두를 죽음으로 몰아넣지 않는다면."

내가 아내에게 대꾸했다.

"그렇다고 다시 열여덟 살로 돌아가고 싶진 않아. 당신은 어때, 제리?"

그녀가 물었다.

날렵한 자동차와 햇살 눈부신 해변, 부서지는 파도, 무한한 에너지, 비키니를 입은 여자애들이 떠올랐다.

"나도 그런 것 같아."

그렇게 대답했지만 별로 확신은 없었다.

"거짓말."

엘리가 쿡쿡 웃으며 덧붙였다.

"아직 위기의 중년에 이른 건 아니잖아."

우리는 21년 전에 결혼했다. 그런데 아내는 어떤 각도로 머리를 기울이거나 나를 바라볼 때, 여전히 내 무릎이 후들거리게 만드는 능력을 갖고 있었다.

"이미 그런 나이에 이르렀어."

엘리에게 보거트(미국의 유명 배우 험프리 보거트: 옮긴이) 특유의 찡그린 표정을 지어 보였다.

"이번 애는 어떨까 모르겠네."

"이번 애라니?"

엘리에게 되물었다.

"마이크가 최근에 사귄 여자애."

"다른 애들하고 같겠지 뭐."

마이크가 우리 집에 데려온 여자애들은 서로 엇비슷했다. 긴 머리에 짧은 스커트. 또는 긴 머리에 골반에 걸쳐 입는 바지. 모두 예의 바르고 예뻤으며, 태어날 때부터 비타민을 듬뿍 섭취한 아이들, 서너 살 때부터 치과에 다닌 아이들이었다. 하나같이 톱 40(미국의 대중 음악계에서 선정하는 인기 가요 목록: 옮긴이)에 나오는 똑같은 노래들에 황홀해 했고, 오드콜로뉴(독일 쾰른 원산의 화장수: 옮긴이)를 발랐다. 그들은 모두 비슷한 말—'둔하다'나 '심하다' 같은 단어—을 즐겨 사용했고, 거의 모든 문장에서 '아마도' 같은 부사를 맨 앞에 붙였다.

고등학교 3학년인 마이크의 전공은 농구와 영어와 여자애들이었는데, 이런 순서가 반드시 지켜지는 건 아니었다. 내가 영어를 집어넣은 건 유일하게 A를 받은 과목이기 때문이다.

마이크는 2학년 때부터 농구 대표팀 소속이었다. 그런데 감독은 마이크를 자주 출전시키지 않는다—평균 신장이기 때문인데, 이 아이는 자신이 다른 거인들과 비교되는 것 때문에 괴로워하고 있다. 하지만 성실하고 부지런하며 농구 경기를 사랑한다. 작년 어느 날 밤 경기에서 마지막 몇 분을 남기고 투입되었을 땐 정말 아름다운 골을 넣었다. 공이 림을 건드리지 않고 깨끗이 들어갔다. 뒤이어 아이는 관중석을 돌아보았고, 나와 눈길이 마주쳤다.

아이가 씽긋 웃었다. 승리의 기쁨과 자부심이 넘치는 아주 멋진 웃음이었다. 그 짧은 순간에 마이크는 내가 수영과 낚시를 가르쳐 준 소년, 일요일 오후마다 함께 멀리 산책을 다니던 소년으로 돌아가 있었다. 팬들이 열광하는 관중석은 아이의 안중에 없었다. 우리는 서로에게 오로지 아버지와 아들일 뿐이었다. 그 순간이 그토록 소중하게 여겨졌던 건, 그런 식으로 서로 교감을 나누는 일이 갈수록 드물어질 거라는 생각 때문이었다. 여자애들이 폴짝폴짝 뛰면서 소리를 질러 대는데, 아버지와 그런 교감을 나눌 일이 뭐가 있겠는가?

공교롭게도 마이크의 새 여자 친구는 농구 치어리더였다. 이름이 제인이었는데, 좀 색다른 변화였다. 데비, 도나, 신디 같은 이름일 거라고 여겼기 때문이다. 아이는 머리를 어깨까지 길렀는데, 흐트러진 머리칼 몇 가닥이 양쪽 눈 위로 흘러내리고 있었다. 상냥하면서 공손했고, 치열을 완벽하게 교정했으며, '와우'라는 감탄사를 즐겨 사용했다. 깜짝 놀라거나 기쁠 때면 그 소리를 외쳐 댔다.

솔직히 말해서 그 아이는 마이크가 몇 주 전에 집에 데려왔던 아이, 이름도 기억나지 않는 아이의 복사판이었다. 하지만 마이크는 그 아이한테 홀딱 반해 있었다. 좀처럼 아이한테서 눈을 떼지 못했고, 매번 탐욕스러운 눈으로 아이를 바라보았다. 그 아이가 1분에 두 번씩이나 "와우" 하고 외쳐도 개의치 않았다.

"와우, 노래가 꽤나 강렬한 걸."

"와우, 스웨터가 참 산뜻해."

그 아이는 '산뜻해'라는 말을 '와우'만큼이나 좋아했다. 모든 문장을 똑같은 단어로 장식할 경우, 듣는 사람의 입장에선 고문당하는 듯한 느낌이 들 수도 있다. 특히 새로 나온 메그레(조르주 심농의 탐정소설 주인공: 옮긴이) 시리즈 소설을 읽느라 신경을 집중하고 있는데, 옆방에서 계속 그 소리가 들려온다고 상상해 보라.

사실 나는 우리 집에서 젊은이들이 내는 목소리에 익숙해 있었다. 애니는 이따금 주말에 대학 친구들을 집으로 데려온다. 그런 날은 노랫소리와 웃음소리가 집 안에 넘쳐난다. 줄리는 열네 살인데, 당연히 애니의 친구들보다 어린아이들을 집으로 불러들인다. 그 아이의 몇몇 여자 친구들은 마이크의 친구들과 한데 어울리기도 한다. 온종일 전화벨이 울리는 느낌이고, 스테레오 전축은 미친 듯이 음악을 연주하고, 텔레비전은 잠시도 침묵하고 있을 때가 없다. 아내는 '감미로운 소음'이라고 말하지만, 내 귀엔 굳게 닫힌 문의 틈새로 스며들어 올 경우에나 감미롭게 들릴 뿐이다.

제인도 이런 소동에 합류했으며, 가을 내내 그들과 어울리다가 농구 시즌을 맞이했다. 마이크는 이제 정기적으로 경기에 출전했다—골리앗 같은 동료 선수들 가운데 하나가 발목이 부러졌기 때문이다. 그리고 자기에게 할당된 만큼의 득점을 기록했다. 골을 넣은 뒤엔 곧잘 다소곳이 눈길을 밑으로 내렸고, 그 순간에 제인은 기뻐서 어쩔 줄 모르며 팔짝팔짝 뛰었다. 치어리더는 모두 다섯 명이었는데, 때때로 다른 치어리더들과 제인을 구별하기 어려웠다.

여느 해보다 일찍 첫눈이 왔다. 두 아이는 주말 오후와 저녁 때 스케이트나 스키를 타러 갔다.

"젊음을 즐기느라 모든 에너지를 낭비한 모양이야."

내가 아내에게 말했다. 마이크가 중요한 대수학 시험에서 낙제하여 경고를 받았던 것이다.

"아이를 잡아 놓고 얘기 좀 해 봐요."

아내가 내게 부탁했다.

그래서 그렇게 했다. 마이크는 앞으로 더 잘하겠다고 약속한 뒤에, 재빨리 화제를 돌렸다.

"제인을 어떻게 생각하세요, 아빠? 좀 특별한 아이 같지 않아요?"

"지금 아빠는 대수학 얘기를 하고 있잖니, 마이크."

"알아요, 알아."

마이크가 한숨을 쉬며 덧붙였다.

"제인한테 푹 빠져서 늘 붙어 다니는 걸 못마땅해 하신다는 거 잘 알아요. 그동안 농땡이 쳤다고 말할 수도 있겠죠. 하지만 대수학에서 경고장을 받아도 될 만큼 제인은 정말 굉장한 애예요."

"내가 보기엔 그렇지 않아."

마이크에게 말했다.

"괜찮은 아이 같긴 한데, 네 인생에서 잠깐 머물다 갈 뿐이야. 오늘은 네 곁에 있지만 내일은 없을 거야. 하지만 네 성적은 미래를 위해서 중요한 거잖니—대학을 위해서, 장학금을 받기 위해서. 다시는 낙제 점수를 받으면 안 된다, 마이크."

"제인은 잠깐 머물다 가는 사람이 아니에요, 아빠. 오늘도 내 곁에 있고, 내일도 내 곁에 있을 거라고요."

"둘이 사귄 지 얼마나 됐지?"

"넉 달하고 사흘이요."

아이가 대답했다.

"최고 기록인 것 같구나. 아니냐?"

내가 물었다.

"제인은 나한테서 계속 점수를 따고 있어요."

아이가 대답했다.

"매일같이 그 아이가 생각나요."

마이크와 서로 손 뻗으면 닿을 거리에서 대화를 나누고 있었지만, 갑자기 그 아이가 멀리 떨어져 있는 것처럼 느껴졌다.

"정말 대단한 아이에요. 진짜 특별한 아이……."

어느 일요일 오후에, 마이크의 눈을 빌려서 그 아이를 바라볼 기회가 있었다. 그 아이가 불쑥 서재로 고개를 들이밀며 눈을 반짝이더니, 조심스럽게 미소를 머금으며 말했다.

"안녕하세요, 아저씨?"

열심히 신문을 읽던 걸 멈추었다. 텐트가 주저앉듯이 신문의 다양한 섹션이 저절로 바닥에 떨어졌다.

"들어가도 될까요?"

아이가 물었다.

사실 지금껏 서로 명랑하게 인사를 주고받은 것 외엔 대화를 나눈 적이 없었다. 아이가 방으로 들어와서 부처님처럼 바닥에 앉는 걸 유심히 바라보았다. 길게 길러서 잘 감은 머리칼이 투명한 빛을 띠며 반짝거렸다. 아이가 머리칼을 뒤로 넘기는 순간, 이마에 여드름이 잔뜩 난 게 보였다. 그런데 여드름은 아이에게서 인간미를 한층 돋보이게 만들어 주면서, 텔레비전 샴푸 광고에 나오는 모델 같은 느낌이 덜 들게 했다. 내가 마이크의 나이였다면 이런 소녀한테 홀딱 반할 수밖에 없었을 것이다.

"무슨 일이지?"

아이가 루스리프식 노트(페이지를 마음대로 뺐다 끼웠다 할 수 있는 노

트: 옮긴이)를 들고 있는 게 보였다.

"와우."

아이가 한숨을 쉬듯이 그 단어를 토해 내며 덧붙였다.

"아저씨, 일하시는 데 방해가 되는 건 아닌지 모르겠네요……."

나도 한숨이 나오는 걸 숨기려고 애썼다. 그 아이가 무얼 원하는지 알아챘기 때문이다. 내가 다니는 회사는 미술과 관련된 일을 한다. 그리고 나 자신은 예전에 대학에서 미술을 전공했다. 하지만 현재는 행정 업무를 보고 있으며, 붓이나 크레용을 만져 본 지 꽤 오래되었다.

아이가 노트를 내밀었다.

"누군가에게 이걸 보여 주고 싶었어요. 미술에 대해서 잘 아는 사람, 듬직한 사람한테요. 그런데 우리 미술 선생님은 멍청이에요."

"멍청이라니?"

"왜 있잖아요. 가망 없는 사람, 완전한 실패작."

그 아이의 선생님이 멍청이건 아니건 간에, 한 소년의 마음을 완전히 사로잡으려면 그 소년의 아버지한테서 인정을 받아야 하는 건지도 모르겠다는 느낌은 들었다.

아이의 스케치를 들여다보았다. 풍경 스케치였다. 모든 스케치에 똑같이 생긴 나무가 그려져 있었다. 모든 그림이 완벽했다. 그런데 지나치게 완벽했다. 하프의 줄들이 모두 똑같이 생겼듯이, 모든 나무들이 서로 똑같았다. 기계적으로 그린 그림들 같았다. 하지만 그 아이가 재능이 있는 건 분명했다. 또 다른 수천 명의 아이들, 수백만 명의 아이들이 그렇듯이.

잠시 그 아이의 그림에 대해서 서로 대화를 나누었고, 물론 아이에게 격려도 던져 주었다. 즐거운 대화였다. 아이가 멋진 미소를 곁들였기 때문에, '와우'와 '심하다' 같은 단어를 읊어대도 별로 신경에 거슬리지 않았다.

"정말 감사드려요, 아저씨."

아이가 자리에서 일어나면서 말했다.

"너무 고마워서 어떻게 하죠?"

마이크가 대수학 공부에 신경 쓸 수 있도록 배려해 주렴.

그러나 아이에게 아무 말도 하지 않고, 그저 고개를 끄덕거리는 걸로 응답했을 뿐이다.

얼마 뒤에 주방 앞을 지나가다가 그 아이가 아내와 같이 있는 걸 보았다. 서로 조리법에 대해 주고받고 있었다. 아내가 커피케이크 만드는 방법을 설명하는 동안, 제인은 마구 '와우'를 외쳐댔다. 한 소년의 마음을 완전히 사로잡는 길은 그 소년의 어머니가 일하는 주방에도 있다는 느낌이 들었다.

그러나 제인은 길을 잘못 들어선 게 분명했다. 며칠 뒤에 저녁을 먹는 자리에서, 마이크는 이번에 학교 연감에 들어갈 사진을 찍는 일에 자원했다고 말했다.

"그럼 여자애들이나 농구와 전혀 상관없는 일을 자원한 거잖아?"

줄리가 물었다.

마이크는 여동생의 말을 무시했다.

"시간을 많이 잡아먹겠지만, 상담 선생님 말씀으로는 과외 활동이 장학금을 타는 데 도움이 된대요."

"대수학은 어떻게 하려고?"

내가 물었다.

아이는 이런 질문을 미리 예상했는지 곧바로 대답했다.

"이번 주 시험에서 A 마이너스를 받았고, 지난주엔 B 플러스를 받았어요."

"제인 언니는 어떻게 할 건데?"

줄리가 동그랗게 뜬 눈으로 물었다. 줄리는 여태껏 남자애들한테서 데이트 신청을 받아 본 적이 없었다. 가정주부들이 멜로드라마를 즐겨보듯, 이 아이는 마이크의 로맨스를 추적하는 걸 통해서 대리 만족을 느끼고 있었다.

"제인이 이 일과 무슨 상관이 있냐?"

마이크가 되물었다.

"농구 연습도 하고 사진도 찍어야 하고, 그러면 제인 언니는 언제 만날 건데?"

줄리가 약간 충격을 받은 얼굴로 물었다.

"얘, 아가야."

마이크는 동생 때문에 짜증이 날 때는 늘 아가라고 불렀다.

"제인에겐 제인의 인생이 있는 거야. 그리그 어쨌든 이제는 서로 좀 떨어져 지내면서 숨을 돌릴 필요가 있어."

줄리가 마른 침을 삼켰다.

"어머나, 그런 얘긴 처음이잖아."

아내가 끼어들었다.

"지브란(『예언자』로 유명한 인도 시인: 옮긴이)이 말하지 않았니? '서로 적당한 거리를 두고 어울려라'."

집에 십대 소녀가 둘이 있을 땐, 시집 『예언자』에 손때가 많이 묻어 있으며 자주 이 시집의 내용이 인용되기 마련이다.

엘리와 나는 마이크가 여자애들을 상대하는 방식에 익숙해 있었다. 그런데 이번에 마이크가 연애를 하기 시작한 걸 제일 먼저 눈치챈 사람은 줄리였다. 하지만 연애 과정은 마이크가 분명하게 자기 의도를 드러낼 때나 알아챌 수 있었다.

마이크는 사진에서 새로운 경력을 쌓는 한편, 갑자기 진지한 자세로 학교 숙제를 하기 시작했다. 게다가 농구팀이 지역 선수권 대회에 나갈 가능성이 높아졌다. 주말마다 연습을 더 해야 한다는 얘기였다.

"무슨 말인지 모르겠니, 제인? 우리 팀이 정상에 오를 수 있는

절호의 기회란 말이야."

전화기 곁을 지나가다가 마이크가 제인과 통화하는 소리를 우연히 엿들었다.

한때는 이 아이가 모든 통화를 은밀하게 하던 시기가 있었다. 자기 방으로 전화선을 끌고 들어가서 문을 닫고 통화했던 것이다. 그런데 이제는 모든 식구들이 지나다니는 복도에 서서 아무런 거리낌 없이 통화했다.

"요즘 제인 언니는 어떻게 지내?"

그날 저녁을 먹는 자리에서 줄리가 넌지시 물었다.

"아주 잘 지내."

마이크가 대답했다.

"감자 좀 이리 줄래?"

"최근 들어선 제인 언니를 통 보기 힘드네."

줄리가 끈질지게 물고 늘어졌다.

"오늘 밤에 같이 영화 보기로 했어."

마이크가 말했다.

"진짜 대단하네."

줄리가 싱글벙글 웃었다.

"어째서 그게 대단하다는 거야?"

마이크가 물었다.

그러나 아무도 대꾸하지 않았다. 모두 음식을 먹느라 정신이 없었다. 마이크는 보통 때는 스테이크를 게걸스럽게 먹는 편인데, 오늘은 다 먹지 못하고 남겼다. 디저트도 먹지 않았다.

"어떤 영화 볼 건데?"

줄리가 또다시 물었다.

"잘 모르겠어."

마이크가 음식을 끼적거리며 시큰둥하게 대꾸했다. 아내가 줄리를 휙 돌아보았다. 그 애긴 그만하라는 의미였다.

마이크는 영화관에서 집으로 돌아을 때도 여전히 표정이 시큰둥했다. 이렇게 빨리 귀가하기는 아주 드문 일이었다. 오빠가 돌아오기를 기다리던 줄리가 후다닥 계단을 달려 내려왔다.

"오빠……."

마이크가 교통순경처럼 한 손을 척 들어 보였다. 그러나 줄리는 오빠를 그냥 놓아두지 않았다.

"재미있었어?"

"시시했어."

"왜?"

"야, 줄리. 이 오빠 좀 내버려 두지 않을래?"

마이크가 말했다.

마이크가 괴로워하는 목소리에 놀라서 내가 끼어들었다. 줄리에게 내일 학교 가려면 그만 자야 하지 않겠냐고 말했다. 그러자 줄리는 마지못해 계단을 쿵쿵 올라가면서, 재미나는 장면을 놓치게 되어 불만이라는 듯이 툴툴거렸다.

하지만 사실상 별로 볼만한 장면은 벌어지지 않았다. 아내는 두통 때문에 일찍 잠자리에 들었고, 내게는 서둘러 마무리 지어야 할 자료 분석 보고서가 있었다. 마이크는 주방에서 쿵쾅거리고 돌아다니며 여느 때처럼 밤늦게 샌드위치를 만들었다. 얼마 뒤에 아이는 한 손엔 샌드위치, 다른 손엔 커다란 우유병을 들고 나타났다. 그리고 어느 날의 제인처럼 부처님 자세로 바닥에 앉았다.

마이크는 샌드위치를 한 입 베어 물고 맛없게 씹었다. 마지막 식사를 하는 사형수 같은 표정이었다.

"아빠가 보기엔 여자애들은 뭐가 문제인 것 같아요?"

"글쎄다."

"괜히 슬슬 신경을 건드린단 말이에요. 줄리처럼 사사건건 쓸데없이 간섭해요. 제인도 그래요. 진짜 괜찮은 애지만……"

"그런데?"

연필을 내려놓으며 아이에게 물었다.

"잘 모르겠어요. 하루에 백만 번은 머리를 빗는 것 같아요. 내가 돌아볼 때마다 머리를 빗고 있어요. 게다가 라디오에서 노래가 흘러나오면 곧바로 따라 부르는 그런 여자애예요. 참고 들어줄 수 없을 정도라니까요."

"매력적인 여자애 같던데."

내가 한마디 거들었다.

"그건 그래요."

마이크가 순순히 인정했다.

"진짜 좋은 애죠. 하지만……."

하지만. 마이크 입에서 괴물 같은 단어가 튀어나왔다.

마이크는 샌드위치를 옆에 내려놓았다. 반달처럼 한 입 베어 문 흔적이 남았을 뿐, 거의 손대지 않은 거나 마찬가지였다.

"제인하고는 완전히 끝났어요."

마이크가 문을 쾅 닫듯이 단호하게 말했다.

"그 애는 우리 사이에 무슨 문제라도 있는 거냐고 묻더라고요. 그런데 내가 뭐라고 대꾸할 수 있겠어요? 나도 잘 모르겠는데. 내 생각엔 그저……."

"그 아이에 대한 느낌이 예전 같지 않다는 거겠지."

마이크에게 도움을 주고 싶은 마음에 그렇게 말했다.

"맞아요."

마이크가 대꾸했다.

"제가 쥐새끼처럼 야비하다는 느낌이 들어요."

"당연한 일이지."

내가 아이에게 말했다.

그러자 아이가 깜짝 놀란 얼굴로 나를 올려다보았다.

내가 덧붙였다.

"네 감정이 변하는 건 너도 어쩔 수 없는 거야, 마이크. 네 나이 땐 그런 거야. 어느 나이 때나 그런 건 아닌 것 같지만. 상대가 제인이건 다른 사람이건, 네 감정을 속이는 것처럼 힘든 일도 없을 거야. 그런 일로 네 기분이 상하지 않는다면, 그땐 진짜로 야비한 인간이 되는 거야."

마이크가 나를 쳐다보았다. 아주 짧은 순간이었지만, 다시 한번 서로 교감을 나누고 있다는 느낌이 들었다. 이번엔 농구공이 깨끗하게 골대로 들어갈 때와 같은 승리의 쾌감이 아니었지만, 어쨌든 교감을 나눈 건 분명했다.

"불쌍한 제인."
나중에 내게서 모든 얘기를 전해 들은 아내가 탄식했다.
"어쩔 수 없는 일이야."
"다음엔 또 어떤 여자애가 걸릴지 걱정되네."
아내가 말했다.
"다른 애들하고 똑같겠지."
내가 대꾸했다.
"아마도 '와우' 대신에 다른 단어를 즐겨 쓸 테지만."

일주일쯤 지나서 '와우'라는 단어를 다시 들었다. 석간신문을 사려고 시내 중심가 편의점에 들렀을 때였다.

"안녕하세요, 아저씨. 와우! 날씨가 꽤 쌀쌀하죠?"

처음엔 그 아이를 제대로 알아보지 못했다. 내 안경에 김이 서렸기 때문이다. 게다가 소다수 판매대 앞쪽에 놓인 등받이 없는 걸상마다 십대 청소년들이 앉아 있었다. 모두가 똑같은 짙은 감색 재킷에 빛바랜 청바지를 입고 있었다. 잠시 뒤에 그 아이가 손을 흔드는 게 보였다.

그때 마침 그 아이 곁에 있는 걸상이 비어 있었다. 걸상으로 다가가서 앉으며 아이에게 인사했다.

"안녕."

잠깐 머뭇대며 아이의 이름을 찾다가 분명하게 덧붙였다.

"제인."

딸기를 얹은 아이스크림이 아이 앞에 놓여 있었다. 우아하고 차갑고 화려해 보이는 아이스크림이었다. 아직까지도 밖에서 묻어온 한기가 남아서 온몸이 떨렸다. 아이가 걸상에 앉아 숟가락으로 아이스크림을 떠서 입에 넣었다.

"스케치는 잘되고 있니?"

점원에게 커피 한 잔을 달라고 손짓하며 아이에게 물었다.

"사실 별로 많이 그리진 못했어요, 아저씨. 아마도 제가 별로 야망이 없는 것 같아요. 이걸 꼭 해야겠다는 의욕이 부족한 것 같아요."

아이가 재채기를 하더니 티슈로 콧물을 닦았다.

“하지만 아직 시간이 많이 남아 있잖아.”

여느 때처럼 커피에 혀를 데었다.

“마이크는 어때요?”

아이가 물었다.

“잘 지내.”

“제 자신이 정말 싫어요.”

아이가 시럽이 흐르는 아이스크림을 크게 한 숟갈 떠서 입에 넣으며 말했다.

“적어도 6개월은 그 애 이름을 입에 올리지 않기로 맹세했거든요. 그런데 와우, 지금 그 애 안부를 묻고 있잖아요.”

“자신을 미워하지 마, 제인. 너같이 매력적인 아가씨가 그러면 안 돼.”

“제가 매력적이라고 여기는 사람은 별로 없어요.”

아이가 머리칼을 뒤로 넘기며 말했다. 다시 이마를 덮은 여드름이 드러났다. 아이가 코를 훌쩍이며 덧붙였다.

“게다가 감기에 걸렸거든요.”

순간 참 이상하다는 느낌이 들었다. 지난여름의 그 여자아이, 마이크와 함께 해변에 놀러 가서 물장난을 하던 아이, 비키니 차림에 살갗이 햇살에 그을린 사랑스러운 아이는 어디로 간 거지?

“너는 지극히 정상이야, 제인. 예쁘고 재능이 있잖아. 언젠가는 다른 친구들을 깜짝 놀라게 만들 거야.”

아이가 고개를 들고 힘없이 미소 지었다.

"아저씨는 정말 좋은 분이세요."

전혀 그렇지 않단다, 하고 속으로 중얼거렸다. 한동안 나는 그 아이를 적으로 대했다. 그 아이가 마이크의 공부를 방해해서 장학금 타는 걸 어렵게 만들었기 때문이다. 그리고 그 아이가 "와우" 하고 외칠 때마다 이를 악물었다. 그런데 지금에 와서는 그 모든 일들을 유감스럽게 여기고 있었다.

"내가 너를 도와줄 수 있다면 참 좋겠는데, 제인."

그렇게 말하며 아이를 돌아보았다.

아이는 감기 때문에 눈이 충혈되었고 코가 빨개졌지만 여전히 사랑스러워 보였다. 텔레비전 광고 모델의 고른 치아와 윤기 흐르는 머릿결을 떠올리게 했다. 진심으로 이 아이를 행복하게 만들어 주고 싶었지만, 내가 할 수 있는 일은 아무것도 없었다. 그래서 슬픔이 밀려왔다.

"이 세상에 아무나 대신 해 줄 수 있는 일은 없어요, 아저씨."

아이가 그렇게 말하며 덧붙였다.

"하지만 어쨌든 고마워요."

아이는 아이스크림을 마저 먹고 숟가락을 핥았다. 뒤이어 핸드백을 뒤져서 티슈를 한 장 더 꺼냈다.

아이가 걸상에서 일어나서 다시 나를 바라보았다. 한 번 더 곰곰이 생각해 보는 듯한 표정이었는데, 마치 내가 앞에 있다는 걸

잊은 것처럼 보였다. 그 이유가 무얼까? 나는 마이크의 아버지일 뿐이지, 마이크는 아니었다.

"아줌마한테 안부 전해 주세요."

아이가 천천히 걸상에서 멀어지며 덧붙였다.

"줄리한테도요."

아이가 문으로 걸어가는 걸 바라보았다. 빛바랜 청바지, 긴 머리, 학교 이름을 수놓은 재킷. 무수히 많은 다른 여학생들과 그 아이를 제대로 구분하기 어려웠다. 커피를 마저 마실 때까지도 내 가슴엔 슬픔이 남아 있었다.

거울에 비친 내 얼굴을 바라보았다.

아저씨는 좋은 분이세요. 무수히 많은 다른 아저씨들처럼.

괄호처럼 입술 양쪽에 난 주름살을 바라보았다. 점점 넓어지는 이마, 두 눈 밑에 생긴 작은 살덩어리. 그리고 희끗희끗한 머리칼. 세상의 모든 젊은 여자들이 서로 비슷하게 보인다고 할 때, 당연히 세상의 모든 아버지들도 다 비슷하게 보일 것이다. 그렇지 않은가?

커피 값을 내고 석간을 사 들고 밖으로 나가면서, 지금껏 사람을 잘못 만나는 바람에 슬픔을 겪었던 적이 있었는지 돌아보았다. 뒤이어 속으로 혼잣말을 했다. 면도할 때를 빼곤 거울을 들여다보지 마라.

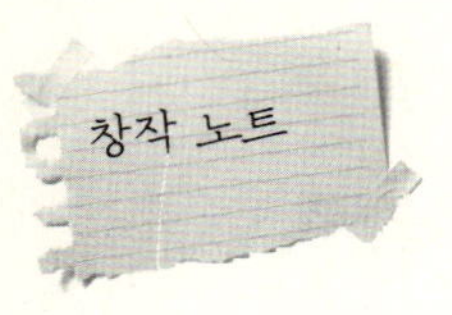

사춘기의 과도기적인 특성, 그리고 청소년들이 그 시기를 보내며 쌓아 올리는 감정의 잔해들은 늘 나를 매로시켰다. 단지 관찰자 입장에서만 그랬던 건 아니다. 나 스스로 그 시절을 보낼 때 느낀 감정들을 꽤 오랫동안 간직해 왔던 것이다.

나는 지금도 「마이크의 새 여자 친구」에 나오는 괴물 같은 단어 '하지만'이 내게 던져 준 충격을 생생하게 기억한다. 중학교 3학년 때 어쩔 수 없이 사랑에 빠졌던 여자애가 내 앞에서 그 단어를 입에 올렸던 것이다. 밥, 내가 보기에 너는 참 괜찮은 애야. 하지만…….

지금껏 나는 늘 사춘기의 비극적인 법칙에 대해서 곰곰이 생각하며 살아왔다(다시 생각해 봐도, 어느 정도는 모든 세대에 적용되는 법칙으로 여겨진다).

그 법칙은 이런 것이다. 사람들은 서로 동시에—종종 양쪽 모두에게 아주 절묘한 순간에—사랑에 빠지지만, 제각각 서로 다른 시기에 사랑에서 벗어난다. 한 사람이 춤을 추면서 멀어질 때, 다른 한 사람은 그 자리에 남아서 슬픈 얼굴로 상처 입고 부서진 가슴을 달랜다. 어른들은 아들딸에게 이렇게 말한다. 너무 걱정하지 마라. 잘 이겨낼 수 있을 거야. 이 세상에 영원한 건 없단다. 아마도 네 결혼식 날엔 그 아이의 이름도 기억나지 않게 될 거야.

하지만 그 순간에 느끼는 고뇌는 더없이 참담할 뿐이다. 그리고 마침내 고뇌는 사라지지만, 흔적은 그대로 남게 된다.

나는 우리 집의 십대들이 몇 번이나 감정이 격동을 일으키는 경험을 했는지 일일이 세어 본 적은 없다. 그러나 아이들이 다양한 고뇌와 희열을 겪을 때마다 매번 그걸 알아차릴 수 있었다. 그리고 이런 일이 있을 때마다 나 자신의 역할을 늘 의식했다. 나는 늘 아이들 옆쪽에 물러서 있었다. 하지만 관객 입장에서도 무대에서 벌어지는 사건들에 감정적으로 휘말려들 수 있는 것이다.

그 모든 체험을 「마이크의 새 여자 친구」를 쓰는 작업에 쏟아 부었다. 나는 처음부터 내가 어떤 이야기를 쓰게 될 건지 잘 알고 있었다. 그것은 서로 교제하는 두 사람 가운데 하나가 상대에게 냉담해지는 순간 생겨나는 고뇌를 파헤치는 이야기였다. 그런데 또 다른 단계의 이야기를 모색하느라 집필이 늦추어졌다. 이런 단계에 대해선 좀 더 설명할 필요가 있겠다.

누군가 시는 겉으로 말하는 것과 속에 담긴 의미가 서로 다르다고 말한 적이 있다. 나 자신은 시를 쓰는 것처럼 행세하진 않을지라도 이런 원리를 글쓰기에 적용하려고 노력해 왔다. 그런데 내가 관심을 갖는 건 이야기의 두 번째 단계다. 때때로 이 단계는 명료하게, 또 어떤 때는 미묘하게 모습을 드러낸다. 이런 단계의 이야기가 가능하다는 걸 확신하기 전에 집필을 시작하는 경우는 거의 없다. 어떤 때는 이런 단계를 찾아내는 데 성공하고, 또 어떤 때는 실패한다.

「마이크의 새 여자 친구」에서 나는 분명히 어느 청소년들의 사랑 이야기를 다루고 있다. 이 연애는 둘 중의 하나(소년)가 사랑이 식으면서 끝난다. 소년은 처음에 사랑에 빠져드는 걸 막을 수 없었듯이, 자신의 마음속에서 사랑이 식는 걸 막지 못한다. 이런 설정은 내가 늘 탐구해 보고 싶었던 상황을 충족시켜 주었다.

그런데 작가이자 이 사건의 관계자인 내가 보기에, 이 러브스토리엔 한층 심오한 의미가 담겨 있다. 사실상 나는 그 소년의 아버지로서 그들이 사랑을 나누는 현장에 없을 때가 대부분이다. 다라서 엄밀한 의미에선 관계자라고 말하기 힘들다. 젊은 연인들은 오로지 서로를 바라볼 뿐이지, 옆쪽에 있는 관찰자를 돌아보지 않는다. 관찰자는 젊은이들의 연애가 진행되는 등안 한곳에 묶여 있을 뿐 아니라, 그를 그 자리에 있게 만든 동시에 무력한 상태를 유지하게 만드는 요인 때문에 옴짝달싹 못한다. 그 요인은 바로 '나이'다.

결국 이 소설은 마이크의 새 여자 친구, 그리고 마이크와 그 여자아이 사이에서 벌어진 일에 관한 이야기로 구결된다. 그런데 이 소설에서 나는 마이크의 아버지가 자신의 이야기를 들려주는 방식을 택했다. 자연히 이 소설은 자기가 더 이상 젊지 않다는 걸 깨닫는 나이로 접어드는 한 사내에 관한 이야기가 되기도 한다.

독자들은 어느 순간에 이르러선 내가 처음에 소설 제목을 '면도할 때를 빼곤 거울을 들여다보지 마라'로 붙였던 이유를 깨닫게 될 것이다. 그리고 편집자들이 「마이크의 새 여자 친구」로 제목을 고친 이유도 깨닫게 되지 않을까 생각한다.

제시카의 눈물

먼저 우리 형 아르망이 1938년 부활절부터 추수감사절 사이에 열한 번이나 사랑에 빠졌다는 걸 밝혀 두기로 하겠다. 따라서 그 뒤로 3년이 지난 어느 날 저녁 식탁에서 형이 부모님께 결혼을 허락해 달라고 말했을 때, 적어도 내가 보기엔 전혀 놀랄 일이 아니었다.

사람들이 사랑을 하는 궁극적인 목적은 결혼이라고 할 때, 형이 이미 오래전에 결혼하지 않았다는 사실이 그저 놀라울 뿐이었다.

아버지는 무표정한 얼굴로 형의 얘기를 들었다. 현관문처럼 널찍한 양 어깨를 식탁 위로 활처럼 구부리고, 여유 있게 천천히 블러드 소시지(돼지고기에 피를 섞어 만든 검은 소시지: 옮긴이)를 씹었다. 그런데 어머니는 겁에 질려서 후끈 달아오른 얼굴로 힘없이 아버지를 돌아보았고, 뒤이어 불신이 가득한 눈으로 아르망 형을 다시 바라보았다. 다른 형제자매들은 합창하듯이 동시에 함성을 지르고 휘파람을 불어 댔다. 마치 보스턴 항으로 들어오는 함대 같았다.

"넌 이제 열아홉 살밖에 안 됐잖니."

어머니가 형한테 반박하면서 무심코 으깬 감자가 담긴 단지를 에스터에게 건넸다.

에스터의 엄청난 식욕은 어머니를 부끄럽게 만들었지만 아버지에겐 자부심을 안겨 주었다. 아버지는 사내들이 맥주를 많이 마실 필요가 있듯이 어린이들은 음식을 많이 먹을 필요가 있다고 믿었다.

"그래요, 일할 수 있는 나이가 되었으니까 결혼할 수도 있는 거지요."

형이 대꾸했다.

형은 어머니한테는 반항적인 태도를 보이면서도, 근심스러운 눈으로 슬며시 아버지를 쳐다보았다. 아르망 형은 좀처럼 불확실한 표정을 드러낸 적이 없었다. 형이 멋진 솜씨로 직선 타구를 잡아서 1루로 총알같이 던지는 장면을 수백 번도 더 보았다. 형은 프렌치타운 타이거스에서 최고 홈런 기록을 세웠고, 야구 방

망이로 재주를 부려서 우리 동네에 사는 어떤 소년보다도 유리
창을 많이 깨뜨렸다. 고등학교에 다닐 때는 다른 것들도 잘했지
만, 특히 '토론 팀'의 스타였으며(가령 정부에서 전국 철도망을
관리하는 책임을 맡아야 하는가 하는 문제에 멋진 해결책을 제
시했다) 야구 선수로도 활약했다. 그런 가운데서도 어떻게든 짬
을 내서 연애를 했다.

"세상이 제대로 돌아가게 만드는 건 바로 사랑이야."

형이 데이트를 하러 가기 전에 머리 빗는 걸 쳐다보고 있으면,
형은 나한테 그렇게 한마디 툭 던지곤 했다.

나는 형보다 여러 살 어리지만, 사랑에 대해서 나름대로 생각
을 갖고 있었다. 사랑은 어리석고 쓸데없이 골치 아픈 것이며,
끔찍한 댄스파티에 나가야 하고, 가령 목요일 같은 날 밤에도 한
껏 잘 차려입어야 하고, 일주일에 두세 번씩 목욕을 해야 하는
것이었다. 그런데도 아르망 형이 그토록 성실하게 사랑을 추구
하는 걸 보면, 틀림없이 무언가 좋은 점도 있다는 걸 인정하지
않을 수 없었다.

하지만 그날 밤 저녁을 먹는 자리에선 형이 하나도 부럽지 않
았으며, 지난 몇 달 동안 형이 서서히 변했다는 걸 퍼뜩 깨달았
다. 형은 자신이 누구와 어떤 데이트를 하고 있는지 분명하게 밝
히지 않았으며, 행복해 하는 모습과 시무룩한 모습을 번갈아 보
여 주었다. 이따금 형은 저녁 때 베란다 계단에 멍하니 앉아 있

었다. 내가 공 받기 놀이를 하자거나 공 몇 개만 배트로 때려서 보내 달라고 부탁하면, 형은 쌀쌀맞게 고개를 가로저으며 퇴짜를 놓았다.

"상점에서 얼마나 받냐?"

아버지가 빵 한 조각을 더 집으며 물었다.

"시간당 50센트요. 다음 달엔 좀 더 오를 거예요."

형이 대답했다.

"저축해 놓은 돈이 얼마나 되지?"

"210달러요. 그 애도 거의 그만큼 모아 놓았어요. 주택 지구에서 비서로 일하는데, 생활이 안정될 때까지 계속해서 일할 거래요."

"그 애…… 그 애."

어머니가 발끈했다.

"도대체 그 애가 누구니?"

"그래, 도대체 그게 누구야?"

여동생 에스터도 같은 질문을 던졌다.

이 아이는 형의 갑작스러운 발표 때문에 완전히 식욕이 사라진 게 분명했다. 접시에 음식이 절반이나 남아 있는데도 포크를 내려놓았다.

"욜랜드? 테레사? 마리 로즈? 잔?"

어머니가 쓱 쳐다보자 에스터는 입을 다물었.

“뭐든지 많으면 많을수록 좋다고 그러셨잖아요, 엄마.”

폴이 끼어들었다.

폴은 꽤나 똑똑한 아이였다. 공부를 아주 잘하는 우등생이고, 다른 사람들의 신경을 건드릴 만큼 정확한 기억력을 갖고 있었다.

“자, 이제 그만.”

아버지가 삼진 아웃을 외치는 심판처럼 명령하며 아르망 형을 돌아보았다.

“아들, 너는 더 이상 어린애가 아니야. 고등학교를 마친 뒤로 직장 생활을 한 지 1년이 넘었지. 이제는 너도 생활비를 번다는 게 어떤 건지 깨달았을 거다. 남자는 사랑과 결혼, 그리고 자녀들이 필요하다는 걸 아버지도 인정해.”

어머니가 불쾌한 표정을 지으며 코를 씨근거렸다. 어머니는 늘 아버지가 구제불능일 정도로 낭만적이라고 주장했으며, 세인트진 회관에서 열리는 결혼 피로연과 기념 파티를 몹시 두려워했다. 아버지가 늘 감상에 젖어서 눈물을 흘리며 맥주를 너무 많이 마셔 댔기 때문이다. 뿐만 아니라 사랑을 찬미하기 위해서 끝없이 축배를 들 것을 제안하거나, 실연으로 죽을 지경이 된 사람들에 관한 캐나다 민요를 부르겠다고 고집을 피웠다.

“한 가족이 될 수도 있는 그 여자애 이름을 알려주면 안 되겠니?”

어머니가 물었다.

아르망 형이 머리를 긁으며 한쪽 귀를 잡아당겼다.

"제시카 스톤이에요."

형이 대답했다.

"제시카?"

에스터가 물었다.

"무슨 이름이 그래?"

"스톤…… 스톤."

어머니가 생각에 잠기며 혼잣말을 했다.

"신교도야."

폴이 버럭 외쳤다. 마치 문이 쾅 닫히는 소리 같았다.

어머니가 가슴에 성호를 그었다. 무시무시한 침묵이 이어졌고, 우리는 일제히 아버지를 쳐다보았다. 아버지는 크게 실망한 얼굴로 고개를 숙이고 널찍한 어깨를 축 늘어뜨렸다. 두 손으로 식탁을 꽉 움켜쥐자 주먹이 하얗게 변했다. 나도 식탁을 잡고 잔뜩 긴장했다. 아버지가 감정이 폭발할 거라는 생각에서였다.

하지만 아버지가 마침내 고개를 들었을 때, 아버지의 태도에선 전혀 난폭한 기미를 느낄 수 없었다. 그런데도 아버지의 목소리를 듣자 온몸이 오싹해졌다. 너무 차분해서 오히려 두려움을 자아내는 목소리였다.

"그래."

아버지가 피곤한 얼굴로 말했다.

"착한 캐나다 여자하고는 결혼할 생각이 없다 이거구나. 완두 콩 스프(프랑스계 캐나다인을 이르는 속어: 옮긴이)를 좋아하지 않는 모양이지. 아일랜드 여자도 싫다면 콘비프와 양배추를 좋아하지 않는다는 얘기겠고, 스파게티를 좋아하지 않는다면 아이탈리언(이태리인을 이르는 속어: 옮긴이)도 싫을 거고."

아버지의 눈에 점점 분노가 들어차기 시작했다.

"그런데 하필이면 신교도라고? 네가 지금 제정신이냐? 이 꼴을 보려고 너를 그 좋은 가톨릭 학교에 보낸 줄 아니? 미사 때 복사 일도 맡지 않았니? 그런데 감히 신교도와 결혼하겠다고?"

"그 애를 사랑해요."

아르망 형이 대꾸하며 자리에서 벌떡 일어섰다.

"여긴 캐나다가 아니에요, 아빠. 1941년 미국이라고요……."

"아르망, 아르망."

어머니가 애원하는 목소리로 속삭였다.

"형."

폴이 눈빛을 반짝이며 호기심에 찬 목소리로 끼어들었다.

"신교도는 여러 파가 있잖아?"

"그래, 그 아이는 무슨 파냐?"

아버지가 버럭 외쳤다.

"조합 교회파(독립 자치의 원칙에 따라서 각 교회가 상부의 지배를 거부하는 개신교 종파: 옮긴이)예요."

아르망 형이 대꾸했다.

"그 애는 조합 교회파 교회 합창단에서 활동해요. 괜찮은 애예요. 하나님을 믿어요……."

흥분 때문에 내 가슴이 쿵쾅거렸다. 지금껏 나는 신교도를 만나 본 적이 없었다. 우리 가족은 얼마 전에 캐나다에서 이주해 왔으며, 신교도들이나 다른 미국인들의 세계와 동떨어진 지역에 정착했다. 그 뒤로 아버지는 열렬한 애국자이자 확고한 프랭클린 D. 루스벨트 지지자인 동시에 충실한 민주당원이 되었다. 하지만 감히 프렌치타운을 벗어날 엄두를 내지 못했다. 그러니 내가 신교도들에 대해서 잘 모르는 건 당연한 일이었다.

그들은 이 도시의 다른 쪽 지역에서 살았다. 일요일에도 계속 침대에 누워 있으면 억지로 교회에 가지 않아도 되었고, 그들이 다니는 교회는 여름휴가 때마다 문을 닫았다. 안젤라 수녀는 신교도들도 천국에 갈 수 있다고 말했다. 그러나 가톨릭교에서 관대하게 허용해 줄 경우에나 가능하다는 것이었다.

갑자기 온 세상이 발치에서 무너져 내리는 느낌이 들면서 흥분이 가라앉았다. 아르망 형에 대해선 여전히 가슴이 아팠지만, 아버지와 어머니에게로 내 마음이 기울었다. 아르망 형은 명예 전사자 명부에서 자신의 업적이 삭제된 걸 알아챈 외로운 영웅처럼 식탁 앞에 우두커니 서 있었다.

일순간 아버지의 온몸에서 긴장이 누그러졌다. 아버지는 어깨를 으쓱거리며 씩 미소를 머금었다.

"그런데 우리가 왜 흥분하는 거지?"

어머니한테 묻고는 덧붙었다.

"이번 주는 신교도니까, 아마도 다음 주엔…… 힌두교도 여자애 얘기가 나올 거야. 그리고 그다음 주엔……."

"다음 주에도 내년에도, 영원히 제시카만 만날 거예요."

아르망 형이 소리쳤다.

"이건 풋사랑이 아니에요, 아빠. 제시카하고 사귄 지 일곱 달이나 되었다고요."

물론 아르망 형에게 이건 최고 기록이었다.

"일곱 달?"

아버지가 놀란 얼굴로 물었다.

"아니, 나 몰래 일곱 달 동안이나 신교도를 사귀었단 말이냐?"

"일부러 속인 건 아니었어요."

형이 말했다.

"지금까지 우리 집에 여자애를 데려온 적이 있었나요? 없었잖아요. 나한테 꼭 맞는 짝을 만날 때까지 늦추고 싶었거든요. 그런데 제시카야말로 나한테 꼭 맞는 여자예요……."

"그 애를 우리 집에 데려오는 건 꿈도 꾸지 마라."

아버지가 말했다.

"다시는 이 지붕 아래서 그 애 이름을 입에 올리지 마라."

그리고 주먹으로 식탁을 내리치자 접시가 바닥으로 떨어졌다.

어머니가 깜짝 놀라서 벌떡 일어났고, 아르망 형은 홱 돌아서서 문을 탕 닫고 집 밖으로 나가 버렸다.

그렇게 해서 내 동생 폴이 '르노 집안의 6개월 전쟁'이라고 부른 내란이 시작되었다. 대부분의 전투는 식사 시간 동안 식탁에서 벌어졌다. 우리 아버지는 엄격한 규칙을 강요하는 사람은 아니었지만, 식사 때는 온 가족이 집에 모여야 한다고 믿었다. 적어도 하루에 한 번은 함께 식사를 해야 한다는 것이다. 반란을 일으킨 아르망 형조차도 감히 이런 규칙을 깨뜨리진 못했다. 그 대신 늘 침묵한 채 생각하는 사람으로 변했으며, 집에선 거의 시간을 보내지 않았다.

형은 온종일 머리빗 상점에서 일하고, 매일 저녁 제시카를 만나러 갔다. 데이트를 위해 옷을 갈아입는 중에 더는 음정이 틀린 휘파람 소리를 내는 일도 없었다. 그리고 자기 눈엔 다른 식구들이 보이지 않는 것처럼 행동했다.

그동안 나는 로제 루시에가 팔이 부러졌기 때문에 할 수 없이 타이거스 팀에서 투수로 뛰었다. 그리고 잇달아 세 경기에서 패배를 맛보았다. 아르망 형한테 부탁해서 조언을 들었지만 별 도움이 되지 않았다. 형이 마치 둘로 쪼개진 사람처럼 굴었기 때문이다. 형의 절반은 내가 공을 잘못 던졌을 때도 "좋아, 잘했어."

하고 중얼거렸고, 나머지 절반은 완전히 넋이 나간 채 생각에 깊이 빠져 있었다.

폴은 우리 집에 악운이 감돈다고 말했다. 꽤나 통속적인 아이여서 '악운'이나 '대학살' 같은 단어를 즐겨 사용했지만(특히 에드거 앨런 포 같은 작가를 좋아했다), 내가 보기엔 아르망 형에 얽힌 문제들이 우리 모두에게 어두운 그림자를 드리우고 있었다.

이제 식사 시간은 고통스러운 의식으로 변했다.

"신문에서 보니까, 어떤 작자가 종교를 버린 뒤에 보스턴에서 자동차 사고로 죽었다는구나."

아버지는 곧잘 누구한테 하는 소린지 알 수 없게 혼잣말로 중얼거렸다.

"저는 제가 믿는 종교를 버리지 않을 거예요."

아르망 형이 벽에 걸린 성 로렌스 강을 찍은 사진을 바라보며 대꾸했다.

"제시카는 기꺼이 가톨릭 교육을 받을 거고, 적절한 선어서 양보할 거고요……."

"그레이비(고기 국물로 만든 소스: 옮긴이) 좀 이리 줘요."

아버지가 말했다.

어머니가 아버지에게 그레이비를 건네ᄆ, 괴로워하는 얼굴로 아르망 형을 쳐다보았다.

아버지는 이런 얘기도 입에 올렸다.

"블랑슈메종 씨네 집이 은행으로 넘어갈 모양이야. 어떤 거물급 신교도가 내일 계약할 거래."

"블랑슈메종 씨는 여섯 달째 술에 절어 지내고 있고, 그 집 식구들은 정부 보조금으로 살고 있대요. 은행이 그 집을 인수하게 만드는 건 바로 시청이에요."

아르망 형이 그렇게 설명하면서, 마치 내가 그 문제를 거론하기라도 한 것처럼 나를 돌아보았다.

"시장이 누군지 알아? 바로 신교도야."

아버지가 의기양양한 목소리로 에스터에게 말했다. 그러자 에스터는 어리둥절한 얼굴로 아버지를 바라보았다.

어느 날 아버지는 은근히 우쭐대면서 어머니한테 말했다.

"당신도 테오필 르블랑이라고 알지? 출장 요리사 말이오. 지난 토요일에 어떤 화려한 신교도 결혼식에서 식사를 준비했대요. 그 사람 얘기로는 진짜 역겨운 결혼식이었다는군. 노래 부르는 사람이 아무도 없고, 춤을 추거나 심지어 술을 마시는 사람도 없었대요. 모든 사람들이 그냥 우두커니 서서 크래커로 만든 샌드위치를 집어 먹더래요. 결혼식에서 노래도 안 부르고 춤도 안 춘다니, 영혼이 없는 인간들이지……."

어느 날 마침내 야구 시합에서 승리를 거둔(9회에서 홈런 네 방을 맞는 바람에 하마터면 승리를 날릴 뻔했다) 뒤에, 곧장 집으로 가서 집 안으로 달려 들어간 적이 있었다. 그런데 보통 때와 달리 모든 방이 조용했다. 아이들은 모두 어디론가 놀러 나갔고, 아버지는 직장에 나가 계셨다. 그런데 거실에서 목소리가 들려오기에 그리로 들어가려다가 은밀하게 대화를 나누는 소리에 우뚝 발을 멈추었다.

"그래, 네 말이 맞아, 아르망."

어머니가 계속해서 말했다.

"내가 보기에도 괜찮은 여자애더라. 예의 바르고 예뻐. 그런데 아버지 몰래 그 애를 만나는 건 그렇다 치고, 아버지한테 미리 말씀드리지 않고 그 애를 집으로 초대한다는 건……."

"하지만 엄마도 잘 아시잖아요."

아르망 형이 대꾸했다.

"아버지는 모든 신교도들이 괴물 같다고 생각하세요. 사실 잘 아는 신교도가 한 명도 없어서 그런 거 아닌가요? 아버지는 신교도와 5분 넘게 대화를 나눠 본 적이 없는 게 확실해요. 엄마도 제시카를 만나 봤잖아요. 괜찮은 애라고 그러시잖아요. 아버지도 제시카를 한번 만나보면 생각이 바뀌실 거예요……."

"내가 그 애를 만난 걸 아시면 뭐라고 그러실지, 생각만 해도 온몸이 떨리는구나. 편의점에서 만나서 같이 아이스크림을 먹은 걸 아신다면 말이야."

"엄마, 제발."

아르망 형이 애원했다.

"아버지는 말씀하시는 것만 그렇지, 본심은 그런 분이 아니세요. 엄마도 늘 아버지가 정이 많은 분이라고 그러셨잖아요."

"잘 모르겠다, 아르망. 잘 모르겠어."

어머니가 부드럽고 걱정스러워하는 목소리로 말했다.

어머니가 아버지를 속이고 배신하다니, 두 사람이 공모하는 얘기를 듣고 너무 놀라서 온몸이 움츠러들었다.

집을 나서서 아버지를 만나러 거리로 달려갔다. 아버지가 일터에서 집으로 천천히 걸어오는 게 보였다. 그 순간 생전 처음으로 아버지를 객관적으로 바라볼 수 있었다. 아버지는 단지 덩치가 크며, 화를 내면서 소리치거나 요란하게 웃음을 터뜨리고, 엄청난 양의 맥주를 마시고, 자신의 말이 곧 법이나 다름없는 그런 사내인 것만은 아니었다.

아버지가 배신당할 수도 있다는 걸 깨달은 지금에 와서, 불현듯 아버지한테서 인간적인 모습이 느껴졌다. 아버지 얼굴에 깊이 팬 주름살, 거미집을 닮아서 나를 늘 매료시켰던 눈가에 잡힌 자잘한 주름살을 유심히 바라보았다. 오랜 세월 힘들게 노동하고, 가족을 부양하느라 수많은 어려움을 겪는 사이에 생겨난 주름살이라는 걸 새삼 깨달았다.

그래서 내가 알고 있는 비밀을 아버지에게 털어놓지 않고 그대로 묻어 둔 채, 손을 내밀어 아버지의 텅 빈 도시락을 받아 들었다. 갑자기 아버지한테 부끄러움이 일면서 온몸이 후끈거렸고 몹시 근질거렸다.

　며칠 지나서 일요일 오후에 거실에서 창밖을 내다볼 때였다. 일순간 어찌나 놀랐는지 입에서 비명이 새어 나왔다. 아르망 형이 어떤 여자와 함께 길을 걸어오고 있었다. 형은 손으로 여자의 팔꿈치를 살며시 잡고 있었다. 마치 망가지기 쉬운 물건이나 값으로 따질 수 없을 만큼 소중한 보물을 다루는 것처럼 보였다.

　형은 자기가 걸어가는 앞쪽이 아니라 여자의 얼굴을 넋을 잃고 돌아보고 있었다. 그런데 형이 여자를 뚫어지게 바라보는 걸 나무랄 수 없었다. 날씬한 금발에 두척이나 아름다운 여자였다. 연분홍색과 흰색이 섞인 옷을 입고 있었는데, 옷 색깔이 부드러운 얼굴의 색조와 잘 어울렸다.

　여자는 별안간 가을바람이 휙 불어오자 손을 들어서 작은 연분홍색 모자를 꼭 쥐었다. 그 몸짓엔 우아함이 가득 배어 있었다. 만일 바람이 불어 여자의 모자를 멀리 날린다면, 나는 그 모자를 잡기 위해서 기꺼이 2킬로미터쯤은 내달릴 자신이 있었다.

　어머니가 내 곁에 서 있었는데, 어머니의 뺨이 발갛게 달아올랐다. 그리고 근심 때문에 두 눈을 크게 뜬 모습이었다. 토요일 오후에 글로브 극장에서 상영하는 영화 시리즈 중에서, 마지막 편에 등장하는 정체가 들통 난 범인처럼 보였다.

“하느님, 저희를 보살펴 주옵소서.”

어머니가 숨죽인 목소리로 속삭였다. 그리고 양 어깨를 바로 펴고 한숨을 쉰 뒤에 아버지에게 외쳤다.

“여보, 손님들이 오고 있어요…….”

아버지는 주방에서 라디오로 보스턴 레드삭스의 야구 경기 중계를 듣던 중이었다. 아버지가 큰 소리로 투덜거렸다.

“손님들이 온다고? 일요일에 점심 먹고 푹 쉬는 사람을 귀찮게 구는 작자들이 도대체 누구야?”

아버지는 주말이나 저녁때는 오로지 사생활의 자유만을 원하는 사람처럼 행동했지만, 막상 손님들이 오면 완벽하게 주인 역할을 해냈다. 그러면서 계속 맥주를 마시며 어머니한테 음식을 내오게 했다. 손님들로선 그만 자리를 뜨는 게 쉽지 않았다. 아버지가 한 잔 더 마시고, 한 번 더 농담을 주고받고, 한 번 더 토론을 벌일 것을 고집했기 때문이다.

어머니가 앞문에서 아르망 형과 제시카를 맞이했다. 바로 그때 아버지가 거실로 들어오면서 하품하며 넥타이를 매만졌다. 아버지는 입을 벌린 채 아르망 형이 집 안으로 들어서는 걸 쳐다보았다. 다음 순간 아버지는 깜짝 놀라서 넥타이를 밑으로 휙 당기며 입을 꾹 다물고 문간에 우뚝 멈추어 섰다.

여자가 현관으로 들어서자 허공에 은은한 향수 냄새가 퍼졌다. 여자는 눈동자가 푸른색이었다. 그 순간 나는 푸른색이 세상에서 가장 아름다운 색이라는 걸 처음으로 알았다.

"제시카 스톤이에요."

아르망 형이 말했다.

여전히 여자의 팔꿈치를 잡고 있었는데, 이번엔 그녀를 보호하기 위해서였다.

"제시카, 우리 아버지와 어머니를 소개할게."

형이 격식을 차리는 걸 보고 하마터면 웃음이 나올 뻔했다.

"내 동생 제리야."

형이 나를 가리키며 덧붙였다.

"다른 동생들은 밖에 나가서 노는 모양이야."

제시카가 쭈뼛거리며 미소를 머금었다. 옆구리에 댄 손이 떨리는 게 보였다. 형이 여자를 대형 소파 쪽으로 안내했다. 여자는 힘겹게 미소 짓느라 양쪽 볼이 아플 것만 같았다. 아버지는 여전히 문간에서 분노한 모습으로 서 있었는데, 당연한 반응으로 여겨졌다.

어머니는 한꺼번에 여러 가지 일을 했다. 커튼을 만져서 바로잡았고, 소파 곁에 놓인 작은 탁자에서 눈에 안 보이는 먼지를 털어냈으며, 아르망 형의 어깨를 가볍게 건드렸고, 거실 밖에 나가 있으라며 내 등을 떠밀었다. 아버지가 커다란 가죽 의자에 털썩 앉는 순간, 삐걱 하고 험악한 소리가 울렸다.

나는 부끄러운 줄도 모르고 문간에 서서. 모든 대화와 목소리의 미묘한 변화를 놓치지 않으려고 신경을 바짝 곤두세웠다. 어머니와 아르망 형은 뜬금없이 날씨 얘기를 꺼냈다. 낙엽과 지난주에 엄청나게 쏟아져 내린 비, 갈수록 밤이 쌀쌀해진다는 얘기를 한참 동안 지루하게 주고받았다. 나는 조바심을 내며 우스꽝스러운 대화가 빨리 끝나기를 기다렸다. 마침내 거실이 물을 끼얹은 듯 조용해졌다.

로제 루시에가 바깥 계단에서 나를 불렀다. 같이 영화를 보러 가기로 한 약속이 떠올라서 당혹스러웠다. 나는 아무런 대꾸도 하지 않고, 로제가 그냥 돌아가기를 바랐다.

잠시 뒤에 아버지가 헛기침을 하며 말했다.

"야구 중계를 듣던 중이었어. 아가씨는 야구를 좋아하나?"

거실을 살짝 들여다보았는데, 제시카는 아르망 형 곁에 꼿꼿하게 앉아 있었다.

"저는 테니스를 쳐요."

제시카가 대답했다.

"테니스."

아버지가 중얼거렸다. 테니스야말로 세상에서 가장 웃기는 운동이라고 말하는 듯한 표정이었다.

"아주 잘 쳐요."

아르망 형이 끼어들었다.

"작년엔 트로피를 탔어요."

다시 주위가 조용해졌다. 밖에서 로제의 목소리가 들려올 뿐이었다. 이제 로제는 조바심 나서 높고 날카로운 소리로 외쳐 대고 있었다.

"아버지는 어디서 일하시지?"

아버지가 물었다.

"저축은행이요."

제시카가 대답했다.

"은행가라고?"

아버지가 공화당원을 경멸할 때와 비슷한 뉘앙스를 풍기며 되물었다.

"출납계원이세요."

"어쨌든 은행에서 일하잖니."

아버지가 우쭐해 하며 딱 잘라 말했다.

로제가 밖에서 어찌나 큰 소리로 외쳐 대는지, 뒷문으로 다가가 볼 수밖에 없었다. 사실 대화를 엿듣는 걸 중단하게 되어서 좀 다행스럽다는 느낌이 들었다. 제시카 스톤의 고통과 당혹감이 내게로 전해져 와서 너무 힘들었기 때문이다. 로제는 영화 상영 시간에 늦을까 봐 걱정하고 있었다. 하지만 내 마음은 여전히 거실에 가 있었다.

"알았어."

내가 로제에게 말했다.

"딱 1분만 더 있다가 출발하자……."

집 안으로 도로 들어가서, 다시 거실 문간에 버티고 섰다.

"프랭클린 D. 루스벨트는 역사상 가장 위대한 대통령이야."

아버지가 말했다.

"세상에서 가장 위대한 인간이지."

"에이브러햄 링컨도 위대한 대통령이었어요."

제시카가 마치 반항하는 듯한 목소리로 대꾸했다.

더 이상 참고 들어 줄 수 없었다. 곧바로 뒷문으로 나가서 계단에서 기다리는 로제에게 갔다. 어서 빨리 글로버 극장에 가고 싶었다. 심문이 진행되고 있는 거실에서 멀리 떨어진 곳이라면 어디든지 상관없었다.

저녁때 집에 돌아오자 아버지는 주방에 앉아 있었다. 승리감에 잔뜩 도취된 모습이었다. 아버지는 구두를 벗고 두 발을 아무렇게나 쭉 뻗은 모습이었다. 어머니는 난로 앞에서 바쁘게 일하고 있었다. 난로에선 밤낮없이 음식이 조리되고 있었다. 그래서 어머니는 늘 난로에 신경을 써야 했다.

"당신도 그 애가 아주 새침하고 꼿꼿하게 앉아 있는 거 봤지?"

아버지가 어머니에게 말했다.

"무슨 여자애가 그 모양이야? 테오필 르블랑이 얘기한 그대로라니깐. 신교도들은 활기가 없어. 그 애가 한 번이라도 미소 지

은 적이 있었나? 없었지. 웃음을 터뜨린 적은? 없었지. 그리고
세상에 에이브러햄 링컨이 프랭클린 D. 루스벨트보다 위대하다
고 여기는 사람은 아무도 없어……."

아버지가 불신이 가득한 얼굴로 고개를 가로저었다.

"여보…… 여보."

어머니가 말했다.

"진짜 괜찮은 애 같아요. 그리고 당신 아들을 사랑하잖아요.
루스벨트나 링컨을 어떻게 생각하든, 그게 그렇게 중요한가요?
어느 교회에 나가는지, 그게 뭐 그렇게 중요해요?"

어머니의 목소리에 분노가 스며들었다.

"그리고 집에 찾아온 손님한테 그렇게 거칠게 대하면 어떻게
해요?"

"왜 그랬는지 모르겠어?"

아버지가 말했다.

"아르망한테 그 애와 서로 잘 맞지 않는다는 걸 일러 주고 싶
었던 거야. 그 애는 아르망과 우리 가족의 삶에 잘 적응하기 힘
들 거야. 개신교 합창단에서 노래를 부른다잖아. 게다가 공화당
원이라는 게 빤히 보이고……."

"하지만 아직 투표할 수 있는 나이가 아니잖아요."

어머니가 대꾸했다.

"자, 이제 아르망한테 변화가 생길 거야."

아버지가 뒤로 몸을 젖히고 발가락을 꼼지락거리며 말했다.

"오늘 내가……."

아버지는 적당한 단어를 찾다가 몹시 기뻐하는 얼굴로 분명하게 말했다.

"그 여자애의 정체를 밝혀냈으니까."

그러나 아버지가 제시카 스톤의 정체를 밝혀냈다고 하더라도 제시카에 대한 형의 애정에는 아무런 영향을 주지 못했다. 심지어 형은 며칠 뒤에 자기 계획을 밝히면서, 성탄절엔 제시카에게 약혼반지를 줄 거라고 선언했다. 아버지는 그 얘기를 들으며 두 눈을 감고 입술을 달싹거렸다. 아버지가 조용히 기도를 올리는 것이길 바랐지만, 차마 들어줄 수 없을 정도로 무시무시한 맹세를 하고 있는 건지도 모른다는 생각에 두려움이 일었다.

아버지와 아르망 형과 어머니를 차례로 바라보며 속으로 기도를 올렸다. 장남한테 무시당하고 있는 아버지한테 강렬한 애착을 느꼈다. 형은 이미 가족한테 등을 돌릴 준비를 하고 있었고, 한 여자 때문에 야구에도 관심이 없었다. 하지만 아르망 형한테도 동정심이 일었다. 나 자신도 제시카를 프렌치타운에서 가장 예쁜 여자라고 여겼기 때문이다. 그리고 남편과 아들 사이에서 괴로워하는 어머니의 심정도 충분히 이해할 수 있었다. 남편과 아들을 번갈아 바라보는 어머니의 얼굴에서 슬픔을 엿보면서, 아버지 몰래 아르망 형을 돕는 어머니를 용서했다.

그런데도 그 모든 상황이 따분하게간 여겨졌다. 이 세상엔 사랑보다 중요한 일이 많다고 생각됐기 때문이다. 가령 12월의 날씨가 별로 춥지 않아서 얼음판에서 스케이트를 즐길 수 없다는 게 그랬다. 그런데 내가 그런 일을 입에 올릴 때마다, 꼭 누군가가 나서서 그만 밖에 나가서 놀라며 핀잔을 주었다. 어떤 때는 폴이 지금 집에서 벌어지는 드라마를 제대로 이해하지 못한다며 나를 나무랐다. 폴에게 너는 드라마 때문에 가슴이 아플지 모르겠지만, 나는 드라마에 끼어들고 싶지 않다고 말해 주고 싶었다.

그런데 어느 일요일 오후에 라디오에서 흘러나온 아나운서의 목소리가 우리 가족 모두를 거대한 드라마에 휘말려들게 했다. 일본이 진주만을 공격했다는 소식에 모두 어안이 벙벙해졌다.

아버지가 깜짝 놀라서 흥분한 얼굴로 의자에서 벌떡 일어났다. 아버지는 누군가가 프랭클린 D. 루스벨트 대통령이 이끄는 국가에 도전했다는 사실에 격분했다.

"폴."

아버지가 외쳤다.

"폴……."

폴이 여느 때처럼 침실에서 책을 읽다가 달려 나왔다.

"진주만이 어디 있는 거냐?"

아버지가 폴에게 물었다.

"하와이요."

폴이 즉시 대답했다.

뒤이어 몇 주 동안 우리는 진주만과 태평양의 광활한 세계에 대해 보다 많은 정보를 얻게 되었다. 아버지는 장시간 라디오 앞에서 뉴스를 들으며 계속 성난 얼굴로 고개를 흔들었다. 미국 청년들이 부상을 당하고 죽어 가는 걸 자신에 대한 모욕으로 받아들이는 듯했다.

어느 날 저녁을 먹는 자리에서, 아버지는 여느 때처럼 감사기도를 드린 뒤에 전쟁터에 나간 훌륭한 미국 청년들을 위해서 따로 기도를 올렸다.

뒤이어 아르망 형이 말했다.

"참전한 미국 청년들 가운데 상당수가 신교도들이에요……."

아버지가 잠시 생각하다가 대꾸했다.

"가톨릭교도들도 많이 참전했어."

호전적인 느낌이 사라진 목소리였다.

"이 집에도 참전할 수 있는 가톨릭교도가 한 명 있죠. 저도 군에 입대하겠어요."

순간 어머니가 날카롭게 비명을 질렀지만, 나는 계속해서 아버지만 뚫어지게 바라보았다. 몇 달 만에 처음으로 아버지가 아르망 형을 정면으로 바라보았다.

"안 돼."

아버지가 형의 얘기에 반대했다.

"너는 아직 어리잖니……."

"저도 미국인이에요."

형이 말했다.

"봄에 결혼하는 줄 알았는데."

폴이 불쑥 끼어들었다.

"제시카와 이미 상의했어요."

아르망 형이 말했다.

"전쟁 중에 어떻게 결혼할 수 있겠어요? 돌아올 때까지 기다리겠대요……."

형이 아버지를 쳐다보고 덧붙였다.

"입대를 허락해 주세요. 저와 제시카 사이는 다른 문제예요. 아버지가 반대한다는 거 잘 알지만, 이것만은 꼭 말씀드리고 싶어요. 전쟁에서 돌아오는 대로 제시카와 결혼하겠어요."

"굳이 왜 자원하겠다는 거냐?"

아버지가 물었다.

"너 말고도 참전할 수 있는 청년이 많이 있잖아."

아버지의 얘기에 몹시 놀랐다. 아르망 형이 참전하면 연애 문제가 자연스럽게 해결될 게 분명했기 때문이다. 알쏭달쏭한 어른들의 세계에 대해서 다시 곰곰이 생각해 보았다. 나는 아르망 형이 전쟁터에서 무사할 거라고 확신했다. 내가 보기에 형은 영웅이 될 소질을 타고난 사람이었다. 그곳이 야구장이건 전쟁터건, 아무도 형을 파멸로 몰아넣을 수는 없었다.

"모든 남자들은 참전할 의무가 있어요."

아르망 형이 말했다. 조용한 목소리였는데도 왠지 비장하면서 용감하게 들렸다.

그 순간 믿을 수 없는 일이 벌어졌다. 아버지의 눈가에 눈물이 맺힌 것이다. 한 번도 아버지가 우는 걸 본 적이 없었기 때문에, 처음엔 어디가 아프신 모양이라고 생각했다. 아버지가 코를 킁킁대다가 코를 풀며 헛기침을 했다.

"아빠."

폴이 말했다.

"우시는 거예요?"

"누가 운다는 거냐?"

아버지가 외쳤다.

뒤이어 젖은 눈으로 어머니를 바라보았다. 어머니는 어리벙벙한 얼굴로 슬픔에 잠겨서 아버지 맞은편에 앉아 있었다. 겨울바람이 얼굴 전체를 쓸고 지나간 것처럼 표정이 더없이 쓸쓸해 보였다.

"스프에 양파가 들어 있어서 그래."

아버지가 둘러댔다.

"양파 때문에 눈물이 나는 거야……."

광장에 있는 조합교회 뾰족탑에서 시계가 아홉 번 울리면서 시간을 알렸다. 우리는 상쾌한 아침 공기를 가르는 시계 소리를 들었다. 군대 버스가 길모퉁이에 멈춰 섰다. 버스 색깔이 너무나도 멋있었다. 회색을 띤 황갈색은 토도에 모인 사람들에게 비상사태가 도래했다는 걸 실감하게 해 주었다. 군 입대를 위해서 떠나갈 청년들은 아직 제복을 입지 않았지만, 그들의 태도에선 이미 군대 분위기가 느껴졌다. 군복 차림의 군인 하나가 버스 가까이 보도에서 조바심이 난 모습으로 서성거리고 있었다.

나는 아버지와 아르망 형과 함께 킹스 제화점 앞에 서 있었다. 어머니는 아까 집에서 울음을 꾹 참고 아르망 형과 작별의 키스를 나누었다. 아르망 형이 버스에 오를 때 눈물이 쏟아질까 봐 일부러 따라 나오지 않았다. 다른 아이들은 모두 학교에 갔지만, 아버지는 내가 형을 배웅하는 걸 허락해 주었다.

"먼저 남부 지방으로 가서 기초 군사 훈련을 받을 것 같아요."

아르망 형이 말했다.

"적어도 여기보다는 따뜻할 거예요."

부자연스러울 정도로 가늘고 높은 목소리였다.

형은 광장을 둘러보며 제시카를 찾았다. 내가 먼저 제시카를 알아보았다. 아침나절의 옅은 갈색 대기 속에서 금발 머리칼이 생생하게 드러났다. 제시카가 잰걸음으로 우리에게 다가왔다. 아르망 형에게 다가서며 두 팔을 벌렸다. 그러나 아버지를 발견

하곤 도로 손을 내렸다. 아버지와 제시카는 그 끔찍한 일요일에
거실에서 만난 뒤 서로 처음 보는 것이었다.

아버지가 한 발짝 또 한 발짝 움직였다. 그리고 나를 내려다보
며 말했다.

"얘, 나하고 같이 군인한테 가 보자. 버스가 언제 출발할 건지
물어보자……."

"고마워요, 아버지."

아르망 형이 말했다.

우리가 가까이 다가가자, 군인은 입에 은빛 호루라기를 물고
요란하게 불었다. 그리고 큰 소리로 외쳤다.

"자, 모두 집합. 두 줄로 서. 두 줄로 맞춰……."

만일 군인이 아니라 치어리더가 되었더라면 아주 잘할 수 있
을 것 같았다.

아버지와 함께 아르망 형과 제시카에게 돌아갔다. 두 사람은
마치 날씨가 갑자기 못 견디게 추워지기라도 한 것처럼, 서로 두
손을 꼭 잡고 잔뜩 몸을 웅크리고 있었다.

"출발할 모양이야."

아버지가 형의 어깨에 손을 올려놓으며 말했다.

형이 양 어깨를 돌리며 아버지와 악수를 했다. 뒤이어 주먹으
로 내 팔뚝을 가볍게 툭 쳤다. 그리고 제시카에게 몸을 틀어서
부드럽게 뺨에 키스했고, 두 팔로 그녀를 꼭 껴안았다. 갑자기

포옹을 풀더니 우리를 한참 쳐다보았다. 낯빛이 창백했고 턱이 가늘게 떨렸다. 곧이어 형은 버스를 향해 잰걸음으로 걸어가서, 함께 떠나가는 다른 청년들의 무리 속으로 사라졌다.

제시카가 다른 쪽으로 얼굴을 돌렸다. 버스가 서서히 청년들로 채워지는 동안, 제시카는 줄곧 우리를 외면했다. 군인이 한 번 더 광장을 둘러보았다. 마침내 버스 엔진이 부르릉 소리를 냈다. 아르망 형이 버스에서 우리를 향해 손을 흔들었다. 그러나 마지막으로 힐끗 쳐다보는 걸로는 아무런 위안도 얻을 수 없었다.

버스가 길모퉁이를 돌아서 사라졌다. 광장에 모였던 사람들이 흩어지기 시작했다. 아버지와 제시카와 나, 그렇게 세 사람만 남아 있는 것처럼 느껴졌다. 마치 광장에 있는 가상의 작은 섬에 나란히 서 있는 것 같은 느낌이었다.

제시카는 여전히 우리를 쳐다보지 않았다. 그러나 나는 상점 유리창에 비친 그녀의 얼굴을 볼 수 있었다. 제시카는 두 손으로 코트의 목깃을 꼭 쥐고 갑자기 자리를 떴다. 한마디 말도 없이 우리에게서 멀어져 갔다.

아버지가 제시카의 뒷모습을 바라보며 어깨를 으쓱거렸다.

"아빠."

내가 말했다.

"아빠가 틀렸어요."

"내가 틀렸다니, 무슨 소리냐?"

아버지가 무뚝뚝하게 물으며 주머니에서 손수건을 꺼냈다.

"아빠는 신교도들은 영혼이 없고 웃거나 울 줄 모른다고 그러셨잖아요. 그런데 제시카는 울고 있었어요. 얼굴을 보았는데, 아빠가 어느 날 저녁 식탁에서 우셨듯이 울고 있었어요."

아버지가 저 멀리 사라져 가는 제시카를 바라보았다. 그리고 힘없이 코를 풀었다. 그 소리는 여느 때처럼 당당하다는 느낌이 없었다. 오가는 자동차 소리에 묻혀서 겨우 귀에 잡힐 뿐이었다. 아버지는 두 팔을 들었다가 도로 내려놓았다.

"나이가 들면 진짜 바보가 되는 모양이다."

아버지가 알쏭달쏭한 말을 중얼거렸다. 뒤이어 내게 말했다.

"얘, 제리. 제시카가 너무 멀리 가 버리기 전에 어서 찾으러 가자……."

나는 아버지와 보조를 맞추기 위해서 달음박질을 쳐야 했다. 우리는 군중을 헤치고 앞으로 나아갔다. 마침내 광장 맞은편 식수대 가까이에서 제시카를 따라잡았다. 아버지가 제시카의 팔을 가볍게 건드렸다. 그리고 갑자기 제시카를 포옹했다. 두 사람이 동시에 울음을 터뜨렸지만, 지금껏 그렇게 행복해 보이는 사람들은 본 적이 없었다.

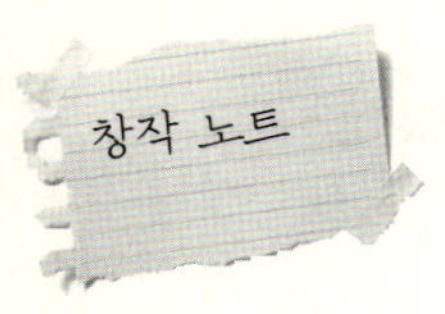

　　독자들이 「대통령님, 어디 계세요?」를 이미 읽었을 것으로 가정하고 이 글을 쓴다. 그 소설과 「제시카의 눈물」은 서로 분명한 연관성이 있기 때문이다. 두 소설은 비슷한 점이 아주 많지만, 그럼에도 분명히 서로 다른 작품이다. 무슨 얘기인지 설명해 보겠다.

　　두 소설 모두 프렌치타운이 배경이다. 이곳은 뉴잉글랜드의 어느 작은 도시에 있는 프랑스계 캐나다인들의 거주 지역이다. 시대는 대공황기이며, 두 소설의 등장인물들은 거의 동일하다. 내레이터는 제리라는 소년이며, 제리의 형은 고등학생 아르망이다. 로제 루시에는 제리의 절친한 친구다. 안젤라 수녀는 학교 선생님이다. 글로브 극장은 이곳 아이들이 영화를 통해서 꿈을 꾸는 궁전이다. 제리의 아버지는 머리빗 공장에서 일한다. 두 소설에 공통되는 중요한 소재는 아르망이 그 도시의 부자 동네에 사는 어떤 소녀를 사랑하고 있다는 사실이다.

공통점은 위와 같은데, 그럼 서로 다른 점은 무얼까? 내가 보기에 좀 미묘하긴 해도 확실한 차이점이 있다. 「제시카의 눈물」은 대공황기를 다룬 이 소설집의 다른 소설들과 서로 잘 어울리지 않는다는 것이다. 이 소설을 감싸고 있는 기운은 대공황기와 거리가 먼 시대에 속한다는 느낌을 준다. 주인공의 가족은 미국인이지만(아버지는 시민권을 갖고 있다는 걸 자랑스러워하며 열렬한 프랭클린 루스벨트 지지자다), 정신적으로는 캐나다인에 가깝다. 캐나다에서 미국으로 이주한 지 얼마 되지 않으며, 그들에겐 미국식 생활 방식이 잘 맞지 않는다. 「대통령님, 어디 계세요?」의 아버지가 자기 아들의 신교도 여자 친구에 대해서 「제시카의 눈물」의 아버지만큼 당황할까? 내 생각엔 그렇지 않다. 적어도 작품의 분위기로 미루어 그렇지 않을 거라는 걸 알 수 있다.

이 대목에서 '분위기'는 매우 중요한 의미를 지닌 단어로 여겨진다. 나는 앞 소설보다 이번 소설에서 민족성을 한층 중시하는 분위기를 조성하려고 노력했다. 프렌치타운 사람들이 스스로 튼튼한 가상의 장벽을 쌓아서, 자기들을 그 도시의 다른 지역과 격리시키게 만들었던 것이다. 그런데 무엇에 초점을 맞추고 어떤 것을 강조하느냐 하는 것도 이 작품에서 중요한 역할을 한다.

나는 「제시카의 눈물」에서 노스사이드에 사는 여자아이에 대한 아르망의 사랑을 강조했다. 그들의 연애와 아르망의 아버지가 보여주는 반응을 통해서, 편견뿐 아니라 편견을 극복하는 사랑—또는 연민—의 가능성을 탐구했다.

　앞 소설처럼 「제시카의 눈물」에서도 아르망은 그 도시의 다른 지역에 사는 한 소녀를 사랑한다. 하지만 이번 작품에선 내레이터 역할을 하는 제리한테 초점이 맞추어진다. 제리는 자신의 내면에서 지금껏 느끼지 못했던 어떤 것을 발견해 낸다.

　앞 소설에서 제리는 단순한 내레이터로서, 이야기를 들려주는 장치에 지나지 않았다. 이번 소설에서도 제리는 여전히 내레이터지만 모든 일을 직접 겪으면서 결정적인 역할을 하는 인물이다. 그럼에도 아르망이 프렌치타운엔 어울리지 않는 소녀를 사랑하고 있다는 사실은 두 소설 모두에 추진력을 불어넣는 요소로 작용한다.

　결론적으로 두 소설의 구성 요소와 기본적인 상황과 등장인물들은 서로 동일하지만, 분위기와 주제와 즐거리는 서로 전혀 다르다.

버니 베리건이라면……?

　내 친구에 대해서 한 가지 이야기를 들려주겠다. 그는 구차하게 핑계를 대지 않았다. 빙빙 돌려서 말하지 않았으며, 변명이나 구실을 대면서 자기 행위를 정당화하려고 애쓰지 않았다. 심지어 마티니가 나올 때까지 뜸을 들이지도 않았다.

　웨이터에게 주문하자마자 내게 말했다.

　"간밤에 엘렌한테 이혼을 요구했어."

　이미 월트와 어떤 여자에 관한 소문을 들었기 때문에 별로 놀라지 않았다. 처음부터 그 소문을 무시했지만 말이다. 월트 크레인이 다른 여자를 사귄다고? 말도 안 되는 얘기라고 생각했다. 어쩌다가 칵테일 한잔 나누는 정도이지, 몰래 만나는 사이는 아닐 거라고 믿었다. 그리고 아마도 농담하는 기분으로 장난삼아 만났을 걸로 여겼다. 그 여자가 아주 매력적인 모델이라고 들었기 때문이다.

월트는 자기가 일하는 광고대행사에서 이따금 우연히 그녀를 만났다. 하지만 그 이상은 아닐 것이다. 월트와 나 같은 사람들에게 그렇고 그런 일이 벌어질 리 없다. 우리는 더 이상 철부지들이 아니었다. 둘 다 거의 다 자란 자녀들이 있으며, 식사 뒤에 잠깐 눈을 붙이는 습관이 있고, 몸무게가 정상치를 약간 웃돌았다. 우리는 곧잘 추억과 감상에 빠져들어서, 아이들 앞에서 "아빠가 어렸을 땐 어땠느냐 하면" 하고 이야기를 시작할 때가 많았다. 그러면 아이들은 조바심을 마저 숨기지 못한 얼굴로 허공을 올려다보았다. 월트와 나는 줄곧 학교를 같이 다녔고 함께 참전도 한 오랜 친구였다. 그리고 둘 다 아내와 이혼한 적이 없다. 아직까지는 그랬다.

"무슨 일이야, 월트?"

시간을 좀 끌어 보려고 그에게 물었다.

"먼젓번에 듣기로는 자네와 엘렌이 차를 바꿀까 고민하는 중이고, 꼬마 아가씨 샌드라는 홍역에 걸렸고, 토미는 성적표가 아주 안 좋게 나왔고, 데비는 처음으로 정식 무도회에 나가게 되어서 너무 좋아 어쩔 줄 몰라 한다고 그랬잖아. 그런데 오늘 갑자기 이혼하겠다는 얘기를 하니, 도대체 어떻게 된 거야?"

월트가 고통을 삼키기라도 하듯이 낯을 일그러뜨렸다. 그때 웨이터가 주문한 술을 갖고 돌아오자 고마워하는 얼굴로 고개를 들었다. 술을 홀짝이는 그를 물끄러미 바라보았다. 이 친구의 집과 자녀들과 엘렌을 떠올려 보면 기분이 좀 나아질 것 같았다. 엘렌은 성격이 워낙 급해서, 조금만 골치 아픈 일이 생겨도 감정이 격해져서 심한 편두통을 앓았다. 하지만 사랑스럽고 상냥한 여자인 건 분명했다.

월트가 잔을 내려놓았다. 그리고 자기도 어쩔 수 없다는 듯이, 손바닥을 위로 해서 두 손을 들어 보였다.

"자네가 어떻게 생각하는지 잘 알아, 제리. 내가 못된 놈이라고 여기겠지. 그래, 나도 인정해. 하지만 그렇게 간단한 문제가 아니야."

아, 이런 하고 속으로 탄식했다. 내가 지금 어째서 재판관이나 배심원처럼 행동하고 있는 거지? 하지만 엘렌—이제 모든 사람들이 그녀를 '불쌍한 엘렌'이라고 부를 것이다—이 머릿속에 떠오르자, 이 친구를 혼내 줄 무기를 찾아야겠다는 생각부터 들었다.

"엘렌이 어떤 반응을 보이던가?"

이 친구가 엘렌에 대해 얘기하고 싶은 마음이 전혀 없으리라는 걸 잘 알면서도 그렇게 물었다.

그 순간 내가 적당한 무기를 찾아냈다는 걸 알았다. 그가 낯을 찌푸리며 고개를 가로저었기 때문이다. 그는 내 눈을 피하며 대꾸했다.

"몹시 힘들어하더라고. 전혀 눈치채지 못했거든. 지금껏 털끝만큼도 나를 의심하지 않았어. 최근에 와서야 내가 좀 유별나게 구는 걸 알아챘지. 하지만 직장 일 때문에, 전시회 준비로 너무 바빠서 그러는 모양이라고 여겼어."

단어들이 서로 겹칠 정도로 허둥대는 목소리였다. 목소리에 진짜 고통스러운 느낌이 묻어나는 걸 보고 몹시 놀랐다.

"어쨌든 지금 그 사람은 넋이 나가 있을 거야. 간밤에 엉엉 우는 걸 보고 가슴이 아팠어. 하지만 달리 어쩔 도리가 없었어, 제리. 사실대로 털어놓지 않을 수 없었어. 서로 헤어지는 길밖에는……."

"상대가 모델인가?"

내가 물었다.

"알고 있었어?"

"소문을 들었어. 그저 막연한 소문. 그래서 그냥 떠도는 낭설인 줄 알았지."

"말도 안 되는 일이라고 여겼던 거군. 그렇지?"

그가 간결하게 말했다.

"좋은 친구 월트 크레인, 아내한테 충실한 친구, 직장 볼링 팀 주장, PTA(학교 사친회 또는 육성회: 옮긴이)의 전직 회계원이 그럴 리 없다고. 하지만 제리, 나 같은 사람들에게도 그런 일이 벌어져. 자네와 나 같은 사람들에게도. 일부러 그런 일을 기대하지 않더라도, 그런 일이 벌어져. 말을 바꾸어 얘기해 보지―어쩌면 우리는 그런 일을 기대하면서 살고 있는 건지도 몰라. 모든 사람들이 그럴 거야. 다만 그런 사실을 인정하지 않으려 할 뿐이지……."

일반인들의 위선을 비난하는 그의 얘기는 별로 통렬하다는 느낌을 주지 못했다. 그래서 나한테 전혀 양심의 가책을 불러일으키지 못했다. 느긋한 마음으로 그와 거리를 두고 앉아서, 이 달에 회사에서 받을 수당에 대해 생각했다. 그리고 내가 최근에 올린 판매 실적이 과연 10월의 기록을 깰 수 있을지 궁금해 했으며, 느닷없이 캐시의 생일 파티가 열리던 날 밤이 떠올랐다. 이 아이는 요란하게 웃음을 터뜨리거나 엉엉 우는 일이 반복되는 세상에서 살고 있었다. 아, 그런데 해리엇(내레이터의 아내: 옮긴이)이 오늘 오후에 아이스크림 2갤런을 (2갤런이 맞나?) 사 오라고 그러지 않았던가?

"이봐, 제리."

월트가 손가락 끝을 뾰족하게 세우며 말했다. 마치 교회 안에 앉아 있는 것처럼 속삭이는 목소리였다.

"진짜 멋진 여자야. 정말 굉장한 여자야. 이름이 제니퍼 웨스트인데, 너무 아름다워서 어쩔 줄 모르겠어."

그가 고개를 가로저었다. 먼 곳을 바라보듯이 눈빛이 멍했다.

모든 걸 아우를 수 있는 단어 하나를 찾아내려고 애쓰는 시인 같 았다.

"어떻게 이런 일이 벌어진 거지?"

내가 힘없이 물었다.

사실 그에게서 자세한 설명을 듣고 싶은 마음은 없었다—서 로 어떻게 만났는지, 누가 그들을 소개시켜 주었는지, 쭈뼛거리 면서 서로에게 접근하는 과정은 어떠했는지, 그리고 처음으로 함께 술을 마신 일, 서로 상대의 눈을 깊이 들여다본 일, 첫 번째 애무…… 월토가 구태여 나에게 그런 것들을 일일이 들려줄 필 요는 없었다. 누구든지 무수히 눈으로 읽거나 귀로 듣는 걸 통해 서 이미 잘 알고 있는 내용이었다.

그런 일들은 이제 막 사랑에 빠져든 연인들, 다시 사랑을 느끼 기 시작한 연인들한테나 새롭고 짜릿하며 의미 있게 여겨질 것 이다. 그리고 나로선 월트가 다른 역할을 하며 사는 모습에 익숙 해 있었기 때문에, 그의 입을 통해서 이런 일들을 자세히 듣는다 는 게 영 마음에 내키지 않았다.

언젠가 우리가 함께 메인으로 낚시 여행을 떠났을 때, 그는 어 린 토미의 손가락에 박힌 가시를 조심스럽게 빼낸 적이 있었다. 케이프의 바닷가에선 실의에 빠져 있던 데비에게 기운을 북돋워 주려고 마구 물을 튀겼다. 온종일 햇볕을 즐기며 물에서 놀고 난 뒤에, 아이들은 며칠 빌린 별장에 먼저 들어가서 잠이 들었다.

그 뒤에 나는 월트와 엘렌과 해리엇과 함께, 밑으로 축 처진 1층 베란다에 앉아서 조용히 맥주를 마셨다. 갑자기 마음이 평온해진 의미심장한 그 순간에, 우리 모두는 인생이 아름답고 따뜻한 것이라는 데 의견이 일치했다…….

나는 월트에게서 남편이자 아버지의 역할을 하는 모습을 너무나도 자주 접했다. 바로 그런 이유에서, 그가 손가락에 박힌 가시와 딸들에게 물을 튀기는 일과 전혀 무관한 연애 얘기를 하는 걸 듣고 싶지 않았다.

"처음엔 말도 안 되는 일이라고 생각했어, 제리."

그가 입을 열었다.

"이 여자가 나를 좋아하게 된다거나, 내 안에 있는 무언가를 발견해 낸다거나, 도저히 그런 일은 있을 수 없다고 여겼어. 무슨 말이냐 하면, 나는 중년에 접어든 기혼자인데다가 완전히 자리를 잡은 사람이지 않나. 그런데 상대는 젊고 아름다운 여자야. 무수히 많은 사내들이 이 여자가 자기에게 관심을 보여 주길 바라지……."

그 모든 게 그저 놀라울 뿐이라는 듯 고개를 흔들며 덧붙였다.

"어쨌든 우연히 벌어진 일이었어. 그녀가 우리 사무실로 들어오는 순간, 구두 뒤축이 떨어져 나갔어. 그때 나는 막 모퉁이를 돌다가 그녀와 마주쳤고……."

"마치 영화에 나오는 장면 같네……."

내가 빈정거렸다.

그가 입을 꾹 다물며 낯을 찌푸렸다. 그의 얼굴로 깊은 슬픔이 번졌는데, 내가 빈정거린 것과 무관한 슬픔이었다. 어쨌든 그에게서 갑자기 연약한 모습이 엿보였다.

"계속해 봐."

내가 목소리를 누그러뜨리며 말했다.

"나머지 얘기도 듣고 싶어."

"얘기할 게 많은 건 아니야, 제리. 세상엔 말로 표현할 수 없는 일들이 있으니까."

생기가 되살아난 목소리로 그가 대꾸했다. 그의 얼굴을 뒤덮었던 슬픔이 순식간에 사라져 버렸다.

"내가 지금 괜히 들떠 있다고 생각하지? 자네가 지금 무슨 생각을 하는지 잘 알아. 내가 반대로 자네 입장이었더라도 그렇게 생각할 거야—나는 형편없는 바보 멍청이야. 한 여자 때문에 나 자신을, 내 인생 전체를 낭비하고 있으니 말이야. 그 여자는……."

순간 그에게 맞서는 건 어리석은 짓이라는 느낌이 들었다. 그래 보았자 서로 좋을 게 없었다.

"엘렌 얘기로 돌아가 보지."

나는 화제를 돌렸다.

"자네를 순순히 놔주겠다고 그러던가?"

"결국엔 그렇게 될 거야. 간밤엔 너무 당황해서 제대로 판단할 수 있는 상황이 아니었어. 하지만 내가 그냥 해보는 소리가 아니라는 걸 잘 알 거야. 이미 내 옷을 챙겨서 가방을 꾸려 놓았거든……."

"어디서 지낼 건데?"

"제니퍼가 사는 아파트."

월트가 대꾸했다. 그리고 자기에게 달려오는 자동차들을 세우듯이 손을 척 들어 올렸다.

"그녀와 같이 지내는 건 아니고, 바로 위층으로 들어갈 거야."

그의 얼굴에 독선적인 느낌을 주는 표정이 드리웠다.

"엘렌하고 합의했어?"

내가 물었다.

"재정 문제 같은 거 말이야. 두 집 살림을 한다는 게 만만치 않을 거야."

그가 마티니를 두 잔 더 시키려고 손짓했는데, 즉시 웨이터가 그의 손짓을 알아보았다. 월트는 이전엔 나와 비슷했다—좀처럼 웨이터의 눈길을 끌지 못했고, 은행에서 전혀 움직이지 않는 줄에 섰고, 결국 패배할 야구팀에 내기를 걸었다. 그런데 지금 그가 순식간에 웨이터의 눈길을 끄는 데 성공하는 걸 보니, 그에게 새로운 능력이 생긴 게 아닐까 싶었다. 그 여자가 그에게 어떤 확신을 갖게 만들고, 성공을 부르는 기운을 불어넣어 준 것 같았다.

　우리는 웨이터가 술을 두 잔째 가져오는 동안 잠자코 있었다. 웨이터가 돌아간 뒤에, 월트가 앞으로 몸을 기울였다. 유리잔의 굽을 감아쥔 손의 손가락 마디가 흰색으로 변했다.

　"제리, 제리."

　그가 왠지 고통스러워하는 목소리로 말했다.

　"이미 내가 모든 문제를 다 고려해 보았다는 걸 모르겠나? 지금 재정 문제를 얘기하는데, 돈…… 그건 아주 작은 문제야. 더없이 작은 문제. 제니퍼가 버는 돈이면 충분히 차액을 충당할 수 있어. 그러니까 엘렌과 아이들을 잘 뒷바라지할 자신이 있어. 그들이 이런 문제로 고민하는 일은 없을 거야. 정작 중요한 건……."

　그는 마티니를 한 모금 마시고 내 눈을 피하며 덧붙였다.

　"간밤에 아이들한테 작별 키스를 하던 일 같은 거야. 당연한 일이지만, 아이들은 내가 작별 키스를 하고 있다는 걸 몰랐어. 엘렌은 거실에서 온몸을 웅크리고 소리 없이 흐느끼더군. 울고 불고하며 난리치는 걸 피하려고 애쓰는 모습이었지. 착하고 좋은 사람이지. 2층으로 올라가서, 우리 딸들의 방을 들여다보았어. 모두 천진난만해 보였어. 이 세상에 대해서 완전히 무방비 상태인 것처럼 보였지. 잠든 아이들에게 키스를 해 주었어. 그 순간만큼 내가 그 아이들을 사랑한 적이 없었어. 그런데 그때 슬픔이 밀려오더군. 조만간 내 입장을 분명히 밝히게 될 거라는 생각에서였지. 제니퍼와 계속 만나려면 그래야겠지. 지금껏 정말 격렬하면서 멋진 만남이었어. 결국 얼렌을 속였고, 내가 이 세상에서 가장 비열한 인간이라는 걸 잘 알고 있었지만, 그런데도 여전히 황홀했어. 샴페인에 흠뻑 취하면서도 전혀 숙취를 느끼지 않는 것과 비슷하다고나 할까. 그런데 간밤에 우리 딸아이들이 잠자는 방에 있을 때, 내가 엘렌한테 모든 걸 사실대로 털어놓으면서 이미 내 입장을 밝혔다는 걸 깨달았어. 이미 배수진을 친 상태가 된 거지…….”

그가 더듬거리는 목소리로 그렇게 말했다.

“어쨌든 모든 게 결정되는 순간이었어.”

그가 계속했다.

“딸아이들의 침실에서, 아이들의 뺨에 키스를 하고, 샌드라의 상처를 만져 보는—그 애는 전날 자전거를 타다가 넘어져서 턱 끝을 다쳤거든—그 순간에, 이젠 지난날로 돌아갈 수 없다는 걸 깨달았어…….”

“모든 걸 되돌려 놓고 싶은 마음이 있었다는 거야?”

그가 아이들의 침실에서 번민에 사로잡혔다는 걸 알아채고 부드럽게 물었다.

“그곳에서 잠깐이라도, 애당초 그런 일이 벌어지지 않았더라면 좋았을 걸, 그녀를 만나지 않았더라면 좋았을 걸 하는 생각이 들었느냐는 얘기야.”

그가 1, 2분 남짓 입을 꾹 다물었다. 다시 입을 열었을 땐 거의 속삭이는 목소리였다.

"그 정도까지 후회했던 건 아니야, 제리. 그럴 순 없는 일이지. 이미 엘렌한테 다 털어놓은 상태인데다가, 처음부터 그 일이 고통을 던져 줄 거라는 걸 잘 알고 있었거든. 이런저런 측면에서 우리 모두가 고통을 겪게 될 거라는 사실을 말이야. 제리, 지금 거기 앉아서 내 행동을 판단하고 있는 자네 입장은 나보다는 한결 편안할 거야. 자네는 지금 내가 유별나다고 생각하겠지. 내가 세상사를 이상한 시각에서 바라보고 있기 때문에, 간밤에 내가 아내와 아이들을 버릴 수 있었던 거라고 생각하겠지. 하지만 사실은 전혀 그렇지 않아. 나는 어느 날 갑자기 다른 사람으로 변한 게 아니야. 나는 여전히 월트 크레인이야. 여전히 우리 아이들을 사랑해."

그가 손으로 잔을 멀찍이 밀어내며 덧붙였다.

"간밤에 토미 방에 들어갔을 때 얼마나 마음이 아팠는지 몰라. 그 아이한테서 나 자신의 모습을 엿본 게 한두 번이 아니었거든. 그래서 진짜 고통스러웠어. 아이한테 굿나잇 키스, 작별 키스를 하는데, 아침에 이 아이가 잠에서 깨어났을 땐 아이가 바라보는 세상이 변해 있을 거라는 생각이 들었어."

"하지만 자네는 자네 가족 곁을 떠났지 않았나, 월트. 그 어떤 일도 자네를 막지 못했어."

내가 그에게 대꾸했다. 그러면서 한 사내가 이런 결단을 내리게 만들고, 자녀들이 배제된 인생을 설계하게 만든 사랑은 도대체 어떤 것인지 상상하려고 애썼다.

"그래, 결단을 내렸지."

그가 말했다.

"제니퍼는 그 모든 걸 희생할 만한 가치가 있는 여자거든. 마치……."

그는 적당한 단어를 찾다가 덧붙였다.

"세상에 새로 태어난 기분이라고나 할까."

이 친구가 곧이어 시를 인용하겠구나 하는 생각이 들었다.

"일이 그렇게 된 거야, 제리. 자네가 다른 사람을 통해서 이런 일을 전해 듣기 전에, 내 입으로 직접 얘기해 주고 싶었어."

"그래, 고마워, 월트. 그동안 좋을 때도 있었고 나쁠 때도 있었고, 자네와 참 많은 시간을 함께 보냈지."

"자네한테 그녀를 보여주고 싶어, 제리."

그가 말했다.

"그거 좋지, 월트."

반사적으로 그렇게 대꾸하고 계산을 치를 준비를 했다. 이걸로 우리의 대화는 끝났으며, 어떤 일정한 생활방식 하나가 막을 내렸다는 느낌이 들었다.

"그녀가 이리로 올 거야."

월트가 말했다.

"올 때가 다 되었어."

나는 그의 말을 금방 알아듣지 못했다. 월트가 침실에서 잠자는 딸아이들에게 키스하던 장면을 떠올리면서, 그 아이들의 세상은 여전히 밝고 아늑하고 안전하다는 생각을 하고 있었던 것이다. 그리고 우리 집 아이들, 케이시와 조이와 어린 캐럴을 떠올리면서, 내가 그 아이들을 더없이 사랑한다는 사실을 되돌아보았다. 그런데 월트가 자기 아이들을 사랑하는 것엔 미치지 못한다는 느낌이 들었다. 그러자 가슴속으로 슬픔이 파고드는 가운데, 좀 전에 월트가 던진 얘기가 무슨 의미인지 문득 알아차렸다.

"그녀가 이리로 올 거라고? 우리를 만나러?"

내가 놀란 얼굴로 그에게 물었다.

"자네한테 보여 주고 싶어. 그녀가 얼마나 멋진 여자인지."

월트가 설명했다.

"모든 사람들이 제니퍼 같은 사람을 어떻게 생각하는지 잘 알아. 그들이 그녀를 뭐라고 부를 것 같아? 외간 여자, 가정 파괴범. 그런 온갖 진부한 표현을 총동원하지. 하지만 그녀를 직접 만나 보면, 내 말이 무슨 뜻인지 깨닫게 될 거야……."

그가 내 어깨 너머로 출입구를 바라보았다. 일순간 그의 눈빛이 반짝거렸다. 갑자기 태양이 떠오르듯이 그의 얼굴 전체에 젊은이의 활기가 번졌다. 그가 의자에서 엉거주춤 일어섰다. 제니퍼 웨스트가 술집으로 들어서면서, 자석처럼 그를 끌어당겼다는 걸 알 수 있었다.

제니퍼는 심장이 뒤틀리는 느낌이 들 정드로 아름다웠다. 갈색 머리에 보랏빛 눈동자, 뽀얀 피부를 지닌 젊은 여자였다. 너무나도 젊은 여자, 가슴이 아플 만큼 젊은 여자였다.

월트는 그녀가 가까이 다가오자, 그녀의 아름다움에 완전히 도취된 것처럼 보였다. 나를 잊고, 술집에서 나는 모든 소음을 잊고, 그 밖의 다른 것들을 모조리 잊고 오로지 그녀만 바라보았다. 나도 그녀한테서 눈을 떼지 못했다. 저런 여자라면 내 친구 월트가 사랑에 빠질 만하다는 느낌이 들었다.

월트가 탁자를 돌아가서 그녀가 앉을 수 있도록 의자를 당겨주었다. 그리고 내게 그녀를 소개하는 내내 말을 더듬거렸다.

"나하고 가장 가까운 친구야."

그가 나를 향해 고갯짓을 하며 말했다. 뒤이어 머리를 그녀 쪽으로 기울이며 나를 보고 말했다.

"나하고 가장 가까운 여자야."

만일 그 여자가 그토록 아름답지 않았다면, 그리고 그가 그토록 행복해 보이지 않았다면, 그처럼 짤막한 소개가 우스꽝스럽게 여겨졌을 것이다.

제니퍼 웨스트는 완벽한 치아를 보여주는 눈부신 미소와 갑자기 뺨에 드러난 보조개를 통해서, 자신이 나한테 제대로 소개되었다는 걸 인정했다. 순간 그녀의 미소에서 그녀가 어떤 성격을 지닌 사람인지 알아챘다—그녀는 마치 이 세상에 다른 사람은 아무도 없다는 듯이 상대를 바라보는 사람이었다. 그녀가 바로 그런 눈길로 나를 잠깐 바라보고, 뒤이어 내게서 눈길을 돌렸을 때 갑자기 상실감이 밀려왔다. 그녀가 다른 사람들도 단지 1, 2초 정도 그런 식으로 짧게 바라본다는 걸 알아챘기 때문이다. 그러면서 계속해서 같은 눈길로 월트를 뚫어지게 바라보았다.

내게서 눈길을 돌리기 전에 그녀가 짧게 말했다.

"만나서 반가워요. 미스터……."

"제리라고 불러요."

"제리, 월트가 당신에 대해서 얘기를 많이 했기 때문인지, 오래전부터 당신을 알아왔다는 느낌이 들어요."

자, 이제 어떻게 하지? 속으로 나 자신에게 물었다. 그대로 앉아 있어야 하나, 아니면 먼저 자리를 떠야 하나?

엘렌을 배신하고 싶지 않았다. 그리고 우리 모두—월트와 엘렌과 해리엇과 나 자신과 아이들—가 함께했던 지난 세월을 배신하고 싶지 않았다. 만일 이 자리에 계속 머물면서 월트가 하는 짓을 용서하는 것처럼 행동한다면, 제니퍼 웨스트라는 여자가 나타나기를 기다렸던 것처럼 행동한다면, 그것이야말로 모두를 배신하는 게 될 터였다.

그런데 사실상 나는 그동안 사소한 몸짓을 통해서 비겁하게 행동하면서, 더없이 다양한 형태로 나 자신을 속이며 살아왔다—별로 재미없는 음란한 농담에 웃음을 터뜨렸고, 막 자리를 뜬 어떤 사람에 대해서 누군가 비열하게 조롱할 때 침묵했고, 결코 소동을 일으키는 걸 원치 않았으며, 난처한 상황이 벌어지는 걸 피했다. 그래서 얼굴에 공손한 미소를 더금은 채로, 내 입장을 밝히는 일 없이 얼마간 꾹 참고 앉아 있다가, 적당히 시간이 흐른 뒤에 자리를 뜨기로 마음을 굳혔다.

제니퍼 웨스트가 나의 경계심을 두너뜨리며 이렇게 말했다.

"불편하게 해 드려서 죄송해요, 제리. 하지만 저를 나무라진 말아 주세요. 월트가 한번 만나 보라고 그랬거든요. 당연히 나를 불쾌하게 여기실 거라고 처음부터 그랬는데도 말이에요."

그녀는 스물두 살쯤 돼 보였지만, 나이에 어울리지 않게 품위 있는 말투와 태도를 지니고 있었다. 균형 잡힌 자세는 모델 훈련을 통해서 만들어진 듯했는데, 태어날 때부터 고상한 예의범절을 지닌 사람으로 여겨졌다. 어째서 월트가 그녀를 '제니'나 '젠'이라고 부르지 않고 늘 '제니퍼'라고 불렀는지 알 수 있었다. 그녀가 일곱 살 난 아가씨였을 때, 2학년 사내아이들이 쉬는 시간에 이 아가씨를 사이에 놓고 싸움을 벌일 때도 '제니퍼'라는 호칭을 사용했을 것 같았다. 그리고 당시에도 이 아가씨는 지금처럼 따뜻하면서 친근감을 주는 눈빛을 갖고 있었을 것 같았다.

불현듯 그녀가 내게 직접 말을 건네면서, 내가 자기를 불쾌하게 여길 거라는 식으로 말했던 게 뒤늦게 떠올랐다.

"저기, 제니퍼. 난 판사나 배심원이 아니에요."

지금 이 자리에서 나의 태도를 분명하게 드러내지 않는다면, 나중에 가서 나 자신을 경멸하게 될 거라는 생각에 그렇게 말했다.

"월트도 더는 철부지가 아니고요……."

그녀가 슬며시 손을 내밀어 월트의 손을 잡았다. 그 작은 몸짓이 얼핏 도전적인 느낌을 주었다. 사실 그에게 도전하는 정도를 넘어서서, 그를 소유하고 있다는 느낌을 주는 몸짓이었다. 순간 내가 엉뚱한 테이블에 잘못 앉아 있기라도 한 것처럼, 그만 자리를 뜨고 싶어졌다.

웨이터가 그녀의 주문을 받으러 가까이 다가왔다.

"마티니 한 잔씩 돌려요."

월트가 말했다.

"이 사람이 나를 타락시키려나 봐요. 내가 술 먹는 속도는 순한 다이키리(럼주와 레몬주스, 설탕, 얼음 등을 섞어 만든 칵테일: 옮긴이)가 맞거든요."

타락 같은 용어를 쓰다니, 월트에게 너무 심했다고 말하는 게 옳았을 것이다. 그러나 물론 그러지 않았다. 대신에 이렇게 말했다.

"모델 일이 마음에 들어요?"

그러고는 온 신경을 집중해서 그녀의 답변을 경청하면서, 그 녀가 고개를 한쪽으로 매력 있게 약간 기울이는 걸 알아차렸다. 그녀의 두 눈은 놀랍게도 보랏빛에서 잿빛으로 바뀌었다가 되돌 아가기를 거듭했다. 세 잔째 마시는 마티니는 모든 걸 한층 부드 럽게 만들어 주는 법인데, 더없이 쌀쌀하면서 톡 쏘는 맛이 났 다. 배경으로 주크박스뿐 아니라 술집에 있는 모든 음악 시설이 부드러운 곡을 연주했다. 어떤 곡은 제대로 기억나지 않았지만, 학창 시절 축구 시합이 끝난 뒤에 춤추던 일을 떠올리게 했다.

나는 술집에 같이 앉아 있는 동안 그녀를 주의 깊게 몰래 관찰 했으며, 월트의 행동도 자세히 지켜보았다. 그는 언제나처럼 머 리를 짧게 잘랐는데, 한쪽으로 머리를 기울이자 숱이 듬성듬성 한 머리칼 사이로 연분홍색 두피가 드러나 보였다. 얼굴 피부는 세월이 흐르면서 침식 작용 때문에 얽은 자국이 나 있었다. 반대 로 제니퍼는 피부에 전혀 흠집이 없었고, 짙은 머리칼은 더없이 풍성했으며, 두 눈은 계속해서 반짝반짝 빛났다. 확실히 두 사람 은 서로 전혀 어울리지 않는 커플처럼 보였다. 하나는 젊고, 또 하나는 늙었다.

그러나 월트의 외모에 드러난 세월의 흔적은 전혀 중요하지 않은 것 같았다. 그는 기분이 몹시 우쭐해진 어린 소년 같은 모 습으로 그녀 곁에 붙어 앉아서, 매우 신중한 표정으로 그녀의 얘 기를 귀담아들었다. 그녀의 존재로 인해 한껏 행복해 하면서, 그녀의 어조나 몸짓의 아주 세세한 변화에도 반응을 보였다. 이따금 그가 나를 돌아보았는데, 표정에서 강렬한 자부심이 느껴졌다. 마치 나한테 이렇게 말하는 것 같았다.

'이 여자 어떤 것 같아, 제리? 모든 걸 바칠 만하지?'

그러면 나는 그에게 미소를 지어 보였다. 내 속마음을 숨긴 희미하면서 인색한 미소였다. 그녀야말로 지금까지 내가 본 중에 가장 사랑스러운 여자라는 느낌이 들기 시작했던 것이다. 너무나 사랑스러워서 가슴이 아플 정도였다.

"월트에 대해서 모든 걸 알고 싶어요."

그녀가 말했다.

"나한테 얘기해 줘요, 제리. 이 사람이 무얼 좋아하고 무얼 싫어하는지 하나도 빼놓지 말고요. 그래야 이 사람을 행복하게 만들어 줄 수 있을 테니까요."

"그러죠. 자, 어떤 게 있는지 보죠."

나란히 게임을 즐기는 기분에 빠져들면서 그렇게 대꾸했다.

세 잔째 마시는 마티니 때문에 기분이 고조되어 나의 오랜 친구 월트에 대해서 마음이 누그러졌다. 전쟁 체험에 대해선 묻지 말라고 그녀에게 말해 주었다. 그가 처음엔 겸손하게 보이려고 애쓰겠지만, 결국엔 언젠가 나폴리의 호텔 바에서 광란의 주말을 보내던 중에 선행 훈장을 잃어버린 일을 털어놓게 될 것이다. 그리고 월트는 당신에게 자기가 텔레비전을 아주 싫어한다고 말하겠지만, 그는 새벽 두 시까지 앉아서 「더 레이트 레이트 쇼」
(1962년에 처음 방송되기 시작한 CBS 텔레비전의 심야 쇼 프로그램: 옮긴이)
를 보는 사람이다.

아마도 내 얘기가 꽤나 설득력 있게 들렸던 것 같다. 제니퍼는
내 얘기에 깊이 빠져들었는데, 월트를 진정으로 사랑하기 때문
이었다. 월트는 겉으로는 몹시 당황한 척했지만, 사실 기분이 괜
찮은 것처럼 보였다.

"그리고 또, 이 친구는 헤밍웨이와 『분노의 포도』를 쓴 스타인
벡, 브루벡(미국의 재즈 피아노 연주자: 옮긴이)과 엘링턴(미국의 재즈 피
아노 연주자: 옮긴이)을 좋아해요."

나는 술을 홀짝이면서 맛을 음미하고는 덧붙였다.

"그리고 이 친구가 아끼는 소장품은 버니 베리건(미국의 재즈 트
럼펫 연주자: 옮긴이)의 「떠날 수 없어요」 오리지널 음반이에요."

제니퍼가 이맛살을 찌푸리며 말했다.

"잠깐만요. 내가 잘 몰라서 그러는데요. 버니 베리건이라고요?"

정신을 집중하느라 콧등을 찌푸리는 순간 보조개가 드러났다.

"버니 베리건이라면……."

그녀는 깊이 생각하는 얼굴로 월트를 돌아보고 물었다.

"음악가나 그 비슷한 사람 아닌가요?"

"맞아."

월트가 대답했다.

"아주 훌륭한 트럼펫 연주자였지. 제리가 얘기한 노래 「떠날 수 없어요」는 그 시절의 우리 모두를 슬픔에 젖게 만들었어."

뒤이어 월트는 잠시 두 눈을 감았다. 지금도 여전히 고음으로 치솟는 애절한 트럼펫 소리가 들리는 듯했다. 그 옛날 트럼펫의 메아리를 듣고 있는지 그의 얼굴에 슬픔이 깃들었다.

"그렇군요."

그녀가 재빨리 활기찬 목소리로 말했다.

"버니 베리건도 꼭 알아 둬야 할 것들의 목록에 넣어야겠어요."

월트가 뿌듯해 하는 얼굴로 나를 바라보며 말했다.

"제니퍼는 무얼 배우든지 속도가 아주 빨라."

그런데 여전히 그의 얼굴엔 슬픔이 묻어 있었다. 가련하면서 비극적인 연주자 버니 베리건이 먼 옛날 연주했던 슬픈 곡이 실제로 들리는 건지 의아스러웠다. 만일 다른 이유로 슬퍼하는 거라면?

"제니퍼."

내가 약간 들뜬 목소리로 물었다.

"뱅크 나이트(예전에 미국 영화관에서 흥행을 위해 야간에 복금을 주던 이벤트: 옮긴이)라고 들어 봤어요?"

그녀가 고개를 가로저었다.

"「윈터셋」(1930년대 미국에서 대성공을 거둔 희곡이자 영화 제목: 옮긴이)은 들어 봤어요? 버지스 메러디스(미국의 영화배우. 실베스터 스탤론 주연의 「록키」에 복싱 코치로 나옴: 옮긴이)가 미오 역을 맡은 작품인데?"

그러자 그녀가 멍한 얼굴로 나를 바라보았다.

"「로잘리」(1937년에 개봉한 뮤지컬 영화이자 주제곡: 옮긴이)라는 노래는?"

여전히 아무런 반응이 없었다.

"베이비페이스 넬슨(1930년대 악명 높은 갱스터: 옮긴이)은? 「파이어사이드 채트」(대공황 때 루스벨트 대통령이 매주 대국민방송을 했던 라디오 프로그램: 옮긴이)는? 연좌 농성은? 「피트 스미스 스페셜티스」(같은 시기에 유명했던 단편 영화 시리즈: 옮긴이)는? 「윌 포 더 지퍼」(영화 제목: 옮긴이)는?

그녀는 마치 내가 이상하고 낯선 언어를 사용하기라도 한 것처럼, 실성한 사람을 대하듯이 나를 빤히 쳐다보았다. 뒤이어 자기를 구해 달라고 도움을 청하듯이 월트를 돌아보았다. 그러나 그는 말없이 그녀를 한번 쓱 쳐다보았을 뿐이다. 그는 계속해서 내 행동을 주의 깊게 살피고 있었다. 방심한 채 그대로 드러낸 얼굴엔 외로움이 깃들어 있었다. 아까만 해도 나는 그가 고통을 느끼고 있다고 생각했는데, 사실은 외로움에 사로잡혀 있었던 것이다.

"식사 후에 한숨 자는 건 어떻게 생각해요?"

내가 그녀에게 물었다.

그녀가 감정을 억누르고 가볍게 미소 짓는 걸로 응수했다. 아마도 내가 마티니에 취한 걸로 단정한 듯했다.

"옷 가봉하러 그만 가 봐야겠어요, 허니."

그녀가 월트에게 말했다. 그리고 나를 돌아보며 부드럽게 웃는 얼굴로 말했다.

"제리, 만나서 반가웠어요. 그게 뭐더라? 맞아, 「피트 스미스 스페셜티스」에 대해서 나중에 꼭 다시 얘기해 줘야 해요."

월트가 삐걱 소리를 내며 의자에서 일어났다.

"그래, 조만간 다시 만나지."

그가 허둥대며 덧붙였다.

"전화할게, 제리."

그는 몹시 안절부절못하는 모습이었다. 나와 기분 좋게 헤어지려고 애쓰면서, 웨이터에게 계산해 달라고 손짓하고 더듬더듬 지갑을 찾으며 제니퍼와 함께 자리를 뜨려 했다. 어떤 남자인들 제니퍼 같은 여자와 함께 팔짱을 끼고 술집 밖으로 걸어 나가고 싶지 않겠는가?

곧이어 그는 허둥대며 제니퍼를 따라갔고, 나는 담배를 새로 꺼내서 입에 물고 불을 붙이며 생각에 잠겼다. 엘렌뿐 아니라 모든 사람에게서 한참 좋은 시절이 지나가 버렸듯이, 언젠가는 제니퍼도 그런 날이 올 거야. 월트, 그때가 되면 자네는 어떻게 할 생각이지?

　회전문을 지나서 오후의 햇살 속으로 나갔다. 와락 달려드는 햇살 때문에 몹시 눈이 부셨다. 글로브 극장에서 흑백영화로 팀 맥코이나 후트 깁슨의 활약상을 본 뒤에 현실세계로 걸어 나오던 이전 날의 토요일 오후와 비슷했다.

　'이봐요, 제니퍼. 후트 깁슨에 대해선 들어본 적 있어요?'

　막 지나쳐 가려는 택시를 향해 손을 들어 보였다. 사무실로 돌아갈 시간이 지났다는 걸 퍼뜩 깨달았던 것이다. 택시가 가까이 다가올 때, 어떤 여자가 잰걸음으로 내 시야로 들어왔다. 근사한 단색 줄무늬 베레모를 쓰고, 금발 머리칼을 이마 위에서 가지런하게 자른 여자였다. 그녀가 매력적이면서 요염한 눈길로 나를 쳐다보더니, 나보다 먼저 택시 앞으로 다가섰다.

　택시는 그녀를 태우고 떠나갔다. 나는 보도에 우두커니 서서 불쌍한 월트를 떠올렸고, 「파이어 사이드 채트」나 연좌농성에 대해서 들어본 적은 없지만 여전히 사랑스러운 제니퍼를 생각했다. 근사한 베레모를 쓴 아가씨를 싣고 멀어지는 택시를 바라보면서 속으로 혼잣말을 했다.

　'우리 같은 사람들은 유혹을 느끼지만 기회가 없지. 그러니 우리는 얼마나 운이 좋은가! 우리는 늘 우리 인생을 바꿔 놓을 수도 있는 택시나 엘리베이터나 기차를 놓쳐. 그래서 언제나 규칙

을 깨뜨리는 자들, 월트와 같은 자들을 기다리는 지옥과 맞닥뜨리는 불상사를 피하게 되지.'

그런데…… 그런 지옥을 피하게 되어 더없이 행복한 처지이면서도, 어째서 오후 두 시 삼십 분에 다른 사람들에게 에워싸인 채 보도에 우두커니 서서, 와락 울음을 터뜨리고 싶어지는 건지 도무지 알 수 없었다.

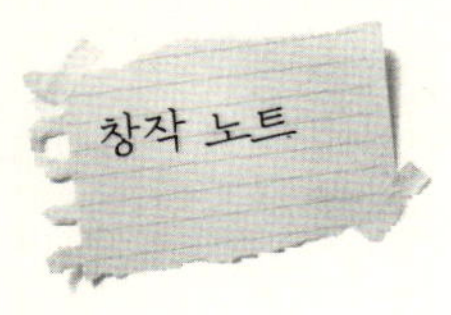

「버니 베리건이라면……」은 이 소설집에 실린 다른 작품들과 뚜렷이 대비되는 작품이다. 이 소설엔 어린이나 청소년 또는 아내가 모습을 드러내지 않는다.

그런데도 이 작품을 포함시킨 이유는? 아주 빈번하게 아내들과 아이들의 얘기가 나오기 때문이다. 실제로 모습을 보이진 않지만, 거의 모든 단락에서 그들이 언급되고 있으며 행간에 그들이 숨어 있다.

이런 이유에서 앞선 여덟 작품에 덧붙여서 이 작품집에 포함시켰다—이런 불협화음은 다른 작품들의 곡소리에 한층 깊이를 더해줄 것이다.

그리고 한 가지 이유를 더 들 수 있다.

이 소설은 내가 특별히 애착을 갖는 작품이다. 처음에 구상했던 내용이 전혀 바뀌지 않고 그대로 글로 옮겨졌기 때문이다. 물론 이런 일이 늘 일어나는 건 아니다. 대체로 독자들은 작가가 원래 세웠던 목표에 얼마나 미달했는지, 처음 구상했던 내용에 비해서 실제 작품이 얼마나 빈약해졌는지 잘 모른다. 단지 완성된 결과물을 접할 뿐이다. 작가가 출발점에서 얼마나 비틀거렸는지, 휴지통으로 사라진 페이지들, 변형된 은유들, 폐기된 문구들은 어떤 것들인지 알지 못한다.

이 소설의 구상은 한순간에 이루어졌다. 작품의 전체 내용이 한눈에 들어왔던 것이다. 마치 달리는 기차에서 바깥 풍경을 내다보듯이, 등장인물과 사건과 분위기와 작업 과정에서의 두 번째 단계가 한꺼번에 머릿속에 떠올랐다. 그러나 그렇다고 해서 이 작품을 한순간에 써낸 건 아니다. 한 문장 한 문장 온 정성을 쏟아 가면서, 섬세하고 신중한 자세로 집필했다. 그리고 내가 작품의 제재를 제대로 관리하고 있다는 확신 속에서, 등장인물들이 주어진 성격에 걸맞게 행동하게 만드는 동시에, 마지막 단어에 이르기까지 일관된 분위기를 유지하려고 노력했다.

따라서 내 소설집에서 이 작품을 제외한다는 건 상상도 할 수 없는 일이다.